Deargadaoil

i mBád fó Thoinn

Deargadaoil
i mBád fó Thoinn

Pádraic Breathnach

Cló Iar-Chonnacht
Indreabhán
Conamara

An chéad chló 2012

ISBN 978-1-909367-57-9

Dearadh: Deirdre Ní Thuathail
Dearadh clúdaigh: Outburst Design

Tá Cló Iar-Chonnacht buíoch de Fhoras na Gaeilge as tacaíocht airgeadais a chur ar fáil.

Faigheann Cló Iar-Chonnacht cabhair airgid ón gComhairle Ealaíon.

Clóchur: Cló Iar-Chonnacht, Indreabhán, Co. na Gaillimhe.
Teil: 091-593307 **Facs:** 091-593362 **r-phost:** cic@iol.ie
Priontáil: Nicholson Bass.

Tiomnaím an leabhar seo do mo gharchlann:

Shona
Aoibheann
Evan
Bodhi Rae

An tríocha is a haonú lá de mhí Lúnasa. Faoi mheán oíche bheadh sé ar scor. Thosódh bliain nua acadúil arna mhárach, agus d'áireofaí é ina iarbhall foirne.

Tráthúil mar a tharla sé ba í seo an Aoine. Bhí cuireadh chun parlúis faighte aige agus ag an mórsheisear eile a bhí ag éirí as. Leathuair tar éis a deich, a dúradh, sa pharlús pinc. É bunáite an ama sin faoi seo. É fiche is a cúig nóiméad théis a deich le bheith baileach. É ina sheasamh ar an siúltán ansin taobh amuigh den pharlús, é ann le cúig nóiméad nó mar sin ach ní raibh radharc ar bith ar aon duine eile. An tUachtarán féin, nó Máistreás na Coille mar ba mhó aithne uirthi, an té a thug an cuireadh – nó ar chaoi ar bith a mba óna hoifig a seoladh é – ní raibh amharc ar bith uirthise ach chomh beag.

Belinda, Gearóid agus an cúigear eile, nárbh aisteach nach raibh ar a laghad duine acu i láthair?

Ceart go leor b'fhada ó tugadh an cuireadh – lár an tsamhraidh, go luath i ndiaidh na cóisire, i bhfoirm ríomhphoist. Ar son na cúirtéise, agus ar fhaitíos go ligfeadh sé i ndearmad é, d'fhreagair sé féin láithreach, le casadh an phoist, ag rá go mbeadh sé ann. *Siúráilte, ba bhreá liom a bheith i láthair*, a scríobh sé. Agus chuir sé mar aguisín lena fhreagra go mba dheas críochnú go láidir ar an sprioclá imeachta.

Belinda agus Gearóid thar dhaoine ar bith! Má ba chasaoid a bhíodar a dhéanamh, nó ráiteas, bhí oiread casaoide aige féin le duine ar bith acu: níor ceapadh eisean ina ollamh ach oiread.

Cá raibh Máistreás na Coille? Ó ba ise an t-óstaí nach mbeifí ag súil gurbh ise ba thúisce i láthair? Cad chuige a mbeadh ach oiread, cad chuige a dtiocfadh an tUachtarán, an té is uachtaraí sa choláiste, mura mbeadh aon duine ann roimpi?

Dáiríre píre murach chomh plámásach is a bhí Máistreás na

Coille leis oíche sin na cóisire san Óstán Charlene dheamhan a dtiocfadh sé féin. A chos ní leagfadh! Í chomh milis, moltach, an oíche sin. Ag rá gur thug sé an-óráid. Agus go mba an-óráid a thug Maitiú faoi. "Bhí tú ana-ghreannmhar!" ar sí.

"Thug mé tréithe faoi ndeara fút anocht nár léir dom go dtí so! An moladh san go léir ó Mhaitiú bhí sé tuillte go binn agat, a Aodh!"

Ina sheasamh ansin dó, ar a mharana siar go dtí an oíche úd, bhí Aodh ag baint súip as an nua as na hóráidí a tugadh i ndiaidh an bhéile. Maor an Gharráin, nó Maitiú Mac Meanmnan mar ba lú aithne air, a cheann roinne féin, *sans doute*, mar a déarfadh Alastar, mhol an Maor go hard é. "Aodh sa choláiste níos faide ná mé féinig!" ar sé. "Bhíomar beirt óg, fuinniúil, uaillmhianach!" ar sé. "Dóighiúil, dathúil," ar sé, "agus nílim ag rá nach bhfuil Aodh mar san i gcónaí!"

Tugadh bualadh bos. "Mothall mór gruaige duibhe ar Aodh agus táim ag rá go mbíodh na mná ag sodar ina dhiaidh!"

Leath straoisíní ar éadain. "Agus é fhéin ina ndiaidh siadsan!" a d'uaill duine éigin.

B'agall é sin a bhain scaoll. "Ach níor chairdeas i gcónaí ach oiread é!" arsa an Maor. "Tá sé ráite *that friendship is a slow-ripening fruit that needs a certain rivalry of aim*. B'in mar a bhí, a chairde. Tá sé ráite freisin *that the blessings of old friends is that you can afford to be stupid with them*. A lucht éisteachta, ní folúntas ach folús atá Aodh a fhágáil ina dhiaidh."

Fothrom práinneach éigin a thosaigh de thapaigean a bhain preab dhúiseachta as. An ag brionglóidigh a bhí sé? Bhí a chloigeann ina mheascán mearaí ag an roithleagán.

"Múch é sin!" a deir a bhean go codlatach leis.

Céard go baileach a bhí le múchadh?

Ar an gceannbhord, go díreach féin os cionn a chloiginn, a bhí an clog beag aláraim ach go gcaithfeadh sé a bheith cúramach leis, é a thógáil anuas go haireach ina láimh mar, má bhí sé beag féin, go bhféadfadh sé titim anuas go héasca san éadan air agus go mbainfeadh na heochracha ar a chúl an tsúil go réidh as. Cé nár ghá a shúile a oscailt lena thógáil anuas – go deimhin féin b'fhearr a gcoinneáil dúnta ar fhaitíos na timpiste – ba ghá a n-oscailt nó, ar a laghad ar bith, leathshúil le cinntiú gurbh é an cnaipe beag ceart a chas sé de.

"Cas an raidió ar siúl," a deir a bhean.

B'in a bhí le déanamh chuile mhaidin, an t-aláram a chasadh de ach an raidió a chasadh ar siúl láithreach ar fhaitíos gur ar ais ina gcodladh go sámh a ghabhfaidís beirt arís.

"Taobh leatsa atá an raidió," a deir Aodh.

A raibh de chnaipí beaga air bhí an raidió chomh hachrannach leis an gclog, ach go raibh sé níos mó agus, ar an ábhar sin, níos socra ar an gceannbhord. Níor ghá a bhaint anuas, ná súile a oscailt, go fiú is an leathshúil féin, le cnaipí an raidió a aimsiú; níor ghá d'Aodh ach ligean dá mhéaracha a dhul ag triall ar a bharr ar nós an daill. Agus bhí a fhios aige, ó chleachtadh, gurbh é an dara cnaipe ón deireadh a bhí le brú lena chasadh air mar gurbh é an ceann deiridh ar fad a mhúch, cé go mb'éasca a dhul amú agus go raibh gá i gcónaí lena gcomhaireamh.

"Ó, a dhiabhail!" a deir Póilín.

"Cén diabhal é fhéin?" a deir Aodh á spochadh.

"A dhorcha is atá sé!" a deir sí.

"Dorcha i gcónaí atá an diabhal!" a deir seisean.

"Há, há, há! Bhfuil tusa le do chuid gruaige a ní?" a d'fhiafraigh sí. "Bhuel, éirigh go beo má tá!"

"Tá Muireann fós sa gcithfholcadán," a deir Aodh.

Teann diabhlaíochta chas Aodh i dtreo a mhná, neadaigh sé é féin isteach lena colainn theolaí, chuir sé a chiotóg ina timpeall agus d'fháisc i mbarróg í.

"Níl aon am dhó seo anois!" a deir Póilín.

"Ara, tuige nach mbeadh?" a deir seisean á fáisceadh níos dlúithe agus, idir shúgradh agus dáiríre, chuaigh sé le dul ar a mullach.

"Éirigh as seo!" a deir sise níos boirbe.

"Ní thógfaidh sé i bhfad!" a deir Aodh.

"An as do mheabhair atá tú?" a deir sise.

Thug sí láithreach faoi na héadaí leapan a chaitheamh di ach gur cheap Aodh arís i ndol í.

"Nár dhúirt mé leat go bhfuil Muireann fós sa gcith-fholcadán!" a deir sé.

Scread Póilín amach ar Mhuireann agus d'fhógair sí freisin ar Aodh.

"Ar son Dé!" ar sí leis.

"Ar son Dé," a scread Muireann isteach, "an dtógfaidh sibh go bog é?"

"Tá deifir orm!" a deir a máthair, ach í ag luí isteach arís faoi na héadaí.

Ar son na diabhlaíochta rug Aodh arís uirthi, ag ligean dá ghléas boid leicne maotha a tóna a phriocadh.

"Bhfuil tú as do mheabhair?" a deir Póilín, le drisín níos mó fós an t-am seo. "Pé ar bith cén macnas atá ar maidin ort? Táimse ag dul isteach ansin bíodh sise réidh nó ná bíodh!" ar sí ag éirí le fuadar.

"Dia dhár réiteach," a d'uaill Aodh, "is beag nár bhris tú mo ghléas le do thóin!"

Chúb Aodh é féin i gcompóirt na háite inar luigh a bhean. Chuala sé Muireann ag casaoid, a máthair ag rá léi go raibh aici éirí níos luaichte, go raibh triúr acu ann agus deifir orthu ar fad.

D'éirigh Aodh, tharraing brístín air agus chuaigh sé faoi dhéin an leithris. Casadh ar Mhuireann é, tuáille i gcocán ar a cuid gruaige fliche, tuáille eile ag folú a colainne.

"Dia dhár réiteach," ar sí, "teach na ngealt é an teach seo, siúráilte!"

Ach go raibh Póilín ina suí ar bhabhla an leithris roimhe.

"Dia dhár réiteach," a deir sé, "is fíor do Mhuireann!"

Cár meangaidh a leath ar éadan a mhná.

"Cé nach féidir leat greim a choinneáil scaitheamhín eile air?" ar sí. "Is measa ná bean thú!"

Thosaigh Aodh ag dul ó chois go cois.

"Éirigh as sin!" ar sise.

Rinneadar araon gáire.

"Mura ndéanann tú deifir!" arsa Aodh.

"Mura ndéanaim deifir, céard?" arsa Póilín.

"Deifir!" a deir Aodh arís.

"Coinnigh do mhún sa mbabhla anois agus ná mill an t-urlár!" arsa Póilín.

Nárbh é a bhí dorcha i gcónaí? An seachtú lá d'Eanáir, é ceaptha "fad gabháilín brosna" a bheith tagtha ar an lá. Óna chara Máirtín Cheata a chuala sé an nath sin. "Fad coiscéim coiligh" a bhí aige féin.

"Ciocu a chuala tusa, a Phóilín: 'fad gabháilín brosna' nó 'fad coiscéim coiligh'?" ar sé teann diabhlaíochta.

Ag fágáil an tí d'Aodh bhí an tranglam tráchta ag tiomsú cheana féin. Dá mhéad bóithre nua a bhí á dtógáil, dá mhéad leathnú is caoi a bhí á gcur ar sheanbhóithre, bhíodar ar fad á dtachtadh le trácht. Cén chaoi eile a mbeadh sé is a charr féin ag chuile bhocán is dochán?

Stroighin á cur ar phlásóga bána d'fhonn cur le spásanna páirceála, leacracha á leagan ar fhéar. Smaoinigh sé ar leacracha a chur ar a shráid tosaigh féin ach nárbh fhada go mbeadh Muireann ag pósadh.

Stroighin, leacracha, droichid thar aibhneacha, tolláin faoi aibhneacha. Na lánaí bus, na raonta rothar, bhíodar sin féin á dtachtadh le carranna. "Mé féin ina lár i mo chime mar chách, mar a scríobh an Direánach," arsa Aodh leis féin.

Faoi gur fhág sé a bhaile chomh luath, ámh, ní raibh aon trioblóid ag Aodh áit pháirceála a aimsiú an mhaidin seo, ach in achar gearr eile ní bheadh folamh sa chlós ach na spásanna a bhí in áirithe do dhaoine a raibh máchail éigin orthu agus na spásanna speisialta le haghaidh Mháistreás na Coille agus a complacht.

An *coterie* speisialta sin níor ghá dóibh deifir ar bith a bheith orthu. Ba mhinic a tharraing an phribhléid sin éad agus achrann. Balthazar agus a cheardchumann ba mhinic é ar a tháirm! Bean an *hole in one* ag cuidiú go láidir leis. *Hole in one* ag casaoid gur cuireadh teanntú ar a carr sise.

Balthazar ag moladh do *hole in one* go raibh aici a casaoid a chur mar mhír ar chlár cruinnithe. *Hole in one* ag moladh pé carr ar cuireadh teanntú air go gcuirfí an bille go dtí Máistreás na Coille.

I dtaca leis an gCorcaíoch, Alastar Acmhainneach, bhí a chleasaíocht seisean suimiúil: a charr á pháirceáil chuile mhaidin aige chomh cóngarach is a d'fhéad sé do na boic. Súil aige, dá léireodh sé a dhíograis, go mbéarfadh sin toradh fóintiúil dó lá níos faide anonn. Agus rug. Ceapadh ina ollamh é.

Ag coisíocht leis óna charr an mhaidin seo cé d'éirigh amach roimh Aodh ach an fear ceannann céanna sin, Alastar.

"Móra dhuit ar maidin, a Aodh!" ar sé.

De bharr na preibe a baineadh as, Alastar a bheith chuige, d'fhéach Aodh ar ais arís ar an gcarr suntasach a raibh Alastar tagtha amach as.

"Go mba hé dhuit, a Alastair! Leatsa an t-áilleagán sin? Bhuel, bhuel, bhuel, fear a bhfuil airgead aige!"

"Níl a fhios agam fé san anois, a Aodh!"

Cé nár mhórán suime i gcarranna a bhí ag Aodh, bhuail smaoineamh i dtobainne é go raibh aige tuilleadh spéise a léiriú i gcarr Alastair óir ba charr nua é agus ba dhuine é Alastar a bhí mórálach as carranna.

"Sid é an chéad charr nua atá feicthe i mbliana agam," arsa Aodh, é ag stopadh ina bhealach agus ag dearcadh siar.

Ní dhearna Alastar ach a shainmheangadh.

"Bhuel, go maire tú é, a Alastair!"

Faoi nach raibh Aodh cinnte cén déanamh cairr a bhí ann agus nár theastaigh uaidh sin a ligean air d'Alastar shiúil sé ar ais arís agus timpeall nó go bhfaca sé an déanamh a bhí scríofa air. Opel Frontera. Roth mór breise greamtha go tóstalach dá chúl. É téagrach, ard, cumhachtach. "Frontera! *Four-wheel drive?*" ar sé.

Frontera! Ba bhreá an t-ainm é.

"Ionsaí ar chríocha inti sin, a Alastair, a dhearthair. Í sin chomh tréan le *bulldozer*!"

Na busanna turasóireachta a théadh siar thar an teach acu féin fadó, a meabhraíodh d'Aodh. É féin is a mháthair ina seasamh sa tsráid ag breathnú le halltacht ar na busanna údaí. Iad ag samhlú airgid leo seo a bhí sna suíocháin. Siar Dúiche Sheoigheach go dtí an fharraige, a deireadh a mháthair. Na daoine saibhre sin, chroithidís a lámha leo. Iadsan ag croitheadh a gcuid lámh ar ais leosan. A mháthair ag rá go mbeidís sin ag caitheamh dinnéir thiar in óstán galánta agus go mbeidís ina dhiaidh sin ag tógáil aeir ar an trá. Dúirt sí go mb'aoibhinn léi féin a dhul siar go luath ar maidin, an lá a chaitheamh thiar, agus a theacht aniar arís tráthnóna.

"SUV!" arsa Aodh. "An 'C' go mórálach agat uirthi ar chuma ar bith, a Chorcaígh, a mhic!"

Meangadh neafaiseach, mar dhea, ar ghnúis Alastair.

"Caithfidh go raibh tú ag feitheamh le breith ar chéad bhradán na bliana? É geafáilte le laethanta agat, is dóigh?"

A mheangadh beag neafaiseach arís ar Alastar.

"Ceithre bliana déag i mbliana atá mo charrsa!" arsa Aodh. "Dáiríre píre, cuma liomsa cén carr ach í a bheith in ann imeacht!"

"Mise mar an gcéanna!" arsa Alastar.

"Mise mar an gcéanna!" Ní raibh sin. D'athraigh Alastar a charr agus a phort de réir an té a raibh sé ag caint leis.

"Imrímse an diabhal ar mo charr," arsa Aodh, "faoi go dtógaim ins chuile chineál bóithrín í."

"Mise mar an gcéanna!" arsa Alastar.

An "mise mar an gcéanna" sin arís! Níl tú ná é, a bhuachaill. Cúram, sin é do shainmharcsa. "Mise mar an gcéanna!" B'fheasach do chlabairí an domhain nár mhar a chéile.

"Chuile chineál bóithrín dhá chaoile!"

"Mise mar an gcéanna!"
"Driseacha, sceacha, clocha géara!"
"Mise mar an gcéanna!"
Ó, a Mhuire Mháthair! A Alastair Acmhainnigh, má théann tusa ar bhóithrín caol cam is i gcarr duine éigin eile é!
"Bhí mé lá thíos i gCluain Eanaigh," a deir Aodh, "agus . . . "
"Áit álainn," a deir Alastar.
". . . agus nár tháinig an tarracóir seo i m'éadan, ualach féir ar a leantóir."
Chuir Alastar mar a bheadh strainc phéine air féin.
"Ní raibh bealach ach go dona ag an dá fheithicil ach go mba é fear an tarracóra ba chliste, nár stop seisean agus nár fhága sé fúmsa mo bhealach a dhéanamh síos thairis."
"Tabhair clisteacht air!" arsa Alastar.
"Céard déarfá mura raibh gob iarainn sa bhféar?" arsa Aodh.
"Ó, a Thiarcais!" arsa Alastar.
"Bhuel, nuair a d'airigh mé an scríobadh!" arsa Aodh.
"Ó, a Thiarcais Dia!" arsa Alastar.
Mhaígh straoisín ar éadan Aodh nuair a smaoinigh sé ar an gcaoi a mbíodh sé ag coinneáil droch-chliathán a chairr ceilte ar leithéidí Alastair.
"Coinneod anois í go dtitfidh sí as a chéile!" ar sé.
"Canathaobh ná coimeádfá?" a deir Alastar.
"Go dtitfidh an tóin aisti!" arsa Aodh.
Ag dul isteach sa choláiste dóibh tharraing Aodh an doras chuige agus sheas sé de leataobh go ligfeadh sé dá leathbhádóir a dhul isteach roimhe. Ach, faoi mar a mheas sé, rinne Alastar comhartha lena chiotóg, ag rá leis-sean a dhul chun tosaigh.
"*Aprés vous!*" a deir sé.
B'amhlaidh don dara doras.
"*Aprés vous aussi!*"
Nós seo na ndoirse – cé a shiúlfadh chun tosaigh ar an té eile – ba nós é a chuir Aodh soir arae, dáiríre píre, ba chleas *pecking order* ag daoine é, dar leis. An té ar éirigh leis an té eile a chur isteach roimhe ba dhóigh leis, ar chaoi éigin, go mba chéimiúla é féin.

Go minic ba gheall le hordú é go siúlfadh an té eile sin chun tosaigh. Cé go mb'fhaide sa choláiste é ná Alastar ghéill Aodh ach ní ghéillfeadh sé go mba léiriú ar shinsearacht ghradaim é. Ach arbh ea? Géilleadh ar bith nár bhua ag an té eile é? Nár mhéadaigh sin ar mhisneach an té ar géilleadh dó? Agus, breathnaigh, nárbh é Alastar Acmhainneach, an crochadóir, a rug an bua mór faoi dheireadh? B'airsean a bronnadh an gradam ollamh.

"Pé ar bith é, a Aodh, nach breá í an aimsir?"

"Don am seo bliana, a Alastair!"

Bhíodar ag dul ag scaradh ó chéile, Alastar go dtína oifig síos siúltán faoi chlé, oifig Aodh ceann ar aghaidh, nó gur stop Alastar i dtobainne.

"Conas athá cúrsaí ar aon nós?" a d'fhiafraigh sé.

"Ó, thar cionn!" arsa Aodh go leathshearbhasach. "Lá chomh breá ní raibh againn a bheith istigh anseo ar chor ar bith!"

"Go díreach é!" arsa Alastar.

"Bhí againn casadh abhaile aríst!" arsa Aodh.

"Th'anam ón diabhal gur fíor dhuit é!" arsa Alastar.

"Fíor dhuit é!" "Go díreach é!" "Mise mar an gcéanna!" Dheamhan a mbeadh seans ar bith ann go ndéanfadh an tAlastairín Acmhainneach céanna casadh ar ais! Cur i gcéill! Ligean air! Na harduithe céime a raibh súil aigesean leo ní raibh baol ar bith go scaoilfeadh seisean thairis iad ar aon dóigh fhánach.

Casadh ar ais! Is iomaí maidin a rith an smaoineamh ceolmhar sin le hAodh. Casadh ar ais agus an lá a chaitheamh faoin tor i gCoill Chluain Eanaigh. An comhartha bóthair, ar bhóthar na nduganna, ag fógairt na háite sin, ba é a chuir an smaoineamh sin ina cheann a liachtaí sin uair. Coill Chluain Eanaigh ar mhinic é ag spaisteoireacht inti. Maidin chomh deas, a dúirt sé leis féin, agus an lá álainn a leanfas í, nach mór an peaca go gcaithfí í cuachta in oifig aimrid, ag triall anois is arís ar sheomra ranga le haghaidh ceardlann teangan nár mhóide aon mhac nó iníon léinn a theacht le freastal uirthi? Lá chomh breá cén fonn éisteachta le ceacht leadránach faoin bhForainm Coibhneasta ná faoin Modh Foshuiteach a bheadh ar aon duine?

A sheanpheata, an Modh Foshuiteach, Aimsir Chaite, á mhúineadh ag Aodh i gcónaí. "Dá gceannaínn cupán tae" chomh maith le "dá gceannóinn cupán tae". É ag spreagadh na mac léinn go gcuirfidís eolas air fiú is mura mbainfidís aon fheidhm go brách as. É ar a mhíle mhiota ag iarraidh an difríocht eatarthu a spáint ach, déanta na fírinne, an raibh aon difríocht? Ar chur i gcás amháin a bhí ann? Nó mar a deir an ceann eile: *If you would ever fuck off!*

É amhlaidh leis an Sean-Tuiseal Tabharthach! "Sa ló", "faoin ngréin", "de phreib", "ón gcomharsain", Aodh á spreagadh an fhoirm sin chomh maith leis an nuafhoirm a bheith acu. Go mb'in an chaoi leis an tSean-Ghaeilge cheart a bheith ag duine, a deireadh sé. An Ghaeilge chréúil chraicneach le brí, mar a deireadh Ó Cadhain. In áit an chróilí, a deireadh sé, in áit an *mhish-mash*, in áit na neodrachta. Agus, míle buíochas le Dia, nuair a táladh i gceart air é, bhí an corrmhac léinn ann arbh é an dea-earra a bhí uaidh.

Ach an mbeadh fonn foghlama mar sin ar oiread is duine an chéad lá ar ais, uain chomh breá? Mura molfadh sé go dtógfaí an rang amuigh sa gcoill? "Go díreach, a Aodh", "tagaim leat, a Aodh", "mise mar an gcéanna, a Aodh!". Alastar Acmhainneach ag aontú ach nach ndéanfadh beart dá réir sin go deo, ar a laghad ar bith go mbeadh a fhios aige cén chaoi a raibh an ghaoth ag séideadh. Mar a deireann lucht an Bhéarla: *That fellow always rigs his sails to the prevailing wind!*

Tadhg an Dá Thaobh! Ba é a déarfadh Alastar lena chéad leathbhádóir eile gur ródheireanach ar ais a bhíodar; gur bhréan den bhaile a bhí sé féin; gur ag dúil le struchtúr arís ar a lá a bhí sé.

Ar thréith Chorcaíoch an gliceas sin? Bhí ag duine a bheith discréideach le Corcaígh. Gan scaoileadh leo ach ar theastaigh uait a bheith craobhscaoilte.

"Sílim," arsa Aodh, "go gcuirfead fógra in airde mé a bheith tinn!"

Ach an gcuirfeadh? Ar thada seachas gliogar cainte a bhí riamh aige féin ach oiread?

"*À bientôt!*" a deir Alastar.

"Ab í sin Gaolainn na Laoi?" arsa Aodh.

"Gaolainn Chúil Aodha, a bhuachaill!" a d'fhreagair Alastar. "*À toute à l'heure!*"

Casadh abhaile agus a dhul ag spaisteoireacht. Fógra a chur ar a dhoras ag rá go raibh sé tinn. Cocún a dhéanamh de féin ina oifig chompóirteach.

Bhuail Aodh faoi ar a chathaoir sclóineach ag smaoineamh ar an gcaoi, dar le hAlastar, a bhféadfaí bob a bhualadh ar an NCT. Go raibh nithe fós ann nár fhéad an ríomhaire iad a fheiceáil. An rud is annamh is iontach, an rud is léire is ceiltí! Bhí Aodh ag ceistiú na sárchéime: má bhí sí i gceann de na nathanna cad chuige nach raibh sí sa cheann eile? Nár bhreá, ar chuma ar bith, nach raibh an ríomhaire bradach i réim ins chuile réimse?

Bhí sé ar tí ríomhphost a sheoladh go dtí Cormac ach go tobann chuala sé an beannú ard spleodrach taobh amuigh dá fhuinneog: "Móra dhuit ar maidin, a Ollaimh Ó Draighneáin!"

Ard spleodrach? Níor ghuth ard spleodrach, bolgach, go dtí é! Guth Meiriceánach, *sans doute*, mar a déarfadh Alastar. Soilbhir séasúrach chomh maith céanna, arsa Aodh leis féin.

An tOllamh Ken Kennedy, an scoláire Meiriceánach a bhí tagtha ar cuairt go dtí an coláiste, ba leis-sean an beannú. Nach ar cuairt go baileach a bhí sé tagtha ach ar malartú ar feadh seimeastair. Ball foirne abhus imithe anonn agus Ken tagtha anall. A gcuid mac léinn féin tugtha anonn is anall. Pointí creidiúna á saothrú ar an dá thaobh.

Glór muiníneach sin Ken cén t-ionadh é ina ollamh? Ach an chaoi a raibh sé sna Stáit Aontaithe bhí an chosúlacht air gur ollamh chuile acadamhaí sa tír sin. Murar ollamh thú níor thada thú. Ní bheadh i "léachtóir" ach an pincín i measc na n-iasc.

Agus b'in faoi deara, is dóigh, ollamh á thabhairt ag Ken ar Chaspar. Faoi nach raibh sé sách fada sa tír seo fós le fios níos fearr a bheith aige. Ach go mba mhór an spóirt é ollamh á thabhairt ar an gCaspairín seo acusan. "An bhfaca tú mo Chaspairín, mo Chaspairín, mo Chaspairín? Ní raibh bróg ar bith ar mo Chaspairín ag dul síos an bóthar!"

"Ba mhaith liom tú a chur in aithne don chomhghleacaí so liom," arsa Ken, "an tOllamh J. P. O'Reilly."

"Ó Raghallaigh," arsa an té eile sin á cheartú. "Fad is atá mé anso in Éirinn is mian liom m'ainm a bheith as Gaolainn!" ar sé.

"An-mhaith!" arsa Caspar.

"An bhfuil mé á rá i gceart?" arsa J. P.

"Tá tú!" arsa Caspar.

"Nílim ach ag foghlaim, an dtuigeann tú?" arsa J. P.

"Ní fhéadfá é a rá níos cirte!" arsa Caspar.

Mheas Aodh gur mhaígh straoisín mánla ar éadan Chaspair nuair a tugadh ollamh air. Ab é gur rith sé le Caspar, ar feadh meandair, go raibh éirithe leis tharas a smaoinigh sé riamh?

Ken, J. P. agus a gCaspairín siadsan. An bheirt Mheiriceánach chomh hotraithe le rónta, Caspairín ina fhás caolóige. Ar chúnamh bolg le bheith i d'ollamh? Féasóg ina theannta sin agus caithfidh go ngairmfí fealsamh ar dhuine.

Bhain Caspar a sheaicéad de ach in áit é a chrochadh ar a ghualainn choinnigh sé ina ghabháil é ar nós marcach lena dhiallait i ndiaidh rása. *Jockey of note* nó *gentleman rider*, mar a deir an ceann eile.

I dtobainne bhain an guthán agus d'inis Aodh do Bhelinda faoin seó amuigh.

"Nach é Caspairín an ceann?" arsa Belinda ach go mba léir cúrsaí níos tromchúisí ar a hintinn. "Dar an scéal an bhfuair tú an ríomhphost san faoin gcruinniú ó Mhaor an Gharráin? Gan Clár ar bith leis!" ar sí.

"Gan aon Chlár, muis," arsa Aodh.

"Níl san maith go leor!" arsa Belinda.

"Ar ndóigh, níl," arsa Aodh.

"Anuas air san gan ann ach fógra dhá lá!" ar sise.

"Dhá lá, leoga," arsa Aodh.

"De réir rialacha caithfear fógra sheachtaine a thabhairt!" ar sise.

"Ní chaithfidh seisean," arsa Aodh.

"Ní leor é, a Aodh!"

"Ar ndóigh, ní leor."

"Táimse ag smaoineamh gan a dhul ann in aon chor!"

Seo í Belinda bhreá arís, arsa Aodh leis féin, í ag casaoid agus ag bagairt. Mura bhfuil uaithi freastal cad chuige a bhfreastalódh? Ach go bhfreastalóidh! Déanfaidh an circín seo a cantal, lochtóidh sí chuile dhuine eile, déarfaidh sí nach bhfuil cnámh droma acu ach, ina dhiaidh sin is eile, bí cinnte go mbeidh sí i láthair. Tiocfaidh sí isteach beagáinín deireanach agus déanfaidh sí a leithscéal a ghabháil go caomh. Uaidh sin go dtí deireadh an chruinnithe ní bheidh spíd ná fiacail aisti.

"Dá mbeadh Clár leis b'fhéidir nár mhiste!" arsa Belinda.

Cén uair riamh a chuir Maor an Gharráin Clár le gairm cruinnithe? Ba mhaith ab fheasach sin do Bhelinda agus scoradh sí dá cnáimhscáil. Nó déanadh sí rud éigin faoi. Níor fhága sin, ar ndóigh, nach mbíodh an Maor ag casaoid an té a bhí ann roimhe! Na lochtanna ceannanna céanna á bhfáil aige air is a bhí á bhfáil ag Belinda airsean anois. Níos measa! Ó, an ceann roinne bocht eile sin bhí sé sáraithe, ciaptha, céasta, ag an bhfear seo go dtí go dtáinig sé féin i dtreis!

"Ag iarraidh a theacht aniar aduaidh orainn a bhíonn sé!" arsa Belinda.

An tuairim chéanna sin nochtaithe a liachtaí sin uair cheana aici.

"Tá an ceart agat, a Bhelinda."

"Dár maslú atá sé, a Aodh!"

"*C'est vrai*, mar a déarfadh Alastar, a Bhelinda."

"Cad is cóir a dhéanamh fé atá uaimse, a Aodh?"

"É a mharú, a Bhelinda!"

"Ní haon chabhair í an tseafóid!" arsa Belinda le géire chantail.

"Ní seafóid ar bith é, a Bhelinda. Séard is cóir a dhéanamh maide galánta geiligníte a chur suas ina dhrólann. Nó scian bhúistéara a chur lena scóid!"

Tost mífhoighdeach a tháinig ó Bhelinda.

"Ní haon mhaitheas an ráiméis," ar sí go daingean. "Is scéal tromchúiseach é so."

"*Sans doute*, mar a déarfadh Alastar," arsa Aodh. "Cuirtear deireadh leis! Stróc nó *aneurism*!" ar sé. "Dia idir sinn is an anachain!"

"Stróc mura gcailltear tú, *aneurism* nuair a chailltear!" arsa Belinda.

Is í Belinda an cailín, arsa Aodh arís leis féin. Chuile shórt faoi bhás, faoi éagaoineadh, faoi fhuasaoid, faoi fhulaing, faoi ghalair, faoi fhiabhrais, lot, fadht is eile is í Belinda an cailín chuige. Is í Belinda an t-*encyclopedia*. Chuile chógas, leigheas is ortha freisin aici.

"Fíon dearg agus seacláid dhorcha!" arsa Belinda.

"Cén chaoi a bhfuil t'athair fhéin?" a d'fhiafraigh Aodh.

"Níl sé ach maith go leor," a d'fhreagair Belinda go híseal.

Caithfidh go bhfuil aois mhór anois aigesean, arsa Aodh ina intinn féin, agus faoi mar go mb'fheasach di a smaointe bhí, "Cad is 'aois mhór' ann, a Aodh?" ráite ag Belinda. "Ach ní hé m'athair is measa in aon chor ach mé féin!"

Chuala Aodh ríomhphost úr ag clingeadh isteach agus chliceáil sé láithreach air. *Make Your Lover Happy.* <u>MAKE YOUR MANHOOD LARGER NOW.</u> *Your package will become larger overall. It will be longer, wider and thicker than ever before.*

"Bhfuil tú ag éisteacht in aon chor liom?" arsa Belinda.

"Tá mé anseo," arsa Aodh, go réchúiseach, mar dhea. *Results are not just scientifically proven statistics either, they are noticeable to the naked eye.*

"Chuas chuig an altra inné agus dúirt sí go raibh mo bhrú fola ana-ard," arsa Belinda.

"Tá sé sin go dona, a Bhelinda!" *Worried about premature*

ejaculation? No problem. Concerned that you will be unable to maintain an erection?

"Bhfuil duine éigin in éineacht leatsa ansan, a Aodh?"

"Níl! Níl! Duine ar bith! Coinnigh ort, tá mé ag éisteacht leat! Má tá brú fola ort, a Bhelinda, níor chóir dhuit a bheith istigh ar chor ar bith," arsa Aodh. *Don't worry. Our product has been designed and tested to ensure the correction of almost any penile problem imaginable.* "Bhí agat a dhul abhaile, a Bhelinda. Bucáileadh an cruinniú leis. D'fhéadfadh brú fola ard a bheith an-chontúirteach, a Bhelinda!"

Chonaic Aodh go mba í Lourda a chuir an ríomhphost sin chuige. Cérbh í an Lourda seo? Bean álainn as tír i gcéin?

"Ó, buíochas le Dia!" ar sé os ard i ngan fhios dó féin.

"Cad?" arsa Belinda.

"Tada! Gabh mo leithscéal, a Bhelinda!"

Lourda? Ainm bréige, níorbh fholáir! Lourda?

"Cad?" arsa Belinda. "Cad atá tú a rá?"

"Cad, céard?" arsa Aodh.

"Shíl mé go ndúirt tú rud éigin," arsa Belinda.

"Mhol mé dhuit a dhul abhaile," arsa Aodh. "Go n-abródsa le Maor an Gharráin nach bhfuil tú ar fónamh."

"Cé a dúirt nach raibh mé ar fónamh?" arsa Belinda.

"Luaigh tú teocht," arsa Aodh.

"Ara, ná bac san!" arsa Belinda. "Slán!" ar sí go giorraisc, agus bhí sí imithe.

Míle buíochas le Dia, arsa Aodh leis féin. Lourda? *Amazing Stuff! And browse through our Movie Archive Mega Site! Select your favorite: Raw Sex Videos, Housewives, Horny Lesbians, Hard Anal, Legal Lolitas, SheMale Vids, Mature Moms, Cumshot Fantasies.*

Ach gur bhain an guthán arís agus go mba í an cailín báire céanna Belinda a bhí ar ais.

"Nár scrios mé an ríomhphost san fén gcruinniú," ar sí.

"Ara, bhí an ceart agat! Ná bac thusa leis an gcruinniú sin!" arsa Aodh. "Inseoidh mise dhó go bhfuil tú tinn."

"Nílim ach ag tógáil *aspirin*!" arsa Belinda.

"Le do chuid fola a thanachan?" arsa Aodh. "Ól uisce leo! Thabharfaidís sin *aneurism* do dhuine!"

"Ná bac *aneurism* anois!" arsa Belinda.

"D'fhéadfadh *side-effects* a bheith acu," arsa Aodh.

"Ná bac san, anois!" arsa Belinda.

"D'fhéadfadh *side-effects* a bheith go dona!" arsa Aodh, súil aige go mbaileodh Belinda léi. Lourda, ar sé leis féin.

"Cad a mheasann tú fén Iaráic?" a d'fhiafraigh Belinda go stuama.

Bucáileadh an Iaráic léi!

"An pictiúr uafásach san ar pháipéar an lae inniu d'Uday agus de Qusay!" arsa Belinda.

Foc iad, arsa Aodh arís leis féin. Lourda, mura mbailíonn an Bhelinda seo léi go beo pléascfaidh mé.

I dtobainne buaileadh cnag ar dhoras a oifige.

"Ar do dhoras-sa nó ar mo dhoras-sa a buaileadh an cnag san?" arsa Belinda. "Mac léinn, ab ea?"

"Diabhal a fhios agam fós, mac tíre nó iníon!" arsa Aodh. "Tar isteach!"

Iníon léinn tláith a bhrúigh an doras roimpi.

"Gabh mo leithscéal," ar sí.

"Fáilte romhat, a stór," arsa Aodh. "Buail fút ar an gcathaoir dheas sin."

"Go raibh maith agat," ar sí.

"Coinním an chathaoir is compóirtí do na hiníonacha léinn!"

Meangadh cúthail a rinne sise.

"Abair leat."

Chuimhnigh Aodh de phreab go mba é an nua-nós anois go bhfágfaí an doras oifige beagáinín ar leathadh ar ócáidí mar í seo. Nós a tháinig ó Mheiriceá, leithéidí Ken agus J. P., agus an tUachtarán í féin, Máistreás na Coille – ar ais as Meiriceá di – bhí sí ag brú an chleachtaidh nua seo chun tosaigh. Ach ba nósmhaireacht í nár thaithnigh le hAodh, b'éard a rinne sé, dar leis, gur tharraing sé aird, agus míchompóirt.

Go stadach dúirt an iníon léinn gur mhaith léi, murar mhiste leis, spléachadh a fháil ar a freagarleabhar scrúdaithe.

"Ó, an scrúdú!" arsa Aodh go magúil. "Ara, ná bac an scrúdú, a Shinéad! É sin thart anois!"

"Modúl GA4042," ar sí.

"Ó, an modúl leibideach sin!" arsa Aodh. "Cé a thabharfadh aird ar bith uirthi sin?"

"Cheap mé gur dhein mé níos fearr ná . . ." ar sí.

"B'fhéidir go ndearna freisin," arsa Aodh go spraíúil, bolgshúileach. "Bhuel, ná bíodh muid ag pleidhcíocht," ar sé. "Feicimis!"

"Tá brón orm fé so," arsa Sinéad.

"Ná bíodh brón ar bith ort, a stór," arsa Aodh. "Cé go mb'fhéidir gur go dtí an Ceann Roinne a chaithfeas tú a dhul . . . " (Fios maith aige gurbh é Maor an Gharráin a chuirfeadh fáilte roimpi!) ". . . faoi gur aigesean, is dóigh liom, atá na freagarleabhra. Nó ag Oifig na nDán, b'fhéidir."

"Dúirt Oifig na nDán gur agatsa atá siad," arsa Sinéad.

"Ó, ar dhúirt anois? Agus, b'fhéidir, gur agam, ach go mbím an-dearmadach, a Shinéad! An aois, a Shinéad! Murar thugas ar ais ó shin go dtí an oifig sin iad?" ar sé. "Ach foighid ort go bhfeice mé. Is mé atá i gceannas ar an modúl sin ceart go leor."

D'éirigh Aodh go ndeachaigh sé go dtína throdán.

"Gabh mo phardún, a Shinéad, cén sloinne sin atá ort?"

Rinne Aodh útamáil mar dá mbeadh sé ag cuardach. Burlaí agus burlaí seanscripteanna á n-iniúchadh aige, mar dhea. Bhí na cinn chearta aige maith go leor ach gur theastaigh uaidh spléachadh úr a thabhairt ar a script sise, ar fhaitíos na bhfaitíos. Cé nach mbeadh ardú le fáil aici, b'in cinnte, theastaigh uaidh leithscéal feiliúnach a bheith aige di agus a bheith in ann labhairt go muiníneach údarásach léi ach, fós, go tuisceanach. Dá dtabharfaí ardú gráid do dhuine amháin scaipfí an scéal ar nós na tintrí agus bheadh baicle isteach chuige.

"Ní fheicim an beart cuí anseo, a Shinéad," ar sé go

suáilceach, "cé go mb'fhéidir é agam in áit eicínt ach mo shúil a leagan air."

Anonn leis ansin go dtí seilf mar a raibh seanbheartanna eile.

"Sé an chaoi a mbíonn sé anseo, a Shinéad, go mbíonn oiread sin sean-fhreagarleabhra againn nach bhfuil ár gcuid oifigí leath sách fairsing. Bhfuil a fhios agat, a Shinéad, go mbíonn orainn scripteanna a choinneáil oiread seo blianta? Níl cead againn a scrios. Riail amaideach, agus mar a fheiceann tú fhéin níl leath dóthain spáis againn. Seanscripteanna a bhfuil caonach liath orthu, atá ag athrú datha, ar ndóigh níl ciall ar bith leis! Cé nach bhfuil cúrsaí baileach chomh dona le bliain nó dhó ó cuireadh Oifig na nDán ar fáil, agus rúnaithe. Is féidir iarraidh orthu sin anois seanscripteanna nó freagarleabhra a stócáil ina n-oifig ach, ar ndóigh, dheamhan a bhfuilid uathu sin ach oiread arae níl an spás acu ach chomh beag. Ach na créatúirí, agus bíonn trua agam dhóibh, céard is féidir leo sin a dhéanamh, ní féidir leo muid a eiteachtáil! Bhuel, d'fhéadfadh ach ní dhéanann. Dáiríre, dáiríre píre, is cailíní an-deasa iad. An cailín sin as Contae an Chláir go háirid!"

Choinnigh Aodh air ag cuardach na bhfreagarleabhra, mar dhea.

"Mura miste leat, a Shinéad, ar mhiste leat cuairt eile a thabhairt ar Oifig na nDán, go dtí Caitlín álainn, agus abair léi gur mise a d'iarr ort a dhul aici?"

"Bhí mé ag caint léi. Dúirt sí liom a theacht chughatsa."

"Ó, tuigim! Ar ndóigh, dúirt tú liom go raibh tú san oifig. Ach, ar fhaitíos na bhfaitíos, a Shinéad, ar fhaitíos na bhfaitíos, ar mhiste leat a dhul go dtí í aríst? Agus séard a dhéanfas mise go leanfaidh mé orm ag cuardach anseo. Agus, a Shinéad, tar ar ais anseo aríst, do script aimsithe ag Caitlín nó gan í a bheith aimsithe. An ndéanfaidh tú sin le do thoil? Sé an rud a dhéanfas tú, a Shinéad, má fhaigheann Caitlín an script abair léi glaoch gutháin a chur láithreach orm, an ndéanfaidh tú sin? Agus má fhaighimse í déanfadsa an gníomh ceannann céanna oraibhse. Maith go leor?"

A luaithe Sinéad imithe tharraing Aodh a script amach as an mbeart. An-áthas air go rabhadar curtha in ord aibítre aige, arae, ó ceapadh Caitlín b'annamh a bhac sé féin leis sin.

Bhí cuid mhór scríofa aici cinnte. Agus ní raibh an t-ábhar go dona. Agus bhí dóigh dheas aici lena cuid pointí a chur.

D'ardaigh sé an guthán gur chuir sé scairt ar Chaitlín.

"Ar tháinig an iníon léinn Sinéad Ní Ghloinn isteach agat, a Chaitlín?"

Cé gur dhúirt Caitlín gur tháinig lean Aodh air: "Iníon léinn chéad bhliana, a Chaitlín, B.Oid., 007574545. Ó, go breá ar fad, a Chaitlín. Agus tá sí ansin in éindí leat go fóilleach? Bhuel, abair léi, a Chaitlín, go bhfuil a script aimsithe agamsa agus gur féidir léi a theacht ar ais anseo aríst. Anois díreach más feiliúnach sin di. Dúirt mé sin mé fhéin ar ball léi, a Chaitlín. Gura míle . . . !"

Shuigh Aodh faoi agus tharraing sé roinnt línte faoi bhotúin a bhí déanta aici cé nár dhrochbhotúin ar chor ar bith iad ach go mbeadh deirge an bhadhró le feiceáil. Cheartaigh sé an corrdhearmad gramadaí. Lean sé air go dícheallach, go mór i bhfách lena raibh ar siúl aige, mar dhea, gur bhuail Sinéad a cnag arís ar a dhoras.

Chuir sé an badhró i bhfolach faoi dheifir.

"Tar isteach! Fáilte romhat! Tá an-aiféaltas orm, a Shinéad, faoin trioblóid seo ar fad a chur ort."

Thost sé ansin agus é ag breathnú go báúil, mar dhea, ar a script.

"Níl dabht ar bith, a Shinéad, ach go bhfuil pointí maithe anseo agat. D'fhreagair tú an cheist go maith, bhuel, cuíosach maith ar aon chaoi, níos mó ná cuíosach maith. Agus tá gramadach shásúil agat, bhuel, b'fhéidir, nach bhfuil sí go hiomlán sásúil – ar ndóigh, níl, cé aige a mbíonn, mé fhéin san áireamh – ach tá bunchloch mhaith agat, ar féidir tógáil uirthi. Sin é an príomhrud, a Shinéad, an teanga a bheith ar eolas ag duine, tiocfaidh an chuid eile, de réir a chéile cuirfidh tú eolas ar an mbealach le léitheoireacht chriticiúil a dhéanamh ar théacs.

Tá Grád C1 faighte agat agus is grád maith é sin. Bhí súil agat, b'fhéidir, le B3?"

Bhreathnaigh sé san éadan uirthi. D'ardaigh sé malaí a chuid súl i bhfoirm cheiste.

"Bhí," ar sí le cnead beag neirbhíse.

"Céard leis go baileach a raibh tú ag súil?" ar sé go caoin.

"B3," ar sí.

"Onóracha," ar sé. "Ní bhíonn mac nó iníon léinn ar bith sásta ar na saolta seo gan B3 ar a laghad a fháil, faoi gur onóracha é sin. Ach is grád an-bhreá C1. Pas breá láidir é sin."

"Tá a fhios agam, ach . . . "

"Tuigim dhuit, bheinn fhéin ar an gcaoi chéanna, a Shinéad, agus is teist mhaith ar dhuine é. Is cóir a bheith uaillmhianach."

"Cheap mé gur dhein mé ceist mhaith . . . "

"Agus rinne, a Shinéad."

"Dhein mé go leor staidéir . . . "

Bhí sí ag éirí níos dána anois.

"Tá mé cinnte go ndearna!" arsa Aodh. "Agus ghnóthaigh tú grád maith, a Shinéad."

Rinne sé machnamh domhain, mar dhea. Bhreathnaigh sé amach faoina shúile go cineálta uirthi.

"Ach tá faitíos orm, a Shinéad, nach bhféadfainn níos mó a bhronnadh ort."

Bhreathnaigh sé ar ais arís ar a script.

"Bhfuil badhró ansin agat, le do thoil?"

Chuir sé cúpla marc beag dearg eile ar a cuid oibre, marcanna bídeacha le nach sílfeadh sí gur díoltas a bhí ann. Ansin shín sé an script chuici le go léifeadh sí na nótaí beaga léirmheasa a bhí breactha faoi dheifir aige.

"Tá go leor scríofa agat, agus é déanta go néata," ar sé, "go slachtmhar fiú is, ach gur beag ábhar atá ann, faraor. Níl doimhneacht ann, a Shinéad. Ar an dromchla atá sé. Dáiríre, a Shinéad, cé nach maith liom é seo a rá, níl tugtha go hiomlán agat faoin gceist. A leath, dáiríre, atá déanta agat. Ní maith liom á rá seo, a Shinéad, mar nach mian liom lagmhisneach a chur ort, mar is cailín maith thú, ach caithfidh mé a rá nach léiríonn do fhreagra gur léigh tú . . . ”

“Léigh mé an leabhar, léigh mé cúpla uair é,” arsa Sinéad.

“Má deireann tú é glacaim gur léigh, a Shinéad, ach nach léir sin . . . ”

“Thóg mé nótaí agus chuile shórt,” ar sí.

“Agus tá sin le moladh,” arsa Aodh. “Tréith an-bhreá í sin. Is cailín dúthrachtach thú agus is léir sin arís ar ais faoi gur tháinig tú isteach anseo, agus molaim thú. Glacaim leis go hiomlán, a Shinéad, gur oibrigh tú go crua. Ach is grád maith é C1. Ba mhaith liom, b’aoibhinn liom, níos mó a bheith faighte agat, ach dhá dtabharfainn tuilleadh dhuitse bheadh sé éagórach ar dhaoine eile.”

“Tuigim,” a deir Sinéad, deoir ina súil.

“Bí mórálach asat fhéin, a Shinéad.”

D’éirigh sí.

“Bí mórálach asat fhéin,” arsa Aodh arís.

Rinne sí meangadh beag.

“Go raibh maith agat ar aon nós,” ar sí.

“Tá fáilte romhat,” arsa Aodh. “Tuigim go bhfuil diomú ort ach ná bíodh.”

“Go raibh maith agat.”

D’éirigh Aodh gur oscail sé an doras di. Bhreathnaigh sé amach an siúltán.

“Cérb as go díreach thú?” ar sé.

“Contae an Chláir,” ar sí.

“Ó, Clárach eile!” arsa Aodh. “Ní maith liom ‘Cláiríneach’ a thabhairt ar Chlárach! An Clár, abú! Fad is nach as Ciarraí thú tá tú le moladh! Cén áit go díreach i gContae an Chláir?”

“Cuar an Chláir,” ar sí.

“Ó, go deas,” arsa Aodh. “Tá an t-ainm sin go hálainn! Bhíos ann, babhta, ag cruinniú cúrsála!”

“Ó!” ar sí. “Is é m’athair atá mar uachtarán fé láthair!”

“Ó, go maith!”

“Caithfidh tú a theacht arís lá éigin eile!” ar sí.

"Tiocfad!" ar seisean.

"Bhuel, slán anois," ar sí, "caithfidh mé a dhul go dtí an leabharlann."

"Ó, muise, maith an cailín, ach ná hoibrigh róchrua," ar sé.

"Déarfaidh mé le m'athair . . . !"

"Abair!"

"Slán anois agus go raibh míle maith agat!"

"Go dté tú slán, a stór!"

Shuigh Aodh ar ais ar a chathaoir agus mheabhraigh sé Sinéad ar feadh tamaillín.

Bheannaigh sé go cairdiúil do chuile dhuine a casadh ar an siúltán air. Bunáite dhoirse na n-oifigí fán siúltán bhíodar ar faonoscailt, ag ligean isteach aeir nó sin ag spáint nach raibh doicheall roimh dhuine a theacht isteach. Nó sin arís go raibh mac nó iníon léinn aonair istigh.

Ainmneacha na léachtóirí in airde ar na doirse. Chuile léachtóir anois is a n-ainm ar a ndoras. An t-ainm go feiceálach ar chlár beag. Ainm na roinne lenar bhain siad ar an gclár céanna móide an seasamh acadúil. Móide uimhir oifige.

Go deimhin féin ba mhór an t-ábhar staidéir na cláracha seo. Ba shonrach na céimeanna agus na teidil. Ba shuntasach an chaoi a raibh teidil ag athrú. Le píosa ba líonmhar an uimhir léachtóirí a raibh an teideal "Dochtúir" (Dr.) acu. Le hais suim bheag blianta roimhe seo bhí sé áibhéileach. Bunáite na léachtóirí óga rugadar an gradam seo isteach leo. Daoine de na seanléachtóirí, nár shean a bhí, dáiríre, go ndearnadar breis staidéir agus gur bhaineadar an chéim mhór. Sar i bhfad ní bheadh post léachtóra i gcoláiste tríú leibhéal le fáil gan an chéim dhochtúireachta a bheith ar a laghad ar bith ar na bacáin ag duine.

Bhí Aodh ag tabhairt suntais freisin do na bláthanna a bhí sna prócaí. Bláthanna don uile shéasúr, ar sé leis féin. Is iad na tiúilipí na bláthanna is deise ar fad, ar sé leis féin, ach nach maireann siad i bhfad, Dia dár réiteach le feothan gaoithe ar bith bhíodar millte.

Gur chuimhnigh sé ansin ar na tiúilipí a bhí aige féin sa bhaile, an chaoi a raibh na cinn bhuí ag tiontú chun deirge. Na cinn bhreaca amhlaidh. Ab é gur dearg an bundath a bhí ar thiúilipí agus gur ag claochló ar ais chun a ndatha dúchais a bhíodar?

Chas sé isteach Siúltán Eoin mar a raibh na cillíní ceoil. Mic léinn, idir fhireann is bhaineann, ag cleachtadh iontu, idir phianó, veidhlín óbó is eile. Cleachtadh gutha ar siúl ag an gcorrdhuine. Amhrán á rá go hard ag duine amháin.

Cé a bhí isteach an doras ón leabharlann ach an iníon léinn lánfhásta Eithne Ballance. Bheannaigh Aodh is í féin go fáilteach dá chéile.

"Thú ag staidéar ar do bhionda cheana fhéin, a Eithne!" arsa Aodh le spraoi.

Racht gáire a rinne Eithne.

"Faraor!" ar sí. "Faraor, nach bhfuilim!"

"Is fada nach bhfaca muid a chéile, a Eithne," arsa Aodh.

"Nach bhfuil sé dochreidthe, i gcoláiste chomh beag, nach bhfeicfeadh daoine a chéile níos minicí?" arsa Eithne.

"Tá's agat, is dóigh, gur pósadh Muireann?" arsa Aodh.

"Ní féidir! Í pósta atá tú a rá?" arsa Eithne.

"Í pósta!" arsa Aodh. "Ón bhfómhar!"

"A Mhuire Mháthair," arsa Eithne, "agus ní cheapfá nach inné ó bhíodh sí sin ag teacht amach ag foghlaim marcaíochta uaimse! Girseachín!"

Chas Aodh faoi chlé i dtreo an tsiopa. Choinnigh Eithne uirthi ceann ar aghaidh.

Mé tagtha in antráth, arsa Aodh leis féin, faoi go raibh scuaine ann. Léacht díreach thart, caithfidh sé, agus iad ag plódú i gcoinne buidéal uisce, ceapairí, leabhra nótaí is mionearraí eile. Buíochas le Dia, ar sé leis féin, uisce a bheith le fáil saor in aisce i seomra na foirne.

Uisce go maith don duine, bhí sé ráite. Bhí ag duine neart uisce a ól chuile lá. Ó cuireadh an gaireas ag obair i seomra na foirne bhí a thrí oiread uisce á ól aige féin. Dhá bhuidéal mhóra in aghaidh an lae. Go deimhin féin b'in é an chéad ghníomh a rinne sé mórán chuile mhaidin, gur thug sé leis a dhá bhuidéal fholmha go dtí seomra na foirne le haghaidh a dhíol lae uisce.

Cheannaigh Aodh an páipéar nuaíochta agus cupán tae. Ba é an cogadh san Iaráic an príomhscéal i gcónaí. An marú millteach faoi lán seoil amuigh ansin i gcónaí. Níor foghlaimíodh tada ó Chosabhó! Dheamhan ar chuir marú Uday agus Qusay aon mhaolú ar an sléacht. An chathair naofa Najaf trí thine ar fad. Falluja amhlaidh. É ina chogadh cathartha, nach mór, idir na Moslamaigh Shia-ite agus Sunni. An rud ba mheasa ar fad ná an t-uabhar a léirigh na Meiriceánaigh.

Bhí súil ag Aodh nach bhfeicfí é ag baint súmóga as a chuid tae ar an siúltán. Oiread sin ríomhphost seolta ag na húdaráis ag achainí go gcoinneofaí claibíní ar chupáin.

Aird ar an bpáipéar freisin aige.

Baineadh as a mharana é, ámh, nuair a chuala sé an "Dia is Muire dhuit ar maidin!" Ba í Belinda a labhair.

"Nach é do shaol é?" ar sí.

"Abair é, a dheirfiúirín!" arsa Aodh.

"Saol sibhialta an duine uasail," ar sí, "nuachtán agus caife!"

"Tae!" arsa Aodh. "Beatha an tuataigh!"

"Cheap mé go mb'in bláthach!" arsa Belinda.

"Ní raibh an maistreadh déanta, a Bhelinda!" arsa Aodh.

"Bhfuil a fhios agat ach go n-ólfainn muga bláthaí anois díreach," arsa Belinda.

"Nach bhfaca tú ar maidin go bhfuil cosc ar mhugaí?" arsa Aodh.

"Cad?"

"An ríomhphost is deireanaí!"

"An pleidhce san?"

"Ach an ceart freisin aige lena cheart a thabhairt dhó. Doirtear lacht. Agus cuireadh dlí. Pé ar bith é caithfeadsa an páipéar seo a bheith léite agam mar réiteach ar mo rang! Cúrsaí reatha, mar a déarfá!"

"Ach féach na pictiúir san! Scaoilfinn an t-amadán san, George Bush!"

"George W.!" arsa Aodh.

"Cuireann an W san fearg orm!" arsa Belinda.

"Tugaimis 'Seoirse' air!" arsa Aodh.

"An marú uafar san go léir," arsa Belinda. "An marú san a tugadh d'Uday agus do Qusay bhí sé uafar. Má ba scaibhtéir féin Saddam . . . !"

"Nach é bás an tSáir gona chlann sa Rúis a chuirfeadh sé seo i gcuimhne dhuit?" arsa Aodh.

"Ach gur lú díobháil a rinne an Sár," arsa Belinda. "Ar aon nós níl fonn ar bith oibre orm!"

"Téimis abhaile!" arsa Aodh. "Téimis faoin tor!"

"Cén tor?" arsa Belinda.

"Bíodh do roghain agat!" arsa Aodh.

"Cogar, an bhféadfainn glaoch gutháin a chur ort ar ball?" arsa Belinda.

"Nuair a bheas an tor roghnaithe agam, ab ea?" arsa Aodh.

"Ba mhaith liom labhairt faoi ghnó áirithe," ar sise.

"Thar cionn, a mh'anam!" arsa Aodh.

"An mbeidh tú i seomra na foirne le haghaidh caife ar ball?" ar sise.

"Tae, a Bhelinda! Fear tae mise, a Bhelinda! Tae, tae, tae!"

"Seans go labhróidh mé roimis san leat ar an nguthán ar chaoi ar bith," arsa Belinda.

Uabhar na Meiriceánach, arsa Aodh arís leis féin. A mbolscaireacht bhréige! Gan amhras ba scaibhtéara é Saddam, agus de réir na dtuairiscí ba mheasa de scaibhtéirí iad a bheirt mhac, ach bhí bealaí eile ann seachas ionradh le fáil réidh leo.

An chaoi a raibh Meiriceá ag déanamh coilínithe ar an Iaráic – ag déanamh puipéid aisti – b'in ní nár thaithnigh le hAodh. Meiriceá ag ligean uirthi nach raibh uaithi ach an daonlathas a bhunú ansin. Ach b'in coilíniú. Óir ba chóras é an daonlathas nár thuig muintir na hIaráice, agus nach raibh uathu.

Cé mhéad Araibise a bhí ag George Bush nó ag na saighdiúirí

seo a chuir sé chun na hIaráice? Níor mhóide gur tháinig sé i gcloigeann George riamh go raibh acu Araibis a fhoghlaim, fiú is an cúpla focal.

Chuala Aodh glórtha Bhalthazair agus Chaspair, agus bhí barúil aige gur ina threo féin a bhíodar ag triall. Ar bhall na huaire sin níor theastaigh ó Aodh bualadh le ceachtar acu. Mar sin chas sé siar agus in airde staighre faoi chlé leis isteach i leithreas.

Óna nglórtha ba léir gur faoi dhéin an leithris a bhí an bheirt eile freisin, gur éalaigh Aodh isteach i gcillín.

"La, la, la! Do, do, do!" á chanadh ag Caspar. "La, la, la! Do, do, do!" ar sé arís is é ag teacht isteach an doras.

"Dia dhár réiteach, shílfeá dea-ghiúmar a bheith ortsa," arsa Balthazar leis.

Ach níor staon sin Caspar. "La, la, la! Do, do, do!" é ar ais arís ar a phortaireacht.

"Breathnaigh, a chonúis," a raid Balthazar, "ná cuir múisc orm!"

"An é nach bhfuil dea-ghiúmar ortsa an mhaidin deas álainn seo?" arsa Caspar. "Cá'il do dhea-dhearcadh?"

"Ná labhair liom faoi dhea-ghiúmar ná faoi dhea-mhaidin ná faoi dhea-dhearcadh," arsa Balthazar. "Cén chaoi a bhféadfaí a bheith lúcháireach sa mbroclais seo?"

D'fhear chomh meabhrach deisbhéalach le Balthazar b'iontas, ar chaoi, a laghad dul chun cinn is a bhí déanta aige. Arduithe céime faighte ag a sheanchomrádaithe abhus nó i bhforais eile oideachais ach eisean ina Oisín i ndiaidh na Féinne, fágtha ina staidhce, ag banrán ar an trá fholamh, cúrsaí ceardchumainn mar dheilín aige. Ag fógairt, murach an bhuinneach tóna is putóige a chuir an áit air, nár fhéad sé greim a choinneáil uirthi, a chac féin ní fhágfadh sé ag na bitseacha údaráis ar fhaitíos go mba leasú acu é.

"La, la, la! Do, do, do!"

"As ucht Dé ort is na Maighdine Beannaithe a thug breith dár dTiarna oiread seo blianta ó shin, nach n-éireofá as an diamhasla sin? Stiúir chomh meidhreach ort go gceapfá gur fuiseog i sliabh lá gréine samhraidh thú!"

"Gus tá meidhir orm!" a deir Caspar.

Meidhir, b'in é an mana. Meidhir, b'in í an tréith a bhí le bheith in uachtar. Bhí uachtarán meidhreach, sa bhaile as Meiriceá, ar an gcoláiste coille seo anois agus í ag moladh meidhir a bheith ar chuile dhuine. "Bímis inár bhfoireann mheidhreach feasta! Cé go bhfuilimid in iomaíocht le chuile choláiste eile sa saol acadúil so, chuile choláiste in aghaidh chuile choláiste eile, go háirithe anois i ngeall ar an titim sa ráta breithe, ní lúide an mheidhir í a roinnt! Léirigh meidhir go fiú is mura bhfuil sí ort! Bíodh sí ort! Cén mheidhir atá inniu ort? An mó an mheidhir atá inniu ort ná inné? Ná bíodh aon imní ort tiontóidh an mheidhir bhréige ina meidhir nádúrtha le haimsir!"

Máistreás úr na Coille ina sclábhaí ag seanbhealaí acadúla Mheiriceá, dar le Balthazar, seanbhealaí smolchaite. Tuairimí aimride! Faraor, níorbh eol don chréatúr na hathruithe a bhí tagtha sa saol acadúil. Ar mhodhanna na n-institiúidí sin thall chomh maith le hinstitiúidí na coda eile den domhan.

"Ó, a Mhaighdean, a cuid cacamais!"

"An té atá meidhreach tá sé folláin! Cén fáth nach bhfuil tú níos meidhrí? An dóigh leat go bhfuil do leibhéal meidhre ag cinntiú meidhir níos meidhrí ar do chomhghleacaithe? Cén tionchar ar d'institiúid do leibhéal meidhrese?"

"Ó, a Thiarna Dílis Dé!"

Bhí Balthazar ag ceapadh gurbh é an chéad rud eile a d'fhógródh Máistreás na Coille go gcaithfí aghaidh fidil mheidhreach a chaitheamh; go mbeadh leibhéal gradaim agus leibhéal tuarastail chuile fhostaí ag brath ar a leibhéal meidhre. Ach, *by dad*, throidfí sin!

"Fuinneamh agus meidhir!" arsa Caspar go spreabhsánta.

Bhioraigh Balthazar láithreach agus bhreathnaigh sé i ndiaidh a leicinn ar Chaspar.

"Ara cén?" ar sé. "Is measa thusa, a chodaí, ná ár bpocaide minsí thuas!"

Cé go raibh a lámha triomaithe ag Balthazar rinne sé moill.

"Fuinneamh agus meidhir, mo thóin!" ar sé.

"Ssssh!" arsa Caspar de sciotán, ag déanamh comhartha méire le béal. "An gheonaíl sin sa bhfuinneog, an gnáthghaoth nó síghaoth atá inti?"

"Sí gaoithe, mo thóin!" a raid Balthazar.

Phléasc Caspar amach ag gáire.

"Murab í do bheainínse thuas atá ag scaoileadh, a Bhalthazair?" ar sé. "*Farting for road*, mar a déarfá! *Farting for road!*" ar sé arís. "La, la, la! Do, do, do!"

"Ó, a Mhaighdean Bheannaithe, ní measa í ná do chuidse broimseála!"

"Faoi, fé, fá, fó, fú, ní shantaítear an tsleabhcthacht níos mó!" arsa Caspar.

"Go gceapfá nach raibh beart ar bith á dhéanamh go dtáinig sise!" arsa Balthazar. "Seimeastair, modúil, grádanna! QCA agus QPV!"

Cér uaidh an ríomhphost nua? Éadáil bheag éigin? *Surprise*? Dá mba ó chomhghleacaí í d'fhágfadh sé gan a hoscailt ar feadh scaitheamhín le nach ngabhfadh admháil amach róluath agus go sílfeadh an té a chuir nach raibh de chruóg air ach é ina shuí díomhaoineach ag feitheamh.

Ach ní comhghleacaí leis a sheol í ach bean a thug Sophia uirthi féin. Sophia Montellina. "A" seachas "e" a bhí i ndeireadh a hainm baiste ach níor dhóichí go mba léiriú ar thada é sin. "Montellina?" Rúiseach?

Bhain an guthán agus d'ardaigh Aodh an glacadóir ar an bpointe. Rúid feirge ansin á bhualadh mar go raibh sé, le píosa, ag múineadh dó féin moill bheag a dhéanamh.

"Gabh mo leithscéal, a Aodh . . . "

Cé eile a bheadh ann ach í féin?

". . . faoi chur isteach ort. Rud neafaiseach, dáiríre, ach go bhfuil tuairim agam gur aithin mé í, an duine lánfhásta san a bhí leat ar ball . . . ”

Duine lánfhásta? Ar ball?

“Fear nó bean, a Bhelinda?”

“Bean, ar ndóigh!” arsa Belinda.

“Nach tú a bhíonn ag coinneáil faire orm, a Bhelinda?”

“Bhí tuairim agam gur aithin mé í, sin an méid, ach is róchuma!”

Mé le bean lánfhásta ar ball?

“Cén áit, a Bhelinda?”

“Ar an siúltán, ach is róchuma! Shíl mé gur aithin mé í. Bhí sí sa chaife leat lá eile, ach is róchuma, mar a deirim. Ar aon nós, tá deabhadh anois orm, a chroí.”

An guthán curtha síos de sciotán aici. Níorbh í Póilín í ar chaoi ar bith, a deir Aodh leis féin, óir d’aithneodh Belinda Póilín. Á, tá sí aimsithe agam! Eithne Ballance, a Bhelinda! Eithne Ballance! Ba í Eithne Ballance an té sin a raibh tú ag fiafraí fúithi ar ball. Bhíodh capaill aici, a hionad marcaíochta fhéin. An ndearna tusa marcaíocht? Ba í Eithne a mhúin marcaíocht do mo chlannsa ar fad, a Bhelinda, Póilín san áireamh. Ach gur éirigh siad uilig as ach amháin mé féin.

Amuigh in Áth na Gabhann a bhíodh a hionad ag Eithne, a Bhelinda, ar bhean óg í an t-am sin. Í sa gcoláiste anois, ina hiníon léinn lánfhásta. Bhí sí ag fiafraí dhíom faoi Mhuireann. Ní raibh a fhios aici go raibh Muireann pósta. Tá a fhios agam go bhfuil a fhios agatsa, a Bhelinda, óir, bail ó Dhia ort, thug tusa bronntanas pósta di.

Guthán Bhelinda gafa. Í ag glaoch ar dhuine éigin eile níorbh fholáir. B’in í an sórt í Belinda. Chuir sí glaonna ar fud na háite ag lorg biadáin is eolais. A cuid glaonna saor, ar ndóigh, amach as buiséad na roinne. Belinda ag teacht i dtír ar an gcoláiste. Fearacht oiread seo eile den fhoireann tháinig sise isteach ó bhaile d’aon turas le glaonna a chur.

Sí an fhís mhór sa gcoláiste anois, a Bhelinda, aidhm cheart a bheith ag duine. Thú a bheith beo beathach. Ach, ar ndóigh, a

Bhelinda, is duine uile-aidhmeach thusa, bail ó Dhia ort. Tú fuinniúil meidhreach fiontrach, mar a deir an ceann eile. Tá dath na gréine ar do chneas-sa, a Bhelinda, tá loinnir na sláinte ar t'éadansa. Bíonn meangadh an áthais ar do shúile, a Bhelinda, bíonn cáir lúcháireach ar do bhéal, go fiú is leis an té ar gráin leat é. Tá lúfaireacht an ghiorria i do chosa. Sin mar is maith leis an Máistreás.

Flosc, a Bhelinda, driopás. Ach an driopás sin a bheith dearfach. Breathnaigh, a Bhelinda, bí cinnte a rá leis an Máistreás thú a bheith i mbun taighde. Lig ort go bhfuil céim dhochtúireachta ar na bacáin agat fiú is mura bhfuil. Déarfaidh sí leat brostú ort, a Bhelinda, mura bhfuil agat ach an iarchéim mháistir. Í sin agat, caithfidh sé, le haois an ghadhair, a déarfas sí léi fhéin. Cén aois anois thú? Ná hinis! Déarfaidh sí, nó ceapfaidh sí ar chaoi ar bith, gur údar magaidh ag duine de t'aois – agus ag m'aois-se – an iarchéimín shuarach ghágách mháistir sin anois. An aois atá againn, a Bhelinda, san áit ina bhfuil muid, tá againn a bheith i mbun na céime móire, in ollscoil chuí, faoi ollamh cáiliúil, nó sin a shíleann sise. Chuala mé Balthazar agus Caspar sa leithreas an lá cheana ag rá gur ollamh anois é Alastar. An fíor sin? An tAlastar seo againne, cé a chreidfeadh? Ar ndóigh, mar a dúirt mé lá eile leat, chualas "ollamh" á thabhairt ar Chaspar, ach bhí sin iomrallach.

"Haló!"

"Haló, a Bhelinda!"

"Sea?"

"Seo'd é Aodh!"

"Sea?"

"Seo'd é Aodh, a Bhelinda!"

"Nach bhfuil a fhios agam go maith cé athá ann!"

"Shíl mé . . . "

Bhí Aodh ar tí a rá go magúil le Belinda gur shíl sé go raibh sí ag éirí beagáinín *absent-minded* ach gur chuimhnigh sé i dtobainne nárbh aon dóithín í agus gur gangaid ar ais a gheobhadh sé uaithi.

"An bhean sin ar ball a raibh tú ag fiafraí fúithi . . . "

"An raibh mise ag fiafraí fúithi?"

"An bhean sin a bhfaca tú i mo theannta ar ball . . . "

Siota straoisgháire a chuala sé ó Bhelinda.

"Níl a fhios agam, a Aodh, cad fé a bhfuil tú ag caint?"

"Eithne Ballance!" a dúirt Aodh ar an bpointe.

"Eithne Ballance? Cé hí Eithne Ballance?"

"An té a raibh mé ar an siúltán ar ball léi, agus sa gcaife an lá eile!"

"Níl a fhios agam beirthe nó beo, a Aodh! An mbaineann sé seo liomsa?"

Belinda ina steillbheatha, arsa Aodh leis féin, nuair a bhuaileann spadhar í, agus is minic sin, is deacair ciall ná réasún a bhaint aisti. Bean bhearránach, chorrmhéiniúil. Snámh in aghaidh easa. Dá leanfadh sé ar aghaidh b'éard a dhéanfadh sí imeacht. Agus bhí uaidh ceist eile a chur uirthi.

"An bhfuil a fhios agatsa gur ollamh é Alastar?" ar sé.

"Tá a fhios!" arsa Belinda.

Baineadh siar as Aodh.

"Cáid ó chuala tú é?" ar sé.

"Nuair a ceapadh é!" arsa Belinda.

"Cáid ó ceapadh é?" arsa Aodh.

"Cá bhfios domhsa anois?" arsa Belinda.

"Bhuel, cé a cheapfadh?" arsa Aodh.

"'Cé a cheapfadh?' Cé nach gceapfadh? Ceapadh agus san san!" arsa Belinda. "Bhuel, a Aodh, mura bhfuil tada eile . . . "

"Dar an scéal," arsa Aodh, "bhfuil aithne ar bith agat ar an iníon léinn Sinéad Ní Ghloinn?"

"Sinéad Ní Ghloinn! Bhfuil aithne agam uirthi?" a scairt Belinda. Ar sí ansin i dtobainne, "B'fhéidir gurb í athá ar ais arís ag mo dhoras! Tá brón orm, a Aodh!"

Bí ag trácht ar bhantiarna, arsa Aodh leis féin, an fón folamh fós ina láimh aige. Ríog frustrachais á bhualadh. Dúil san aer amuigh a tháinig air. Bailiú leis amach ar fad. An chuid eile den lá a thógáil saor agus a dhul ag spaisteoireacht i gCoill Chluain

Eanaigh. De léim, ámh, ba iad na meabhráin taighde a tháinig ar ais ina cheann.

Stiúrthóir taighde ceaptha agus rúnaí pearsanta faighte aige. Ar ghríosadh a máistir ní raibh stopadh ar an gcréatúr ach ríomhphoist agus meamraim agus meabhráin á seoladh amach aici chuig chuile bhall acadúil foirne.

Bíodh acu, ag an tromdhrong nua seo ar fad, arsa Aodh leis féin, táimse róshean don chraic sin. Ríomhphoist shúlacha shalacha, a shantaímse, ar sé le faoilidh gháire. Ach, faraor, go bhfuilim ag éirí sean dhóibh sin freisin! Ghin lasairín áthais ann, ámh, nuair a chuimhnigh sé de sciotán go raibh ríomhphost sin Sophia Montellina le léamh fós aige.

Í oscailte amach arís aige rinne sé mionstaidéar uirthi: an lá ar cuireadh, an t-am ar cuireadh. É an-deireanach, é i ndiaidh uair an mheán oíche, nuair a seoladh ar aghaidh í! Í uaigneach? Ar dhó féin amháin a cuireadh?

"Hi, is mise Sophia!"

"Hi, a Sophia, is mise Aodh!"

Aodh ag iarraidh aithris, mar a mheas sé, a dhéanamh ar ghuth caoin soilbhir Sophia, mar a bhí cloiste ag inimircigh sna siopaí aige. An-chuid Rúiseach, Belarúiseach go háirid, mar fhreastalaithe sna siopaí. Iad ar pháighe an-íseal, ba dhóichí, ach iad ag éalú, níorbh fholáir, ó bhochtanas eacnamaíochta a dtíre féin.

An-spraoi aige féin leo agus é ag iarraidh orthu abairtí Rúisise a rá agus é ag iarraidh a mhíniú dóibh a teanga féin seachas an Béarla a bheith ag Éirinn. Bail ó Dhia orthu, bhí an t-eolas sin acu go maith agus bhí daoine orthu a raibh an beagáinín Gaeilge foghlamtha acu. Iad ag rá go mba é an scéal céanna sa mBelarúis é, go raibh a teanga dhúchais féin ag dul ar gcúl, Rúisis na Rúise ag teacht i dtreis.

Seans ar bith gur ó dhuine de na cailíní sin sna siopaí a fuair an Sophia seo a sheoladh seisean? Ní móide ar chaoi ar bith go raibh an "Sophia" seo ar dhuine acu siúd? B'fhéidir, ar ndóigh, nár Rúiseach ná Belarúiseach ar chor ar bith í!

"Bheadh an-spéis agam a bheith i mo chara pinn agat!"

Ó, a dhiabhail, más é sin é? "Cara pinn!" Dheamhan spéis a bheadh agamsa ansin, a stór. Spéis ar bith. Cur amú ama. Ag déagóirí óga, cailíní, a bhíonn an spéis sin. "Cara pinn?" Dáiríre píre, a Sophia, níor shuim liom é sin. An *full monty* amháin a bheadh uaimse, a Sophia.

Léigh Aodh leis.

"Ó chonaic mé an seanscannán sin le Tom Hanks agus Melanie Griffith . . . "

Cén scannán é sin? Cé hí Melanie Griffith?

"An spéis leatsa an scannán sin?"

"Tá brón orm, a Sophia, ach tá mé cinnte nach spéis!"

Caithfidh go raibh dul amú mór ar an Sophia bhocht seo. Caithfidh nach raibh eolas dá laghad aici air. Is cinnte dearfa dá mbeadh a fhios ag an gcréatúr an aois a bhí aigesean ní bheadh sí ag éileamh go mbeadh sé ina chara pinn aici ná go dtionlacfadh sé chun scannáin mar sin í.

"Cúpla litir in aghaidh na seachtaine, b'fhéidir?" a scríobh sí.

Gáire a rinne Aodh.

"A chréatúir," ar sé, "ba dhoiligh agamsa litir sa mbliain!"

Altraid chroí a thiocfadh orm, a stór. Luí fada gan faoilte, calcadh feadáin, calar na muc, cam reilige agus goile trasna. Na galraí sin uilig a luaigh Máirtín Ó Cadhain! Ach, ar ndóigh, ní heol dhuitse cé hé Máirtín Ó Cadhain. B'fhéidir nár mhiste liom an ceas naíon, a luaigh sé freisin. "Cara pinn," a Sophia, *no way*! Deirim aríst é, a Sophia, an *full monty* nó tada. Bheinn dóchasach, a Sophia, go n-éireodh linn castáil ar a chéile, uair eicínt, dhá mba é an *full monty* a bheadh uainn beirt.

É ag triall faoi rún ar bhaile coimhthíoch. Ag cur faoi in óstán sóch. É ag feitheamh lena *hot date*. Oíche i Minsk, b'fhéidir, nó i gKracow, nó sa mBarcelona? Ach, dháiríre, ar thada seachas girseach scoile í an Sophia seo? An raibh sí sna déaga arda fiú is? É an-chontúirteach ag fear spéis chollaí a chur i gcailín den aois sin. Pé ar bith é, bhí sé fhéin sábháilte go maith ar an gcaoi sin óir ba dhúil i mná fásta amháin a bhí aige. Diúlach cleachtaithe craicinn.

"Sílim go mbeadh sé spreagúil a bheith mar chairde ag a chéile!"

An focal "pinn" fágtha ar lár aici san abairt sin agus an focal "spreagúil" curtha isteach. Ó, a bhó go deo, a Sophia, má tá aois agat déarfainn go mbeadh sé spreagúil.

"Inseoidh mé beagán duit fúm féin . . . "

"Inis leat, a Sophia, ach ná bac le do pheata mada ná le do phuisín cait!"

Ar an bpointe boise rinne Aodh scairt gháire.

"Cé mar *Freudian slip* é sin?" ar sé.

"Bhínn i mo chónaí san Iodáil," a scríobh sí, "agus sin faoi deara 'Sophia' a bheith orm. 'Sophia', mar atá ar phríomhchathair na Bulgáire ach 'ph' seachas 'f' ina lár . . . "

"An Bhulgáir, a Sophia, ná bac an Bhulgáir! Sí an Bhulgáir an tír is boichte sa domhan! Ní mé, a Sophia, an mbeadh óstán ar bith sách compóirteach sa tír sin? Más as an Iodáil thú tuige nach í Sophia Loren a luaigh tú?"

Ach go mb'in go díreach a bhí aici i ndeireadh na habairte céanna.

". . . agus 'a' seachas 'e' ina dheireadh, mar atá in ainm Sophia Loren. D'aistrigh mo mhuintir ón Iodáil go Meiriceá nuair a bhí mé deich mbliana d'aois. Is maith liom an Iodáil . . . "

"Mise freisin!" arsa Aodh.

"Tír dheas the í . . . "

"Te teolaí, a Sophia! Frídín róthe sa samhradh, b'fhéidir. Go dtí an Iodáil a ghabhfas muid, a Sophia, má eagraítear *rendez-vous* eadrainn. Go dtí an Iodáil a chuaigh mé fhéin is mo bhean ar mhí ár meala!"

Aodh ar ais arís ar a mharana féin. Go dtí an Róimh a chuadar i dtosach faoi nach raibh eitilt dhíreach le fáil an t-am sin go dtí an Veinéis. Meán an tsamhraidh a bhí ann agus sa meirbheadas bhuail fanntais Póilín.

Chonaiceadar an Pápa. É á chrochadh ag ceathrar fear suas

lár an tséipéil ar chathaoir mhór. Cathaoir *sedan*. An slua ar bís. É fhéin ar bís. Póilín ar bís. Póilín ar bharraicíní a cos. Tar éis seachtain sa Róimh thaistilíodar ó thuaidh ar thraein. An gliondar mór a bhuail iad nuair a shroicheadar an Veinéis. I ngeall ar an uisce. Uisce ins chuile áit. Canálacha tríd an gcathair ar fad agus báid aisteacha orthu. "*Gondala*," a scread Póilín.

"An Veinéis, a Phóilín! Tá muid ar mhí cheart ár meala faoi dheireadh!"

Rugadar barróga ar a chéile agus phógadar a chéile i lár an stáisiúin. Níor phóigíní amplacha a bpóigíní ach priocthaí beaga beol ar bheol. Aibhléis ag pléascadh trína gcolainn leis na priocthaí beol sin. Shíleadar an Veinéis a bheith ar an gcathair ba rómánsúla sa domhan.

Litir Sophia á léamh arís aige.

"Tá mé uaillmhianach," a scríobh sí. "Agus is duine mé freisin ar maith léi spraoi is spórt . . ."

"Mise amhlaidh, a Sophia!"

"Is maith liom ligean do rudaí tarlú . . . "

"Nár laga Dia thú, a Sophia!"

"Is annamh a dhéanaim pleanáil ach *carpe diem*, mar a deirtear. Is maith liom am a chaitheamh ar an trá, ar thrá fholamh . . . "

Ní mé anois faoi thrá fholamh, arsa Aodh leis féin. Chaithfeadh duine a bheith cúramach ar thrá fholamh. Go háirid cailín ina haonar, a Sophia. Agus a bheith níos cúramaí fós ar a haistear abhaile ón trá.

"Is maith liom damhsa . . . "

"Ba chontúirtí aríst damhsa. Ba chontúirtí i bhfad do bhean óg filleadh ina haonar ó dhamhsa ná ó thrá. Bíonn daoine ag faire amach don chailín aonair, a Sophia, go háirid más strainséara ó thír eile í. Fan i measc an tslua. Bí cúramach má théann tú i ndiaidh an damhsa le burgar a cheannach Tigh MhcDonald nó Tigh Supermac nó eile!"

"Is breá liom am a chaitheamh le mo mhaidrín, Max."

Rinne Aodh meangadh.

"Is cinnte go dtugann Max faoiseamh dom ó chortha crua an tsaoil . . . "

Ina intinn chonaic Aodh cailín óg ag siúl a maidrín Pekingese, nó Jack Russell, ceann de na héill seo ina láimh a d'fhéadfaí a fhadú nó a ghiorrachan, nó glas a chur air.

"Is maith liom úrscéalta rómánsúla . . . "

"*Sans doute*, mar a déarfadh Alastar," arsa Aodh.

Ar dhúirt sé Alastar?

"Sin comhghleacaí liom, a Sophia!"

"Ach thar aon ní ba mhaith liom castáil ar fhear a bhféadfainn dlúthchairdeas a bhunú leis . . . "

An in é an *temptress* inti, a d'fhiafraigh Aodh de féin. Idir bháire is bhaois ina teachtaireacht. Ba mhaith leis í a bheith ina *temptress* níos mó! Leis an smaoineamh sin, *temptress*, thosaigh a chroí ag éirí níos fuadraí. Agus, i dtobainne, níos fuadraí fós nuair a chuimhnigh sé go raibh aige bailiú leis chuig ceardlann teangan.

An raibh sé mall dá cheardlann?

"Tá mé ard, le gruaig dhorcha, seang i gcolainn, agus tá súile donna agam. Deireann mo chairde go mbreathnaím cosúil le Cindy Crawford . . . "

Láithreach bonn baol chonaic Aodh an Cindy chéanna ina mheabhair.

"Féadfaidh tú grianghraf díom a fheiceáil agus tuilleadh a léamh fúm má chliceálann tú ar mo shuíomh idirlín . . . "

Ní haon ghirseachín soineanta í seo, a smaoinigh Aodh dó féin, ach bean inniúil. Níorbh fhainic ach a mhalairt a chuir sin air.

Coinníodh sé guaim air fhéin, ámh, má bhí sé le triall ar a cheardlann. Nuair a bheadh sin thart d'fhéadfadh sé cliceáil ar a shuaimhneas ar a suíomh idirlín.

"Ceardlann", ar sé leis féin. "Ceardlann" atáthar a thabhairt anois ar "rang teagaisc". Tuilleadh den chóras nua ainmniúcháin, nach ndearna difríocht dá laghad. Nó, b'fhéidir, go ndearna sé difríocht. "Dochtúir", "stiúrthóir", "léachtóir sinsearach", "ceann roinne", "déan", "uachtarán", "leasuachtarán", "comhleasuachtarán", "ollamh", "modúl", "ceardlann" – sea, caithfidh gur chéim ar aghaidh a bhí san ainmniúchán nua seo. Nár shíceolaíocht é le dul i bhfeidhm ar an bpobal? Íomhá! Bhorr íomhá compóirt, agus ugach, agus misneach. Nuair a bhí daltaí ag réiteach i gcoinne an tsaoil, iad lena dtuismitheoirí nó lena gcairde ag líonadh isteach a gcuid foirmeacha CAO, caithfidh go mba spreagadh dhóibh téarmaí aduaine a bheith le feiceáil acu ar na leathanaigh os a gcomhair. Caithfidh go mba ugach agus spreagadh, agus gríosadh, na cáilíochtaí agus na teidil a bhí acu seo a bheadh á múineadh ina saol coláiste. Agus nár á múineadh a bheifí ach ag léachtóireacht dhóibh. Ag freastal ar léachtaí a bheidís feasta.

Sea, más ea, a mhaisce, ceardlann seachas rang teagaisc. Cuireadh sé na rudaí beaga i dtoll a chéile don cheardlann: téipthaifeadán agus téip. Cinntíodh sé go mba í an téip cheart í agus an taifeadán a bheith i ngléas. Mura mbeadh na huirlisí cearta aige cén cheardaíocht a thiocfadh leis a chur i gcrích?

Ar údar éigin spreag an téarma "ceardaíocht" an téarma "ceártaíocht" ina chloigeann. Gaibhníocht! Láithreach bonn baol léim Áth na Gabhann agus Eithne Ballance isteach ina intinn. Ar ghabha dubh, geal nó óir, a bhíodh ag gaibhníocht ag an áth sin? Arís eile bhuail ríog bheag diomú de sciotán é nár éirigh le hEithne ina fiontar. Bean óg suáilceach i dtús a saoil.

Sea, más ea, a mhaisce, bailíodh sé leis go dtína cheardlann go ndéanfadh sé ceardaíocht! Bheadh sé éasca dallamullóg a chur ar na mic léinn bhochta dá mba í an téip chontráilte féin í. Ba é ba mheasa faoi mhic léinn, na buachaillí go háirid, go mba róchuma leis na diabhail bhochta téip amháin ná téip eile, ceacht amháin gramadaí seachas ceacht eile.

Níor mhórán spéise a bhí ag na mic léinn in aon rud seachas i bhfantaisíocht. Cé go raibh an corrdhuine ar spéis leis an acadúlacht, an chorr-iníon léinn, leithéid Shinéad Ní Ghloinn, agus chaithfí réiteach dhóibh sin. Dia dhár réiteach, murach iad is ag dul siar a bheadh duine! Nó soir? Cé acu siar nó soir?

Mhaígh straoisín ar Aodh. "Chuirfeadh sé sin soir thú!" Ar Bhéal Átha na Sluaighe a thagair an nath sin i ngeall ar an ospidéal meabhairghalair ann. Ba soir ag an ospidéal sin a chuirtí daoine.

An téip cheart aige, marcóir dubh ina phóca, thogair sé ansin ar mharcóir dearg a chrochadh leis freisin óir thaithnigh dathanna leis. Bhí buntáiste le dathanna contrártha óir d'fhéadfaí scríobh, ceann anuas ar an gceann eile. "Ealaín" a thugadh sé féin go magúil ar an gcineál scrioblála sin.

Ina dhiaidh sin is uilig chaití an clár a ghlanadh ó am go chéile agus ba mhinic an glantóir goidte. Mar sin b'inmholta dhó glantóir a chrochadh leis freisin. An glantóir seo aige, a ghoid a rinne sé fhéin. Agus choinnigh sé ceilte é le nach n-iarrfaí iasacht.

Thaithnigh le hAodh go raibh a cheardlann achar óna oifig óir thug sin deis dó a dhul amach faoin aer agus siúl ar an gcosán coille, nó an *sylvan way* mar a thug sé féin air. Ba mhinic comhghleacaithe leis ag casaoid faoi sin – an t-achar "fada" a bhí le siúl acu – ach níor chasaoid í sin a bhí aige féin. Bhí sé buíoch freisin gur i seomra GT20 a bheadh sé ag feidhmiú.

"An seomra is deise sa gcoláiste," a mhaígh sé. "An seomra is deise sa gcruinne!"

Maor an Gharráin ag maíomh go mba é féin a chinntigh an seomra sin a bheith aige. Ach níorbh é. Má ba é cad chuige é i bprochlaisí mífheiliúnacha chomh minic sin?

Faraor, leagadh mórchuid de na crainnte ar an *sylvan way*. Rinne sé gearán le Máistreás na Coille faoi sin ach ba é a dúradh leis go mba thógáil a bhí le déanamh. Nuair a mhaígh sé gur leagadh an iomarca níor tugadh aon aird air, go fiú is níor freagraíodh a litir. Í ag ligean uirthi nach bhfuair sí an litir ar chor ar bith. Shac sé cóip faoina doras oifige. Agus an tríú cóip chláraigh sé í.

Tada níor lig sí uirthi, ámh, go dtí gur ardaigh sé lena béal é. Ba é a dúirt sí ansin go raibh na crainnte eile neamhshábháilte.

Ag coisíocht ar ais arís d'Aodh, tríd an *sylvan walkway* seo, bhí a intinn i gcónaí ar an gceardlann a bhí aige agus ar a laghad mac is iníonacha léinn a bhí i láthair. Cén t-údar a bhí leis an tinreamh ró-íseal seo? Dhealraigh sé go mba róchuma leo faoi rolla nó tada. Iad seo a bhí i láthair ní scéithfidís ar an gcuid nach raibh. Iad seo féin is ag méanfach a bhíodar an chuid is mó den am.

Thug sé obair bhaile dóibh ach, ar bhealach, b'oth leis anois gur thug. Ar chineál pionóis orthu í? É ag fógairt go raibh sí le déanamh freisin acu seo a bhí as láthair. É ag rá leo seo a bhí, sin a rá leo seo nach raibh.

Murach gur chuimhnigh sé go raibh beartaithe aige cliceáil ar shuíomh idirlín Sophia Montellina is ag méanfach a bheadh sé féin. Bím uaigneach uaireanta, a bhí ráite aicise, agus mar sin b'aoibhinn liom thú a bheith i mo chomhluadar. Ná déan dearmad gur mise do Sophia agus seo agat póg mhór. Bheirimse póigín dhuitse, a Sophia!

Sula gcliceálfadh sé ar a seoladh chuirfeadh sé glas go mánla ar dhoras a oifige.

"La, la, la! Do, do, do!"

"Nár dhúirt mé go minic leat, a chonúis, éirí as an rabhdalam randaí sin? Ab é go bpreabann an leithreas do chorca?"

"Leithreas breá an leithreas seo anois, *sans doute*, mar a déarfadh Alastar, mar a déarfadh Aodh!"

"Mar a déarfadh, mar a déarfadh. Mar a déarfadh amparán!"

"Bhuel, *à bientôt*!"

Ach gur mhoilligh Caspar arís.

"Nach diabhlaí freisin, mar a déarfadh Aodh, gur ollamh anois é an Corcaíoch?"

"Nach ollamh anois gach dara duine anseo? Ní leor feasta, a mhic ó, stiúrthóirí nó leasuachtaráin, caithfear ollúna a cheapadh freisin. Ar mhuin mhairc a chéile, a chomrádaí. Máistreás na Coille lena slaitín, ag caitheamh siar a cuid éadaí leapan ar maidin agus í á rá léi fhéin, 'Déanfaidh mé ollamh den *so and so* inniu!' Mar a thugann Banríon Shasana onóracha móra amach."

"Bhuel, dáiríre píre!"

"Dáiríre Paorach!"

"Pé ar bith: *À toute à l'heure*, mar a déarfadh Alastar, mar a déarfadh Aodh!"

"Gread leat, a mhála caca! Ach, foighid ort, ó luaigh tú an leithreas. Bíonn daoine ag trácht anois ar áilleacht an leithris seo, ar a bháine is atá na babhlaí nua. Bhuel, tá an ceart acu, agus breathnaigh an scáthán sin. Mar a fheiceann tú tá an scáthán sin chomh mór glé le scáthán páláis, seanphálás Shaddam i mBagdad."

Sheas Balthazar os comhair an scátháin á shonrú féin ann ó mhullach a chinn, go gabhal, go bróga thíos. Chaoch sé súil air féin.

"Dia dhuit, a scrataí," ar sé go magúil, "cé gur dona a bhreathnaíonn tú! Ball sinsearach foirne! Sinsearach toisc a fhad is atá tú anseo!"

Chonaic sé na heitrí roc ina éadan. Chonaic sé nár liath ach geal a bhí a chuid gruaige. Chaoch sé súil eile air féin.

"A Bhalthazair, a chara," ar sé, "tá tú cnagaosta go maith. Buailte, lasctha, stiallta, sceanta ag na blianta, tá faitíos orm. An bhfuilir ar leathchois fhéin? Nó í sin san uaigh cheana i dteannta na caillí cáiliúla údaí?"

Chuir sé goicí eile air féin. Ansin rinc sé cúpla céim damhsa: "A haon dó trí, a haon dó trí, a haon dó trí ceathair cúig sé seacht!" Solas an mhacnais ag glioscarnaíl ina shúile.

"Tá an dá chois fós fút, a bhuachaill!" arsa Caspar.

"Má tá mé cnagaosta fhéin, a Chaspairín, a chara liom, nach bhfuilim fós fhéin chomh súpláilte leis an uan earraigh?"

Sháigh sé amach leota dá theanga i leith an scátháin.

"An cuimhneach leatsa an seanscáthán a bhíodh anseo?" ar sé ansin le Caspar. "Nó an bhfuil tú rónuaí? Bhíodh an leithreas seo chomh salach le cró cránach!"

Bíodh is a lámha triomaithe faoi dhó cheana aige chuir Balthazar a lámha arís eile faoin triomadóir leictreach.

"Tuáille amháin a bhí anseo fadó," ar sé. "Mise a d'ardaigh ceist an leithris ag cruinniú den cheardchumann. Bhíos sa leithreas an lá seo agus luaigh mé le comhghleacaí go raibh an leithreas gránna. 'Gránna siúráilte!' arsa mo leathbhádóir. Bhí muid ag aontú le chéile, nárbh aon dea-theist an leithreas ar institiúid ardléinn, agus ba é a dúirt mo chomrádaí liom go raibh agam é a ardú ag cruinniú."

Bhreathnaigh Balthazar san éadan ar Chaspar.

"Ba é an t-athrú ar an leithreas an chéad athrú mór a cuireadh ar an institiúid bhradach seo agus ba é an triomadóir leictreach, os do chomhair ansin, an t-athrú tosaigh. Triomadóir leictreach nua nó tuáille eile, b'in í an cheist mhór a cuireadh ag an gcruinniú, agus an gcreidfeá go raibh cur láidir in aghaidh aon athrú? Ní chreidfeá a ghéire is a d'éirigh an díospóireacht!"

"Ábhar tromchúiseach!" arsa Caspar.

"Bhí sé tromchúiseach," arsa Balthazar go daingean. "Comhghleacaithe ag fógairt go mba thuáille a bhí ariamh ann. B'éigean dom éirí i mo sheasamh. Sheas mé in airde agus cháin mé tuáillí go binbeach. 'Tá tuáillí míshláintiúil,' a d'fhógair mé."

"Go bhfága Dia an tsláinte agat!" arsa Caspar.

"Bhuel, Dia dhár réiteach, murar tháinig na bioráin chasaoide i mo threo! Chomh dlúth nimhneach le rois urchar! Bí ag trácht ar Iomarbhá na bhFilí!"

"Agus ba thusa faoi deara é," arsa Caspar.

"Agus ba mise faoi deara é," arsa Balthazar.

"*You'll reap your reward* amach anseo!" arsa Caspar.

Scaoil Balthazar sáiteán sin Chaspair thairis.

"Beidh trácht i ndialanna is i leabhra staire ort, a Bhalthazair. Bronnfaidh na húdaráis céim oinigh iarbháis amach anseo ort, a chomrádaí!"

Arís eile lig Balthazar sáiteán sin Chaspair thairis.

"'Cén chaoi?' a fiafraíodh dhíom. Ó, a dhiabhail, chaill mé an reaig! 'Chuile chaoi!' a d'fhreagair mise. 'Chuile mhac an éin bheo ag leagan a gcuid lámh ar an gceirteach smaoiseach chéanna! Bhí mo reaig caillte agam, mar a dúirt mé. Dúirt mé rudaí an tráthnóna sin nach dtaithníonn liom. Tá daoine anseo fós a mbeadh an eachtra sin ina haibhleog sa gcuimhne acu, sa *psyche*, mar a déarfá . . . "

"Sa mbéaloideas!" arsa Caspar.

"Ar a laghad ar bith, chuir an cruinniú sin tús le rudaí," arsa Balthazar. "Ba é an 'cén chaoi?' sin a mharaigh uilig mé. Cén chaoi, cén dochar, cén fáth, céard atá i gceist agat, ab é atá tú a rá? Stundaí, a Chaspair, deargstundaí, is minic a d'fhiafraínn dhíom fhéin arbh institiúid ghamal an institiúid seo. Ach féach gur stiúrthóirí nó leathuachtaráin nó ollúna iad uilig go léireach anois!"

"Agus céard faoi do leathbhádóir?" arsa Caspar.

"Cladhaire! Nuair a chuaigh an crú ar an tairne ní raibh smid as. An tseantufóg bhréan! Ach gur sheas comhghleacaí óg mínáireach in airde agus gur thosaigh sí uirthi ag bladhrúch. 'A chathaoirligh, a chathaoirligh,' a scread sí, 'nach bhfuil dóthain ama . . . ?' 'A chathaoirligh, a chathaoirligh,' ar sí arís. 'Tríd an gcathaoir, a chathaoirligh!' Choinnigh sí uirthi. 'Sílim, a chathaoirligh, bhuel, i dtosach, a chathaoirligh, ba mhaith liom do chumas mar chathaoirleach a mholadh.' Cén t-ionadh gur thosaigh daoine ag gáire? Ach gur bhain sin an ghoimh ar aon chaoi as."

"A Thiarcais!" arsa Caspar.

"Bhuel, a Chaspair, bhí sé *pathetic*! Geamaireacht, a Chaspair! Ghlan an cathaoirleach sceach as a scornach . . . "

"Ó, a dhiabhail!" arsa Caspar. "Buíochas le Dia nár dhuán a bhí ann!"

"Shearr sé é fhéin . . . "

"Shearr?"

"Rinne sé gáire beag . . . "

"Rinne?"

"'Níl a fhios agam,' a deir sé, 'ar chóir rún a rith?' Bhreathnaigh sé thart. 'Ba chóir, is dóigh,' a d'fhreagair duine eicínt go fann. 'Déanaimis sin mar sin. Déanaimis, as ucht Dé.' 'Déanaimis céard?' arsa duine eile. 'Rún a rith.' 'Rún faoi chéard?' 'Cén sórt rúin?' Bhuel, spréach mé fhéin. Thogair mé ar mo mhiodach a tharraingt. 'Fadhb chomh suarach leis seo nach dona nach bhfuil muid in ann í a fhuascailt?' ar mé. 'A leithéid de liútar éatar faoi rud chomh suarach! A dhaoine uaisle, cén t-imprisean a thabharfadh sé seo d'aon duine isteach, scrúdaitheoir seachtrach nó eile? Foras ardléinn *how are you*?' a dúirt mé. 'Bunaíodh an institiúid seo sa naoú haois déag agus is inti atá sí fós, mura bhfuil sí níos faide ar chúl faoi seo. Má bhíonn daoine ag strealladh is ag cac i mbabhlaí leithris agus iad á nglanadh fhéin i dtuáille i ndiaidh a gcuid fuirseadh, chuile mhac an pheata foirne ag breith greama ar an mball éadaigh ceannann céanna . . . Muid in ainm a bheith ag cur oideachais . . .'"

"Ag cur oideachais go díreach!" arsa Caspar.

"Pé ar bith é cinneadh ar thriomadóir a chur isteach, ach níorbh in deireadh na hargóna ach oiread. Nuair a tógadh an tuáille chun bealaigh d'eascair casaoid úr. Daoine ag rá gur airíodar uathu an tuáille; go mba dheas leo an tuáille; go ndearna an gaireas triomadóra an iomarca damáiste dhá gcraiceann. Moladh ansin go dtabharfaí rogha do dhaoine: triomadóir nó tuáille. Bhorr achrann eile ansin faoin gcineál tuáille. Daoine ag rá nár chóir an cineál céanna tuáille a chur ar ais arís. Bunaíodh coiste le theacht ar an gcineál tuáille ab fheiliúnaí. Bunaíodh fochoiste stiúrtha. Cinneadh ar thoscairí a chur amach ag óstáin. Ó bhí pingneacha airgid le fáil as an ragobair sin níor sásaíodh an fochoiste gan iad uilig go léireach a dhul sa siúl. Shíneadar a dtéarmaí tagartha go ndeachaigh siad chuig óstaí eile, agus uaidh sin go dtí institiúidí. Rinneadh iniúchadh ó bhun go barr ar chuile chineál leithris ins chuile chineál forais léinn sa tír, idir bhun, mheán, ard agus oll, sa gcaoi is gur cinneadh faoi dheireadh ar níos mó ná aon chineál amháin tuáille, agus iad a chrochadh ar ráillí speisialta adhmaid seachas ar ráillí miotail mar a bhí ann go dtí sin. Crochadh tuáillí boga chomh maith le tuáillí crua agus cuireadh tuáillí páipéir ar fáil a d'fhéadfaí a chaitheamh sa mbosca bruscair. Ach, nach gá dhom a rá, nach sa mbosca bruscair a bhí daoine á dteilgean! Daoine á ligean titim ar an urlár d'aon turas sa gcaoi is go sciorrfaidís orthu agus go bhféadfaidís cúiteamh airgid a éileamh!"

Rinne Caspar racht gáire.

"Ní haon mhagadh é, a Chaspair, a chomrádaí!" arsa Balthazar. "Chuir comhghleacaí linn an dlí ar an gcoláiste!"

"Chuala mé ó Bhelinda gur chuir. Agus fuair sí sláimín."

"Ní sláimín ach slám! Cén t-ionadh go mbítear anois ag iarraidh claibíní a bheith ar na cupáin lachta ar na siúltáin? Nach bhfaca tú an ríomhphost is deireanaí ón mbainisteoir faoi na muigíní teirmeacha – *Bewley's thermal cups*, mar a tugadh orthu – a bheith ar díol sa gceaintín?"

"*Hole in one*, a chualas!" arsa Caspar, é ag cur goicí air féin.

Chuir Balthazar místá airsean.

"Ar bhealach dheamhan trua a bhí agam dhóibh, do na húdaráis!" arsa Balthazar. "Ar chuala tú a bhfuair sí?" ar sé. "Na cúig fhigiúr!"

Phléasc sé amach ag gáire.

"Faoi gur sciorr sí?" arsa Caspar.

"Agus gur dhúirt sí gur ghortaigh sí a droim," arsa Balthazar.

"Gur ghortaigh?" arsa Caspar.

"Agus gur náiríodh í!" arsa Balthazar. "Faoi go bhfaca mic léinn í!"

"Faoi gur ghortaigh is gur náiríodh?" arsa Caspar. "Faoi go bhfaca?"

Scall súile Chaspair.

"Bhuel, nach é an spóirt é?" arsa Balthazar. "Nach ea, anois?"

"Agus gur chuir sí dlí?" arsa Caspar.

"Faoi go bhfaca mic léinn í is gur ghortaigh sí a droim!" arsa Balthazar.

"Go bhfacadar dath a brístín, is dóigh!"

"Dath a brístín, leoga?" arsa Caspar.

Rinneadar beirt gáire.

"Dath a brístín dhrabhlásaigh!" a deir Balthazar, é sna trithí gáire.

"Dath a brístín dhrabhlásaigh!" a d'aithris Caspar.

"Ní foláir nó gur scoilt a brístín!" arsa Balthazar. "A brístín pinc drabhlásach, gur scoilt sí nuair a sciorr sí! Os comhair shúile cíocracha na mac léinn!"

"A brístín pinc drabhlásach!" arsa Caspar. "Gur scoilt sí nuair a sciorr sí?"

"Bhuel, sin a deirtear pé ar bith é nó a shamhlaítear!" arsa Balthazar.

"Gur scoilt a brístín pinc drabhlásach os comhair na mac léinn!" arsa Caspar. "Nach mór an spóirt é. Meas tú an raibh mórán mac léinn ann?"

"Diabhal a fhios agam ná mac léinn ar bith ann," arsa Balthazar, "ach gur theastaigh crúibín uaithi! *Hole in one* eile!"

"Gur theastaigh?" arsa Caspar. "*Hole in one* eile!"

"Crúibín, a mh'anam!" arsa Balthazar. "Ach diabhal fhios agam cé aige a mbeadh sé de mhisneach a crúibín sise a chrúbadh? Bhainfí a chrúibín de, a déarfainn!"

"Bhainfí, a déarfainn!" arsa Caspar.

"De léim, ón dúid, a déarfainn!" arsa Balthazar.

"Meas tú cár cheannaigh sí é, a brístín?" arsa Caspar.

"Ó, a dhiabhail, diabhal a fhios agam!" arsa Balthazar. "Sa stóras is fearr, a déarfainn! Bean *discerning* í sin, a Chaspair! Agus mh'anam go n-abróinn gur fear *discerning* thusa, a Chaspair!"

Nuair a d'fhill Aodh ar a oifig d'airigh sé go raibh an solas beag ar lasadh ar a ghuthphost. Shuigh sé síos ar a chathaoir sclóineach go n-éistfeadh sé leis. Níor fágadh teachtaireacht, ámh. Maor an Gharráin nó Belinda ag fiosrú, ba dhóichí.

Ansin chuardaigh sé a chuid ríomhphost féachaint an raibh ceann ar bith nua tagtha isteach. Bhí ceann ó Mháistreás na Coille ag gríosadh a foirne le haghaidh na Laethanta Oscailte a bheadh ann go luath. "A bheas ann amanathar", a bhí scríofa ina litir.

Rinne Aodh staidéar ar an bhfocal "amanathar". B'in focal nach mbeadh mórán aige féin agus nár mhóide go mbeadh sé ar chor ar bith ag Máirtín Cheata agus, ar chaoi, b'iontas leis é a bheith ag an Uachtarán, cé lena ceart a thabhairt di bhí spéis aici sa nGaeilge. Ní chuirfeadh sé iontas, ámh, ar Aodh dá mba é Alastar a thug cúnamh di lena leagan Gaeilge den litir. Bheadh "amanathar" aigesean cinnte. Cé nár mhóide go mba é Alastar faoi deara an fhoirm choibhneasta den bhriathar a bhí san abairt chéanna. Lena ceart a thabhairt di bhí spéis i bhfoirmeacha coibhneasta na mbriathra léirithe cheana ag Máistreás na Coille.

Sa litir chéanna bhí sí ag gabháil buíochais ó chroí le chuile dhuine a chuidigh leis na Laethanta Oscailte anuraidh, í ag rá gur éirigh thar cionn leo agus go raibh acu seo a chuidigh chomh fial a bheith bródúil astu féin.

"Agus tá go leor daoine a chuidigh," a scríobh sí. "Deineadh ana-ullmhúchán anuraidh, agus caithfear an t-ana-ullmhúchán céanna a dhéanamh arís i mbliana."

An dá fhleiscín sin i ndiaidh a chéile san aon fhocal níor thaithnigh siad le hAodh. Nílid *visually* go deas, a deir sé leis féin, agus chuir sé roimhe an míchuibheas sin a cheartú. Ar cheart an réamh-mhír a ghearradh amach ar fad? An "réimír" seachas "réamh-mhír" atá sa gcaighdeán anois?

Nuair a chuardaigh sé sa bhfoclóir fuair sé amach go mb'in mar a bhí: "réimír". Níor rómhór a thaithnigh sé sin leis ach oiread. Ar chaoi eicínt, níl sé sin go deas *visually* ach chomh beag, ar sé leis féin.

Lig sé a intinn arís eile, ámh, le hábhar na litreach. "É ana-thábhachtach," a scríobh sí, "go ndéanfaimis go léir ana-earcaíocht."

B'in í an réimír, "ana", faoi dhó arís aici. Ach go mba róchuma mar nach raibh an t-alt roimpi na babhtaí seo. "Tá an coláiste so in iomaíocht le gach uile choláiste eile sa tír, sa réigiún so go háirithe, agus mar atá a fhios againn go léir, tá an tobar mac léinn ag trá."

Thaithnigh litir seo an Uachtaráin le hAodh: an chaoi a raibh sí ceaptha, idir fhocla is abairtí. Lena ceart a thabhairt di, ba léir í cáiréiseach. "Tá sé ana-thairbheach labhairt go múinte, measúil, leis na scoláirí óga so agus a thaispeáint dóibh go bhfuil fáilte rompu. Tabhair le fios dóibh gur coláiste tarraingteach í so, gur áit í ar féidir a bheith compordach inti. Ón aisfhreagairt atá faighte againn tuigtear dúinn go mbeidh uimhreacha móra mac léinn ag triall orainn, fiú amháin uimhir níos airde ná anuraidh. Is maith san agus bíodh gach aon duine a raibh baint nó páirt acu san fhiontar anuraidh ana-bhródúil astu féin."

"Bhuel, lena ceart a thabhairt di . . . "

Chríochnaigh a litir leis an mana *Ní neart go cur le chéile*!

"Áiméan, a Thiarna!" arsa Aodh.

Ba é ba dhóichí, pé ar bith é, go gcaithfeadh sé féin cúnamh beag a thabhairt; go gcaithfeadh sé tamall a chaitheamh ina shuí taobh le seastán san halla mór. An t*Aula Maxima*, ar sé. An amhlaidh atá *aula maxima* ins chuile choláiste tríú leibhéal sa tír?

Rith sé ansin le hAodh gurbh é ba dhóichí gurbh é Maor an Gharráin a chuir an guthphost ar ball, rún aige labhairt ar na Laethanta Oscailte, cé nár fhága sé aon teachtaireacht. B'in é an cineál é. Ach go mbeadh sé ar ais. Cé nár mhóide go gcuirfeadh sé Clár Ama ar aghaidh ar an ríomhphost.

D'fhéach Aodh amach an fhuinneog. Nár bhreá ar fad an aimsir í le sciuird a thabhairt ar Choill Chluain Eanaigh? Ainneoin na dea-aimsire dheamhan mórán duine a bheadh ag coisíocht an t-am seo lae inti, bhí sé ag ceapadh. Buíochas le Dia, ar sé leis féin, d'áis chomh hiontach léi, a bhí ar thairseach na cathrach, dheamhan mórán a chuaigh ag coisíocht am ar bith inti. Faitíos ar dhaoine faoi choillte. Imeagla ar dhaoine faoi Choill Chluain Eanaigh, go háirid ó tharla an eachtra uafar sin inti.

Chuir an eachtra sin seanbhlas ina bhéal fhéin freisin ach níor lig sé di smacht rómhór a chur air. Ní raibh amhras ar bith nár ghníomh uafásach oilc an gníomh a rinneadh ach go raibh míniúchán freisin air. Cé a pháirceálfadh a charr i gclós uaigneach dorcha mar é an tráth sin d'oíche? Agus é ráite go mba as an gceantar don fhear!

Thaithnigh Coill Chluain Eanaigh chomh mór sin le hAodh go mba ghiorrúchán ar a shaol é, dar leis nó, ar a laghad ar bith, ba shrian mór ar a shaoirse é mura bhféadfadh sé coinneáil air ag coisíocht inti. Daoine ag comhairliú dó go raibh aige a nósmhaireacht ansin a athrú, éagsúlacht níos mó a chur ina chuid siúlóidí, gan a dhul amach an t-am céanna chuile thuras agus, ar ndóigh, é a bheith ráite le duine éigin cá raibh sé ag dul.

"An dtugann tú bata leat? An dtugann tú fón póca?"

An bata a bhaint díot a dhéanfaí! Dá mbeadh a fhios fón i do phóca bhainfí sin díot freisin!

Ach ní raibh an choill sin chomh contúirteach is a ceapadh. Déanta na fírinne ní raibh sí contúirteach ar chor ar bith. Iad seo a dúirt go raibh, agus a thug fianaise dar leo, ba dhaoine iad nach ndeachaigh ag siúl inti in aon chor ach iad ag athlua daoine eile nach ndeachaigh go dtí í ach oiread. Fianaise i mbarr bata! É féin ag siúl na coille sin le breis is scór go leith bliain agus, dar lán an leabhair, níor casadh drochrud ar bith air sa bhfad sin ama seachas cúpla mionrud. Ba í an eachtra uafásach sin le gairid an t-aon eachtra urghránna a tharla sa gcoill le linn a ama fhéin pé ar bith é.

De phreab, mórán i ngan fhios dó féin, b'éard a bhí déanta ag Aodh go raibh cliceáilte aige ar shuíomh idirlín Sophia. Arae bhí go leor inti nach raibh léite aige ar chor ar bith. É ag ceapadh an chéad uair nach raibh i Sophia ach girseachín, ach go mb'eol dó anois go mba bhean lánfhoirfe í.

Bean lánfhoirfe. Cad chuige, más ea, í ag rá cara pinn a bheith uaithi nuair ba anamchara dáiríre a bhí sí a thóraíocht?

"Tá mé uaigneach. Ba mhaith liom teagmháil a dhéanamh le fear. Is fada ó bhí teagmháil cheart le fear agam . . . "

Thosaigh croí Aodha ag bualadh níos tréine.

"Santaím lámha fir i mo thimpeall . . . "

"Gus santaímse lámha mná, a Sophia!"

"Ar mhaith leat pictiúr díom a fheiceáil? Más maith leat níl le déanamh agat ach cliceáil . . . "

Chliceáil Aodh. Ba bhean álainn í, *sans doute*, mar a déarfadh Alastar. Bean ghalánta. Bean lánfhoirfe, siúráilte. Cén aois a bheadh aici? Sna tríochaidí? An dá scór? Ba dheacair a bheith barainneach le mná. Cinnte ba é a dealramh go mba bhean í a bhí cleachtaithe ar an saol, an cineál mná a thaithnigh leis féin.

Bean ard. Gruaig fhada dhonn uirthi. Mothall breá. Cuma an-bhreá uirthi gan dabht! Ba mhaith leis go mbeadh sí an ceathracha bliain. Nó beagán os a chionn, b'fhéidir, le go mbeadh sí thar an ráta breithe. Ní bheadh sé inmholta go ngabhfadh sí ag iompar.

Bhreathnaigh sí a bheith sofaisticiúil. Níor bhreathnaigh sí a bheith "cúthail" ar chor ar bith. Ná "dúnárasach". B'in tréith, an dúnáras, nár thaithnigh leis. Cé is moite den áras a mbeidís ag lascadh a chéile ann! Dá mbeidís, bhuel, ba mhaith leis é sin a bheith ina dhúnáras! Dearglascadh ar a ndeargbhionda, d'éileodh sé bolta láidir a bheith ar an doras!

Éadaí deasa atá sí a chaitheamh. Bhí táilliúireacht mhaith déanta ar an gculaith a bhí uirthi! Mása maithe cos ar spáint faoi bhun a sciorta. Níor gháifeacht seo ach griogadh b'fhéidir.

Tuige ar scríobh sí aigesean? Ón gcuma a bhí uirthi ní teifeach eacnamaíoch í, geilleagar na hÉireann, an Tíogar Ceilteach, á mealladh! Cé a cheapfadh, suim bheag blianta ó shin, go mbeadh geilleagar na tíre bige seo mar mhealladh ar aon duine?

Faoi bhun an phictiúir sin bhí ceist:

"Ar mhian leat pictiúr eile?"

Í beagán níos dána sa phictiúr seo. Béim á leagan ar a colainn anois. An chulaith bainte di. A cíocha i gcíochbheart lása dhuibh. Stiall bheag den lása dubh anuas ar a mása freisin. Ach níor léiriú garbh graosta ar a hacmhainní colainne é.

"Ar mhian leat pictiúr eile fós? Ar mhian leat go mbainfinn ball eile de mo chuid éadaigh díom?"

Dúirt sí go raibh sí ag éirí suaite inti féin. Gur airigh sí dinglisí beaga míshocra ag sníomh thar a colainn uilig.

"Ar mhaith leat súgradh beag a dhéanamh liom?"

Ó, a dhiabhail, bhí rud éigin cearr lena ríomhaire! Bhí an

luichín as feidhm, reo ar an scáileán! Pé aicsean a rinne sé chlis air an scáileán a athrú ná a mhúchadh. An bhean mhór ghnéasúil seo, Sophia, ina héadaí cnis, ag stánadh amach air! B'éard a chaithfeadh sé a dhéanamh an ríomhaire a chasadh de uilig, a phlugáil as i dtigh diabhail! Ach nár oibrigh sé sin ach oiread óir a luaichte is a chas sé an ríomhaire ar siúl arís ba í Sophia ghlórmhar a bhí ar ais arís ar an scáileán. Dá mbéarfaí air? Dá bpreabfadh comhghleacaí leis nó, níos measa fós, mac nó iníon léinn, a chloigeann isteach, cén leithscéal a bheadh aige? Cén mhaitheas a rá go mb'iomrall é, gurbh amhlaidh a léirigh an pictiúr seo é féin ar scáileán a ríomhaire gan iarraidh?

D'éirigh sé óna chathaoir, gur chas an eochair sa doras chomh mín réidh is a d'fhéad sé le nach gcloisfí béal dorais é. An té sin béal dorais bhí éisteacht na heasóige aici. Dá gcloisfeadh sí an torann ceisteach ba lú bheadh sí éirithe as a cathaoir, a cluas biortha le balla aici.

"Ar pháipéir scrúduithe atá mé ag obair. Marcanna á líonadh isteach agam."

Cé air a nglaofadh sé i gcoinne cúnaimh? Cinnte dearfa ní ghlaofadh sé ar a chomhghleacaí béal dorais! Nó ar Bhelinda ach oiread! Ball de Roinn na Teicneolaíochta Fáirnéise, b'in é an fáth a raibh an roinn sin ann, ach go bhféadfá a bheith ag fanacht go dtí Lá Philib an Chleite óir níor mhóide go bhfreagródh duine ar bith acu a ghuthán. B'in ba mheasa faoi dhuine a cheapadh go buan. Cormac? A ghléas gutháin a chur i bhfearas a rinne seisean riamh ó ceapadh é! A ghuth meáite milis, mar dhea, ag achainí go bhfágfaí teachtaireacht agus go nglaofaí ar ais a dhá luaithe in Éirinn is a d'fhéadfaí. Lá an Bhreithiúnais, a mhic ó!

Má bhíothas le breith ar aon duine acu b'éard ab fhearr a dhéanamh bualadh suas an siúltán go dtína oifig. Ach go mbeadh leithscéal eile ansin. A chruógaí is a bhí, a déarfaí, go gcaithfí foighid ghearr a dhéanamh. Foighid ghearr, *how are you*!

Anita, b'fhéidir? Cé nárbh i Roinn na Teicneolaíochta Fáirnéise a bhí sí sin bhí sí sciliúil ar ríomhairí. Agus ba dhuine í nach ndéanfadh oiread sin biadáin ná scaipeadh scéil. Sea, a mhaisce, thuigfeadh Anita dó. Agus chreidfeadh sí é nuair a déarfadh sé gur gan iarraidh a tháinig an pictiúr. Go deimhin féin d'fhéadfadh sé rud beag gáire faoin bpictiúr a dhéanamh le hAnita. Agus déarfadh sé léi go raibh sé thar am *upgrading* a bheith déanta ar a ríomhaire. "*Upgrading?*" Ríomhaire nua as an bpíosa, a déarfadh sise.

B'éard a dhéanfadh sé ar bhall na huaire seo go bhfágfadh sé a ríomhaire múchta ar feadh achairín. D'éirigh sé amach as a oifig go ndeachaigh sé chuig an siopa i gcoinne páipéar nuaíochta. Fad is a bhí sé sa scuaine léigh sé an cheannlíne mhór ar an bpáipéar. Uday, mac Saddam Hussein, fós sa nuaíocht!

De réir an ailt, fad is a bhí sé beo, bhí an-spéis i gcraiceann ag Uday. An-spéis san ól freisin aige. Ach thar aon ní eile bhí ollspéis i gcarranna aige. Oiread is céad carr ina gharáistí aige! Ceanna de na carranna a cheannach a rinne sé ach a bhfuadach a rinne sé le ceanna eile. Ach an tréith ba mheasa faoin diabhal go raibh spéis thar na bearta i gcéaschiapadh agus i marú aige. A íobartaigh a bheith ag riastradh péine, b'in ba dheise ar fad leis an gcrochadóir.

I dtaca le carranna ba iad na carranna luais ba roghain leis. Mercedes, BMW, Ferrari, Jaguar, Lamborghini, Rolls-Royceanna. De réir bhriathra Salim Kasim, ar dhuine de phríomh-mheicneoirí Uday é, nuair a shantaigh Uday feithicil níor stop faic é. "Amanna," a deir seisean, "ag fánaíocht thart d'Uday b'fhéidir go bhfeicfeadh sé carr sa chomharsanacht ar thug sé saint dó agus ghlaofadh sé ormsa ag rá liom an carr sin a fháil dó." Thiocfaí ar an úinéir agus dhéanfaí airgead a thairiscint ar an gcarr nó dhéanfaí babhtáil.

An mealladh ba mhó a bhí ina chuid oibre do Kasim is ea na deiseanna a tugadh dó taisteal ar fud an domhain ag iniúchadh carranna galánta dá mháistir. Cadillacanna i dToronto, Rolls-Royceanna i mBirmingham, Mercedeseanna i Stuttgart na Gearmáine, Lamborghinieanna i mBologna na hIodáile . . .

Ar ais ina oifig dó chuir Aodh an glas arís ar a dhoras ach nuair a phlugáil sé isteach a ríomhaire agus gur chas sé ar siúl é, buíochas le Mac Dé na Glóire, bhí an scáileán glan!

Bhí i gceist aige an t-alt ar Uday Hussein a chríochnú ach gur thug sé a shainspléachadh ar fhuinneoigín a ghutháin féachaint an raibh aon solaisín buí uirthi. Idir ghuthphost, ríomhphost is ghnáthphost, céard a dhéanfaí ar na saolta nua seo dá n-éagmais?

B'éigean dó cliceáil faoi dhó ar an ríomhphost nua sular léirigh an t-*egg timer*. Sheas an t-*egg timer* ansin. Nach é a bhí mall, an diabhal? Cén t-ionadh gur moladh dó ríomhaire nua a iarraidh? Ach go mba é an saghas duine é, ach oiread le carranna, go mba róchuma leis ríomhaire nua nó seanríomhaire fad is go ndearna sé an beart. Fad is nach mbeadh sé rómhall!

Sea, a mhaisce, d'éileodh sé ríomhaire nua, agus ba é an cineál ba nuaí ar fad a d'éileodh! Bhuel, bail an deamhain diabhail ar an *egg timer*! Ní fhaigheann foighid faoiseamh! Sí an mhífhoighid, mífhoighid an mhí-ádha mhóir, a tharraingíonn an éadáil! Alastar Acmhainneach ina ollamh!

Ó, a Dhia na Glóire, tá sé seo seafóideach! Amaideach! Cuir glaoch láithreach ar Chormac, Ceann Roinn na Teicneolaíochta Fáirnéise, agus abair go neamhbhalbh leis go bhfuil ríomhaire nua láithreach uait!

Nuair a d'oscail an t-*Inbox*, ámh, chonaic sé go raibh deich gcinn de ríomhphoist nua tagtha isteach chuige. Deich gcinn taobh istigh de leathuair a chloig! Ach go mb'in an chaoi a raibh sé ó saolaíodh an ríomhaire, go raibh chuile chineál seafóide á seoladh chun bealaigh.

Ag breith ar an uain ar an urlainn, chuir Aodh glaoch láithreach bonn ar Chormac arae bhí sé tábhachtach a bheith sa scuaine ar a laghad ar bith, go háirid anois ó bhí sé ráite go mbeadh gearradh siar le déanamh toisc an Tíogar Ceilteach a bheith ag meath. Nár thobann a thosaigh sí ag meath? Ina litir le gairid ó Mháistreás na Coille d'fhógair sí nach mbeadh maoiniú ar bith ann le haghaidh scéimeanna éagsúla de bharr ganntan airgid. Bhí moill le cur ar thógáil, bheadh gearradh siar ar fhoirne, bheadh laghdú ar earcú. Bheadh gearradh siar ar bhuiséad na leabharlainne. Go fiú is péinteáil is glantachán ní fhéadfaí chuile bheartas a chur i gcrích.

Cén t-iontas Balthazar ag éamh nárbh fhada go bhfógrófaí nach raibh an t-airgead ann le oiread is fuinneog a ghlanadh? Nárbh fhada go dtabharfaí ar ais na sciatháin ghé!

Balthazar ag maíomh go n-ardófaí na ciorruithe seo ag cruinniú ceardchumainn agus go mbeadh sé ag moladh stailce. Ach ba é a déarfadh sé féin, cén dochar sciatháin ghé, nach ndearnadar an beart cheana? Níos measa ná sin ba é an luaidreán a bhí ag dul thart nach gceadófaí thar an scór ríomhaire nua don bhliain acadúil a bhí ann. Scór! Bheartaigh Aodh go ndéanfadh sé scéal mór dá chás féin. Déarfadh sé, i dtaca le ríomhaire de, gur i Ré na gCloch a bhí sé féin.

Faoi nár fhreagair Cormac a scairt chinn Aodh ar theachtaireacht a fhágáil. Anuas air sin sheolfadh sé ríomhphost. Nár dhona an chaoi é, arsa Aodh leis féin, ríomhairí ag briseadh síos, dúch ag teastáil, comhairle is eile de dhíth, nach bhféadfaí a theacht ar dheoraí i Roinn sin na Teicneolaíochta Fáirnéise? Ó, a mhac go deo, a ghlice, fhuaimintiúla, is a bhí anois tar éis a oibleagáidí is a bhí chuile dhuine sa roinn sin go bhfuaireadar buaine, straois an áthais orthu as *toe-in* a bheith acu i gceann poist chomh sábháilte!

Ach go rabhadar in ann comhrá ar shiúltáin a dhéanamh! Gan deifir ar bith ansin orthu! Biadán coláiste, dea-dhrochscéal ar bith, agus ba in áit na leithphingne a d'fhágfaí Caitríona Pháidín!

Sea, a mhaisce, biadán coláiste nó comhrá ar ghalf! Cabaireacht is comhairle. "An *lavatory stance*, a Aodh, an *lavatory stance*, ní féidir liathróid ghailf a bhualadh i gceart gan an *lavatory stance*!"

Chliceáil Aodh uair amháin eile ar shuíomh idirlín Sophia, gur nochtaigh íomhá nua di. *Jeans* tuartha, an t-am seo, móide buataisí leathair a raibh sála arda orthu.

Bhreathnaigh sí an-ard. Caol, singil, seang, mar a dúradh sna hamhráin. Folt fionn an t-am seo agus í níos faide ná riamh. Agus ba shláintiúla ná riamh a bhreathnaigh cróine a craicinn.

"Haigh!" ar sí.

"Haigh!" a d'fhreagair Aodh.

"Nach maith leat mé?"

"Ó, a chailín, is maith, siúráilte!"

Nochtaigh sé pictiúr eile fós di. Níor *jeans* ach mionsciorta a bhí anois uirthi, agus buataisí a bhí chomh hard le lár a leise.

"An maith leat mo bhuataisí?"

"Ó, a chailín, ó, is maith liom!"

An deireanas ag titim, durdáil cholúr agus feadaíl crotacha le cloisteáil. Na crotacha ag bailiú leo ó ionad amháin go hionad eile. Idir aoibhneas is uaigneas le brath ar a gcuid feadaíola. Aoibhneas as a bheith beo, uaigneas as a líon a bheith ag titim go tubaisteach.

Cé as a rabhadar ag teacht? Ó inbhear na habhann móire? Cá raibh a dtriall? Ar chladaí an locha mhóir ó thuaidh?

An fheadaíl. D'fhéadfaí a gcuid eitilte a shamhlú cé, sa mheathdhorchadas, nach bhféadfaí na héin a fheiceáil. Ar éigean a raibh smeámh san aer agus dá bhrí sin ní bheadh mórán stróimh ar na crotacha ar a mbealach abhaile don oíche.

Oibrithe goirt, ag triall abhaile i ndiaidh obair an lae, tuirse orthu ach iad sásta, b'in a shamhlófaí leis na crotacha. Dhéanfaidís cónaí beag agus codladh agus bheidís faoi réir arís don lá arna mhárach. Pé ní a tharraingeodh an lá arna mhárach ina líon?

Ach go mba é díol an diabhail é an chaoi a raibh gnáthóga na gcrotach á ndíothú. Chuile eanach agus easca, geall leis, á thaoscadh, iad á dtiontú ina machairí féir nó ina suímh le haghaidh tithe nó sin ina machairí gailf. Saint! Cé gur fhorbairt a bhíothas a thabhairt air.

An daonra daonna ag síormhéadú, na billiúin duine sa domhan agus de réir mar a bhí á rá bheadh an uimhir sin méadaithe faoi dhó taobh istigh de bheagán blianta. De réir mar a bhí an cómhargadh, nó an tAontas Eorpach mar a tugadh anois air, ag fairsingiú – oiread seo eile tíortha á scaoileadh isteach inti – bhí eachtrannaigh ag plódú chun na tíre seo. Polannaigh, Liotuánaigh, Laitviaigh, Rómánaigh, Bulgáraigh, gan trácht ar chor ar bith ar na Nigéaraigh agus ar Chamarúin. An chlann Chamarúnach béal dorais b'Éireannaigh iad na gasúir. Níorbh í Éire amháin é ach bhí an domhan frí chéile á lot. An *homo sapiens*, mar a tugadh ar an duine, ag cur ruaige, diaidh ar ndiaidh, ar chuile *species* eile.

De sciotán tháinig ionad marcaíochta Eithne Ballance isteach i gceann Aodha. An áit a mbíodh a hionad marcaíochta aicise bhíodh loch i ngar dó, agus eanach, ar a mbíodh dalladh éanlaithe, agus machairí bána. Ach cá rabhadar anois? Bhí an loch agus an t-eanach draenáilte agus bhí sciar mór de na páirceanna bána faoi choincréit ag gréasáin bhóithre. Mótarbhealaí! *Flyovers*! Tolláin! Feithiclí, ar nós seangán, siar is aniar!

Na héanacha sin, idir chrotacha, lachain fhiáine is eile a bhíodh ag fáiteall i mbólaí sin Eithne, cá raibh a sliocht anois? Ba é ba dhóichí go mba cheanna dá sliocht na crotacha a raibh sé ag éisteacht ar ball lena gcuid feadaíola. Ach cá fhad go ndéanfaí scrios ar a ngnáthóg nua?

Gan in Eithne ach déagóir an chéad uair sin a casadh Aodh uirthi. Tráthnóna Domhnaigh i dtús an tsamhraidh, go ndeachaigh sé féin agus Póilín amach ar *spin* go dtína hionad, Muireann in éindí leo. Muireann, go bhfoghlaimeodh sí le capall a mharcaíocht. "Dá óige is a fhoghlaimíonn duine is ea is fearr," a bhí ráite ag Póilín, a raibh fógra Eithne feicthe i bpáipéar aici.

Geata mór, ascaill fhada, sceacha geala faoi bhláth, sabhaircíní is caisearbháin, capaill ar féarach. Boladh cumhra san aer.

Seanteach mór ar an gcnocán ag barr na hascaille, cearnóg clóis, stáblaí, féarlann, muc *bellyback* ina luí go leisciúil, d'éirigh madra Doberman amach chucu. Ansin tháinig cailín, a bhí gléasta i mbuataisí marcaíochta agus i mbríste triúis, ina n-araicis, ag rá go raibh Eithne i mbun ceachta san airéine ar chúl.

Eithne féin feistithe mar a bhí an cailín, bloisc á mbaint aici as fuip fhada le capaillín donn a raibh marcach óg ar a mhuin a ghríosadh timpeall. Ar sodar. Ba léir gur i dtús a fhoghlama a bhí an marcach.

D'imigh Aodh leis ag fionnachtain na háite, go bhfaigheadh sé spléachadh ar an tír mháguaird, agus b'in nuair a chonaic sé an loch thíos sa ghleann, agus an t-eanach, agus an draoi éanacha.

A thúisce is a d'airíodar Aodh chucu d'éirigh crotacha san aer, go ndeachaigh na cearca uisce agus na cearca ceannanna i bhfolach sna giolcacha. Na lachain, ar mhallaird iad – na cinn nár bhailigh leo fearacht na gcrotach – shnámhadar amach níos faide. Ach go mba é a rinne na healaí gur shnámhadar chuige.

Seomra treallaimh Eithne ba é a bhíodh cóirithe! Idir dhiallaití, bhéalbhacha, adhastair, cheanracha, bhuataisí is eile, leagtha amach go néata. Na srianta ar crochadh ó chrúcaí, ainmneacha na gcapall ar leo iad breactha ar chláiríní miotail os a gcionn, na clogaid ar sheilfeanna, na fuipeanna i bprócaí.

Ach, ach oiread leis an loch agus an t-eanach, an seanteach mór, an chearnóg chlóis, na stáblaí, is eile, ba i gcuimhní daoine amháin a bhí aon ní acu sin anois. Agus Eithne bhocht, an créatúr, ina hiníon léinn lánfhásta.

Tháinig Póilín amach chuig Aodh, an fón ina láimh aici.

"Belinda!" ar sí os íseal.

Meas tú, arsa Aodh leis féin, cén scéal chailleach an uafáis atá anois aici?

"Cén chaoi a bhfuil, a Bhelinda?"

"Gabh mo leithscéal, a Aodh, fé chur isteach ort ag baile!"

"Ná habair, a Bhelinda, ach abair leat!"

D'ísligh Belinda a guth.

"Ar chuala mé, a Aodh, gur bhain gortú do Phóilín?"

"Má chuala, a Bhelinda, níor chuala tú i gceart, buíochas le Dia!"

"Ó, míle buíochas le Dia, a Aodh!"

"Tú fhéin ar do shainléim ó scaramar tráthnóna, a Bhelinda?"

"Mé féinig ar mo shainléim? Bhuel, is dóigh go bhfuilim. Ach mo dhearthháir níl seisean rómhaith."

"Ó, ní maith liom do thrioblóid, a Bhelinda. Cáid ó thosaigh sé ag éagaoineadh?"

"Níl a fhios agam an dtabharfá éagaoineadh air ach go bhfuil pian ina aghaidh aige," ar sí, a guth fós íseal.

Pé ar bith cén fáth, murar thoisc go raibh sé ag comhrá seal beag roimhe seo lena chomharsain bhéal dorais as Camarún na hAfraice, ba é an focal "lobhracht" a tháinig isteach i gcloigeann Aodha. An dtiocfadh, a Bhelinda, gur lobhracht atá ar Romeo? Mhaígh meangadh leathan uaidh féin ar éadan Aodha a thúisce is a tháinig an smaoineamh aisteach sin ina cheann agus bhuail fonn fíochmhar diabhlaíochta é. Pian ina aghaidh, a Bhelinda, más í an lobhracht í tá an baol ann go gcaillfidh sé le haimsir í. Dá mba í a shrón í, a Bhelinda, ní bheadh sin chomh hainnis cé nár dheas go dtitfeadh a chaincín de dhuine. Ná liopaí féin, a Bhelinda. Ná smig. Fiú is poll i mbaithis. Bheadh súile go dona, a Bhelinda, cé nach mbeidís chomh dona le haghaidh. Aghaidh, go sábhála Dia sinn, a Bhelinda, nuair a bhuailtear an aghaidh buailtear mórán ball in éineacht. Ní maith liom do thrioblóid, a Bhelinda, ní maith liom ar chor ar bith í.

"É ráite ag an dochtúir leis go gcaithfidh sé fanacht istigh," ar sise.

"San ospidéal, a Bhelinda?"

"Sa teach!"

"Bhuel, a Bhelinda, níl an teach ródhona!"

"'Ródhona?' Do dhuine a bhíonn síoraí lasmuigh?"

Ach go mba sheacht measa é – seacht gcéad míle níos measa – dá mba í an lobhracht í! Seachnaítear an lobhracht, a Bhelinda! Ach ní móide ar chor ar bith, a Bhelinda, gurb í an lobhracht atá ar do dheartháir óir níl an lobhracht in Éirinn níos mó, a Bhelinda, fiú is i mBaile na Lobhar féin, a Bhelinda. Tá garraí ar a ghabháltas ag mo chara Máirtín Cheata a dtugann sé Garraí na Lobhar air ach ní móide, a Bhelinda, í ansin níos mó ach oiread. Mura mbeadh sí go domhain sa talamh, a Bhelinda, agus go n-aimseoidh seandálaithe amach anseo í.

I ndufair na hAfraice féin, a Bhelinda, ní mórán í san áit sin féin anois, creidim. Nó b'in a bhí mo chomharsa ionúin bhéal dorais ag rá. Aisteach an chaoi é, a Bhelinda, ach go raibh sé blianta ó smaoinigh mé cheana ar an ngalra sin go dtí go raibh an comhrá gearr sin ar ball agam. Dearmad uilig déanta agam uirthi leis an gcian aimsire, a Bhelinda. Ach an chaoi a seachnaítí iad, a Bhelinda, daoine a mbíodh an galra sin orthu! Fearacht na heitinne fadó, a Bhelinda, bhídís, na créatúirí, curtha i bpóna, mar a déarfá, fágtha gan mórán dínite, a Bhelinda, gan mórán todhchaí ar bith rompu, a Bhelinda, ach ag *hopp*áil thart ar mhaidí croise agus an bás.

An fón a bhí ag cur an chrónáin ina chluais, ab ea? Mar a bheadh cat! Arbh amhlaidh a bhailigh Belinda léi nó ar mhísc a tharla don líne?

"A Bhelinda? Bhfuil tú ansin fós, a Bhelinda? A Bhelinda, bhfuil tú ansin thall ar chor ar bith?"

Bhuail idir áthas is cathú Aodh. Arbh amhlaidh a d'éirigh Belinda tuirseach dá chuid smaointe? Ar *filibuster* neamh-bheartaithe a thabharfaí air sin?

Cé nár leasc leis gur dhíbrigh sé chun siúil í, ina dhiaidh sin is eile bhí Aodh ag cur is ag cúiteamh ar chóir dó glaoch ar ais uirthi. Níor mhóide gurbh í Póilín ná a scéilín faoina deartháir ab údar ar chor ar bith lena glaoch. Ar ndóigh má bhí práinn lena teachtaireacht ghlaofadh sí arís.

Ach ar son na cúirtéise.

Quiz boird a bhí ag déanamh scime di. An raibh an ríomhphost faoin *quiz* feicthe aige? An mbeadh spéis aige a bheith ar bhord? Níorbh fheadair í fúithi féin. Tigh Mhurchú, seachtain ón Déardaoin bheag sin, ar a 7.30, fiche euro an bord. É le haghaidh carthanachta. An oispís áitiúil. Ba í Anita a bhí á rith. Ba dhuine deas í Anita.

Mar sin féin níor mhóide go gcuirfeadh sé a ainm ar aghaidh. Tigh Mhurchú, b'fhada ó bhí sé ag ól san áit sin. Bhí an ball séire anois ar an saol an chaoi nach bhféadfaí deoch a ól ar do chompóirt le hais fadó.

Cuairt a thug sé ar Mháirtín Cheata a tháinig isteach ansin i gceann Aodha. An tráthnóna céanna sin chomh breá gur thug sé cuireadh amach do Mháirtín go n-ólfaidís taoscán amuigh. "Ólfaidh muid adharc poitín ar ball!"

Áras Mháirtín chomh fada ón mbóthar ba ar éigean cosán criathraigh féin go dtí é. Siúl na gcos a thabhairt faoin gcriathrach, de réir mar a lig an aimsir, b'in a bhí le déanamh.

Ar chriathrach nó eanach a thabharfaí ar an dúiche? Eanach nó easca? Ar fhliche an easca ná an t-eanach? Ar chuisle sa sliabh í an easca? Cén difríocht a bhí idir sliabh agus criathrach? Céard ba bhreaclach ann? Ar chlocha ar spáint sa sliabh a rinne breaclach as?

An ceart nó an mícheart ag Máirtín thaithnigh a chuid teagaisc le hAodh. An tráthnóna breá sin, i dtús an fhómhair, dathanna an tséasúir chomh fial sin ar fud an réigiúin, bhí bís air. "*There are days so rich that they nourish one for a lifetime*," b'in é an smaoineamh a tháinig chuige. *Cúdar* Sheáin Mhic Giollarnáth, níor mhó d'údar sléibhe é ná an fear seo lena ais féin. Fir chriathrach is breaclach go beacht ba ea an bheirt acu: *Cúdar* is Máirtín Cheata.

Bhí broscán deas daoine Tigh Shéamais an tráthnóna sin agus ba chroíúil an fháilte a cuireadh roimh Mháirtín mar go mb'fhada nach bhfacthas ansin é, daoine ag fiafraí de faoin tsean*lady* sa bhaile, Máirtín ina sheasamh, pionta ina láimh, straois shásta air.

Iad ag filleadh ar ais abhaile ar ball, suas an bóithrín sléibhe, gur pháirceáileadar an carr ar an móinín céanna, gur thugadar an criathrach arís orthu féin.

An tsean*lady* gona gúna fada ag éirí óna clúid le hais na tine, plátaí le feoil ghé is le feoil chaorach, á leagan ar an mbord aici, agus mias mór d'fhataí. Móide mugaí bláthaí. An tsean*lady* ag rá leo ithe. Dhá mhadra ina luí faoi chathaoir sa chúinne ag faire amach.

I ndiaidh an bhéile tugadh tuilleadh fuisce d'Aodh, idir fhuisce siopa agus fhuisce poitín; gur chinn sé ar an oíche a chaitheamh sa chomhluadar.

An mhaidin arna mhárach, iad ag siúl amach tríd an gcriathrach le chéile, bhí buidéal den huisce poitín ina dhóid ag Máirtín, é fillte i seanpháipéar nuaíochta, gur chuir sé isteach i mbúta charr Aodha é.

Ba é an turas sin, thar aon turas eile, a shnaidhmigh an dlúthchairdeas idir Máirtín Cheata is Aodh Ó Cadhain. Ag teacht amach tríd an gcriathrach an mhaidin sin dó smaoinigh Aodh arís ar an deismire a phreab ina chloigeann an tráthnóna roimhe sin ach an t-am seo d'athluaigh sé le Máirtín í: "*There are days so rich that they nourish one for a lifetime!*"

An giorria a rith trasna an bhóithrín roimhe, an creabhar a d'eitil as a fhoscadh, na mionéanacha a d'fhág a bhfáltas gainimh, chuireadar ar fad le dea-chroí Aodha, agus nuair a shroich sé an bóthar mór agus go raibh garda ansin roimhe níor tháinig aon laghdú ar a mhórtas. "Níl do chrios sábhála ort!" arsa an garda.

"Cé nach bhfuil?" arsa Aodh go hoirirc.

Le linn don gharda a bheith ag breathnú ar na dioscaí agus ar na boinn phreab an deismire a bhí luaite aige le Máirtín Cheata isteach arís eile i meabhair Aodha agus ar sé: "Ar chuala tú an nath '*There are days so rich that they nourish one for a lifetime?*'"

"Cén t-ainm atá ort?" arsa an garda.

"Pé ar bith ainm atá orm," arsa Aodh, "tá ríméad orm!"

Chaith an garda súil arís ar Aodh, agus mhaígh frídín de mheangadh air.

"An tusa an té a bhíonn ag triall ar Mháirtín Cheata?" ar sé.

"Is mé, an pleidhce céanna!" arsa Aodh.

"Cén chaoi a bhfuil sé?" arsa an garda. "Cuir an crios sin ort agus cuir an diosca sin in ord!"

Fonn ar bith, baint ar bith, le *quiz* boird ar bith, ní raibh ar Aodh i ndiaidh na marana sin. Cé go raibh a ríomhaire glúine ar oscailt aige, ar ala na huaire seo ní raibh uaidh ach tuilleadh marana, ach gur bhain a *Inbox* preab as. Nárbh áibhéil a raibh de ráiméis nua tagtha isteach ina *Inbox* ó d'fhága sé a oifig! Cibé cén fáth, faoi bhonnacha an diabhail, a scaoiltear oiread seo truflaise againn?

Ríomhphost ó Oisín de Buitléir de chuid Fia-Dhúlra Éireann, ghoin sin a aird. Bhí Oisín ag eagrú turais go Coill Chluain Eanaigh an Domhnach beag sin. Thabharfaí cuairt ar Loch na Feannóige agus bhí súil go bhfeicfí an Gobach Sceachóirí ar chuairteoir annamh go dtí an tír seo é.

Ríomhphost ó Alastar Acmhainneach! Ba mhór ag Aodh i gcónaí an chaoi a raibh seasamh Alastair méadaithe chomh mór ó ceapadh ina ollamh é. Cibé cén chaoi, sa mhí-ádh mór, ar éirigh leis-sean a bheith ina ollamh? Nuair a d'fhiafraigh sé de Bhelinda ar "Dochtúir" é Alastar, ba é a rinne sí a guaillí a shearradh. "Más ag fiafraí díom atá tú, an bhfuil céim PhD aige, níl!" An raibh an chéim mháistir féin aige? Is dóigh, ar a laghad ar bith, arsa Aodh leis féin, teann ámhailleachta, go bhfuil an Ardteistiméireacht aige. Nó, ar a laghad ar bith, an Réamh-theastas!

B'éard a bhí i ríomhphost seo Alastair, é ag fógairt do chách go mbeadh seimineár á rith aige ar a leithéid seo lae i Seomra T09, agus go mba é an t-iarmhac léinn dá chuid féin, an tOllamh Breandán Ó Lúbaí, Ollscoil Hull, a raibh glacadh anois leis mar an scoláire is céimiúla ina ghort, a bheadh mar phríomh-chainteoir. Bí ullamh, a deir an t-ollamh, arsa Aodh le magadh.

Sea, a mhaisce, beirt ollamh! Ó bhain sé leis féin is cinnte go ndéanfaidh an tAirtnéideach duine mór as an Lúbach, déanfaidh sé fosaíocht mhór air. Is é is dóichí go mbeidh sé i stáisiún na traenach le bualadh lena mhacaomh, le bealach ina charr a thabhairt dhó. Nó sin go *hire*áilfidh sé carr ar chostas an choláiste. Treorófar an t-ógfhear uasal suas na céimeanna leathana eibhir go dtí an doras mór darach mar a mbeidh freastalaí leis an doras a oscailt ar an toirt agus an bheirt chéimiúil a threorú isteach sa bparlús pinc.

D'iarrfaí go múinte den Ollamh Ó Lúbaí ar mhaith leis suí, agus shuífeadh an tOllamh Ó hAirtnéide ar chathaoir bhog uilleach i ndeas dó agus, fad is a bheifí ag fanacht le haghaidh na sólaistí beaga beatha – cáca úll orthu gan dabht – dhéanfaí spruschaint faoi na hathruithe a bhí tagtha ar an gcoláiste. Athruithe, a Bhreandáin? Tabhair athruithe orthu, a Bhreandáin!

Ar baillín threoródh an tOllamh Ó hAirtnéide a chuairteoir síos an staighre galánta go dtí Seomra T09, é ag súil go mbeadh slua mór daoine ann.

I ndiaidh na léachta shíneodh an tOllamh Ó Lúbaí Leabhar na gCuairteoirí agus thógfaí pictiúirí le cur go dtí na nuachtáin, agus chaithfí ceann acu a fhoilsiú i mbileoga margaíochta an choláiste agus, ar ball, sa leabhrán le haghaidh bhronnadh na gcéimeanna.

Ar bhealach b'iontas le hAodh gur i Seomra T09 a bheadh an léacht mhór seo á reachtáil arae bhí an seomra sin beag ach, ar a laghad ar bith, go gcinnteodh sé go mbeadh sé lán. Nó mura mbeadh sé lán go mbeadh sé lán go maith.

Ach dheamhan a ngabhfadh Aodh chuici. A bheith ag faire ar smuitín gléigeal Alastair, b'in umhlaíocht nár mhaith leis! Ansin rith smaoineamh spraíúil eile chuig a intinn. Meas tú, ar sé leis féin, cé acu – an tOllamh Alastar nó an tOllamh Breandán – a shiúlfas chun tosaigh? An í caincín Uí Airtnéide nó caincín Uí Lúbaí is túisce isteach an doras? Nó an roinnfidh siad eatarthu é?

Ní raibh mórán amhrais ar Aodh, ámh, thiomáinfeadh an tAcmhainneach an t-ollamh eile roimhe! Go deas béasach, ar ndóigh, focailín ó bhéal, comhartha beag láimhe, sméideadh beag cinn.

An parlús pinc! Láithreach bonn baol phreab seanchuimhní eile isteach i meabhair Aodha: an lá sin, na blianta fada siar nuair a treoraíodh é féin isteach ann, an chéad uair, i gcoinne agallaimh, ar dá thoradh a fuair sé an post a bhí fós aige.

"Na blianta fada siar" ach, fós féin, bhí cuimhne mhaith i gcónaí aige ar an lá buí Bealtaine úd. An crann silíní i bplásóg an choláiste bhí sé faoi bhláth. Crann mór feá lena ais. Ba chuimhneach leis ag fiafraí de féin ar bhile é an crann feá céanna agus ag rá leis féin go gcuirfeadh sé an cheist sin ag an agallamh dá bhfiafrófaí de ar mhaith leis ceist ar bith a chur. Ba chuimhneach leis gur leath straoisín air ag ceapadh go dtarraingeodh ceist mar í aird na n-agallóirí.

Faoi gur tháinig sé róluath, ámh, ní isteach an doras mór tosaigh ar bharr na gcéimeanna a scaoileadh é an lá cinniúnach sin. Ach in achar ar bith bhí bean óg ag an bhFáiltiú go dtí é, í á threorú síos siúltán, ag rá leis cathaoir a thógáil agus nach mbeadh fanacht fhada air. Í ag guí dea-ratha air i nguth caoin íseal.

Ba dheacair agallamh ba shaoráidí a shamhlú. An tUachtarán, cigire fir, agus ceann na roinne a raibh an post á thairiscint inti, iad ina suí ar chathaoireacha boga i leathchiorcal, boirdín *mahogany* os a gcomhair a raibh ceapairí beaga agus toirtín úll leagtha air. An bhean óg a lig isteach é chuir sí cupáin amach rompu agus d'fhiafraigh de chuile dhuine ar tae nó caife a bhí uaidh.

I ndiaidh an agallaimh treoraíodh go dtí an doras mór darach é, agus shiúil sé ina aonar síos an staighre eibhir, gur bhailigh sé leis síos faoin gcathair.

Ba é an scéal mór gur gabhadh Saddam Hussein. Gabhadh é ina bhaile dúchais, Tikrit, taobh ó thuaidh de Bhagdad. Thíos i bpoll sa talamh a bhí sé, faoi bhun clós feilme. Brathadóir a scéith air ar dhuine de na mná í a bhí aige nuair a bhí sé i réim. Ainneoin an eolais seo chuaigh sé crua ar na Meiriceánaigh an áit a aimsiú. Puiteach aoiligh, duilleoga feoite, seantuí scaipthe os cionn na leacracha a bhí mar chlab ar an bpoll.

Cathair ghríobháin de choinicéir a bhí sa pholl, a bhí ráite, agus b'éard a rinne na Meiriceánaigh gur shéideadar gás síos ann. Níor ghás nimhneach é ach gás a chuirfeadh lagar ar dhuine. Ar ndóigh ní fhéadfaidís a dhul sa seans. Agus theastaigh uathu breith ina bheatha air.

Ag ceann thiar uilig a chonaire a bhí Saddam nuair a thángthas air. Féasóg mhór mhothallach air, a chuid gruaige ina lomra olna, geall leis. Ba léir ó dhath a chraicinn nach raibh solas an lae feicthe le fada aige, cé go mbítí ag rá go bhfacthas é, nó duine cosúil leis, ag taisteal anseo siúd i gcairrín asail. Sean-Phádraic Ó Conaire eile!

Daoine ag rá roimhe sin go raibh sé ag stiúradh an chogaidh óna chairrín asail, go raibh chuile chineál fóin aige agus chuile chineál gairis i bhfolach faoi reaigeanna ar urlár an chairrín. É á ríomh roimhe sin arís go raibh mála airgid curtha i dtoll a chéile ag Saddam agus a aghaidh tugtha aige ar Mheiriceá. Bréagriocht ansin air agus nach mbéarfaí a choíchin air.

Ach bhíothas ag rá an rud céanna faoi Osama Bin Laden san Afganastáin, go raibh chuile ghléas cumarsáide dá nua-aoisí aige ina uaimh sna sléibhte uruaigneacha Tora Bora, agus cé go raibh na Meiriceánaigh lena gcuid buamaí ag cur carraigreacha crua Tora Bora mar dheannach deataigh san aer, an dúiche ina púir smionagair acu, go raibh ag éirí i gcónaí le Osama Bin Laden, ar chaoi ghintlí éigin, cumarsáid a choinneáil lena threallchogaithe ar fud an fhiántais; gur ag gáire faoi na Meiriceánaigh is a gcuid cairde Eorpacha a bhí sé, ag magadh is ag spochadh astu.

Na Meiriceánaigh ag spochadh anois faoi Saddam, ag cur ina leith nach raibh an misneach aige é féin a mharú, ach go mbeidís ag rá an rud céanna, ag maíomh nach raibh an misneach aige fanacht beo agus aghaidh a thabhairt orthu, dá mbeadh lámh curtha aige ina bhás féin.

Meabhraíodh d'Aodh ansin gur faoin am ar thosaigh an t-ionradh ar an Iaráic a pósadh Muireann; go mb'ábhar mór cainte ag an mbainis an cogadh sin. Daoine ag cur ar son Mheiriceá, tuilleadh ag rá gur ar a son féin, amháin, a bhí sí.

Muireann, an lá sin, ag breathnú ar nós dá mba bhanríon í. Do dhuine a bhíodh chomh fiáin, chomh meargánta, ceanndána, chomh *man mad*, chomh lán d'*oestrogen* nó pé ní sin a bhíonn ag mná, ba í a bhí mánla. Dúirt daoine go ndearna sé óráid mhaith.

I dtobainne bhain an guthán.

"Haló!"

Níorbh iontas d'Aodh go mba í Belinda a bhí ann.

"Ar chuala tú an scéal mór?" ar sí.

"Abair leat!" arsa Aodh.

"Ó! Ar chuma ar bith tá súil agam go gcaithfear go cóir leis. Ach gur Guantanamo eile a bheidh ann, tá faitíos orm! Níl ann ach gur theastaigh uaim é a rá leat," arsa Belinda.

"Ócí dó, a Bhelinda!" arsa Aodh. "Ach nach álainn an mhaidin í? É ina shamhradh ceart, buíochas le Dia! Feicim amuigh na mic léinn agus iad leathnocht! Ag breith barróg agus póigíní ar a chéile!"

"Buachaillí?"

"Buachaillí is cailíní!"

"Ó, buíochas le Dia! Tá dóthain den saghas eile againn!"

"An faisean, a Bhelinda! Buataisí, a Bhelinda, ainneoin an lá a bheith chomh breá! A gcuid imleacán ar spáint, a Bhelinda!"

"Ina mbuataisí?"

"Iad leathnocht thiar is thoir, a Bhelinda!"

"Leis, a thugaimse air san, a Aodh!"

"Leis nó léi, is cuma liomsa, a Bhelinda!"

"Ar chuma ar bith bhí an scéal cloiste agat!"

Saddam Hussein – *Bob is your uncle!* – ní raibh ann ach go raibh Belinda caidéiseach faoi cá raibh sé.

Buaileadh cnaigín ar dhoras a oifige agus dúirt Aodh leis an té a bhí amuigh a bheith istigh.

"Gabh mo leithscéal, a dhuine uasail. Is mise Sinéad Ní Ghloinn."

"Tá's agam go maith cé thú fhéin, a Shinéad, fáilte romhat, cuir feoil ar an gcathaoir sin. Mar a deirim i gcónaí fágaim an chathaoir is sócúla le haghaidh na n-iníonacha léinn! Agus, rud eile, a Shinéad, ní gá dhuit 'duine uasal' a thabhairt orm. Ní bhíonn a fhios agamsa cé air a mbítear ag díriú cainte nuair a chloisim 'a dhuine uasail'! Pé ar bith é scaoil agam údar t'aistir!"

"An scrúdú!" arsa Sinéad.

"Bhuel, anois," arsa Aodh, "cé cheapfadh? Fad is nach leagan amach an pháipéir é, a Shinéad!"

Bhorr luisne chúthaile ar Shinéad.

"Sin é é!" ar sí. "Cén leagan amach a bheidh ar an bpáipéar?"

"An leagan amach céanna, a Shinéad! An leagan amach céanna is a bhí anuraidh air!"

An cheist cheannann chéanna sin curtha air a liachtaí seo uair cheana. An freagra ceannann céanna tugtha aige uirthi. An leagan amach céanna, a Shinéad. An leagan amach céanna, a Shinéad, is a bhí anuraidh, an bhliain roimhe sin, agus chuile bhliain eile leis an bhfad seo siar. Le cuimhne na gcat. Is duine leisciúil mé, a Shinéad, bím róleisciúil le hathrú a chur ar thada óir tógann athrú obair agus am. Breathnaigh ar na seancheisteanna, a Shinéad, ar na seanpháipéirí. Gheobhaidh tú iad sin sa leabharlann nó ar an idirlíon, a Shinéad.

"Ó, ceart go leor! An ceisteanna ginearálta a bheidh ann?"

"D'fhéadfaidís a bheith ginearálta nó sainiúil, a Shinéad. Séard a déarfas mé leat, a Shinéad, má bhíonn na leabhra léite agat nár chóir go mbeadh fadhb ar bith agat. Léigh na leabhra, a Shinéad."

"An mbeidh rogha ann?"

"Beidh."

"An mbeidh ceist ar dhán amháin nó . . . ?"

"Céard dúirt mé anois díreach leat, a Shinéad? Na bunábhair a bheith ar eolas! Má bhíonn na bunábhair ar eolas agat beidh tú in ann tabhairt faoi cheist ar bith a thiocfas aníos."

"*So*, is ceisteanna ginearálta a bheidh iontu?"

"Anois, a Shinéad, caithfidh nach mbíonn tú ag éisteacht ar chor ar bith liom!"

Chlaon Aodh a chloigeann rud beag i dtreo Shinéad, mhaígh meangadh ar a éadan agus dúirt léi gan a bheith buartha.

"Éist go haireach anois liom, a Shinéad. Má bhíonn na leabhra léite agat – idir fhilíocht is phrós – má thuigeann tú ábhar na ndánta agus na scéalta, ní bheidh aon deacracht agat. Beidh tú sásta. Beidh sibh ar fad sásta."

Lá i ndiaidh lae, léacht i ndiaidh léachta, mic is iníonacha léinn á stopadh sa seomra, ar na siúltáin, nó áit ar bith eile. Meangaí cúthaile ag leathadh ar a n-éadain, siotaí neirbhíseacha á ligean uathu, iad ag fiafraí de an bhféadfaidís labhairt leis ar feadh nóiméid. Eisean á bhfreagairt go bhféadfaidís agus fáilte fad is nár faoi scrúduithe é! Rachtanna beaga eile gáire ansin. "Ar aghaidh libh! Ó, an scrúdú! Nár dhúirt mé cosc a bheith ar chaibidil faoi scrúduithe?"

"*So*, ní ceist ghinearálta a bheidh ann?" arsa Sinéad.

Aodh den tuairim nach raibh an focal "sainiúil" ar eolas ag Sinéad bíodh is é ráite go soiléir chomh minic sin aige. É scríofa ar an gclár dubh agus ar an gclár bán aige. É breactha ar na nótaí *Powerpoint* ar an scáileán aige. Pé focal a bheadh ar an bpáipéar scrúdaithe, bhí chuile iarracht déanta aige go mbeadh sé foghlamtha roimh ré acu. Cén Ghaeilge atá ar *specific*? An cheist sin curtha a liachtaí sin uair aige. Nach áirid freisin, a dúirt sé leis féin, daoine óga – idir bhuachaillí is chailíní – chomh héirimiúil leo, oiread seo grádanna A1 bainte amach ina scrúduithe Ardteistiméireachta acu, nach áirid go mbeidís chomh cotúil? A gcloigne á nodú acu agus "ceart go leor" á rá acu ach go mbeidís ar ais arís chuige.

"*So*, is/ní ceist ghinearálta a bheidh ann?"

Mama mia, a Shinéad, a deir Aodh leis féin.

"An dtuigeann tú céard is *mama mia* ann, a Shinéad?"

"Cad?"

"*Mama mia*, an dtuigeann tú céard é sin?"

"Tá a fhios agam," ar sí.

Ach oiread le "sainiúil" ar thuig? De phreab bhí an bua faighte ag an bhfonn air.

"Céard is brí leis más ea?" ar sé.

"Cad?" ar sí.

"Céard is brí le *mama mia*?" ar sé.

"Ó, níl a fhios agam!" ar sí.

A shocra is a bhí Sinéad ina suí ansin bhuail an smaoineamh Aodh go gcaithfeadh sé an ruaig a chur uirthi.

"Deirim arís é, a Shinéad, má fhoghlaimíonn tú achoimre ábhair chuile phíosa go mbeidh tú ceart. Má bhíonn sé sin déanta agat, a Shinéad, pé ceist a thiocfas aníos, í sainiúil nó ginearálta, beidh *away* leat. Beidh ar do chumas tabhairt faoi phearsana is eile . . . "

"Pearsana?" arsa Sinéad.

"Carachtair!" arsa Aodh.

"Ó, táim sásta anois!" arsa Sinéad.

"Go maith! Bhí agat a bheith, a Shinéad, óir is duine meabhrach tú. Is daoine meabhracha chuile dhuine agaibh anseo. Breathnaigh na grádanna móra millteacha Ardteistiméireachta a fhaghann chuile dhuine agaibh, bail ó Dhia is ó Mhuire oraibh!"

"Fuair mé A1 sa Gwaeilge! Is maith liom an Gwaeilge!"

Ó, a mhac go deo, an W sin arís!

"Cén t-ábhar eile atá tú a dhéanamh, a Shinéad?"

"An Léann Dúchais," ar sí.

"Ó, an *lame duckish*, mar a thugaimse teann diabhlaíochta uirthi!" arsa Aodh.

Cineál díbhrí ar Aodh tar éis do Shinéad imeacht. An bhfreagródh sé litir dheiridh Sophia nó an mbaileodh sé leis go dtí an siopa súil castáil ar Eithne Ballance? Cé go mb'fhear tae go hiondúil é mhothaigh sé ar ala na huaire seo gur bhleaist den ábhar ba thréine a bhí uaidh. Taoscán den chaife is láidre a cheannós mé, ar sé leis féin. Agus ceapaire *toasted*.

Bhuail ríog bheag ríméid é nuair a chuimhnigh sé ar an gceapaire *toasted* óir b'fhada ó d'ith sé ceann acu. Póilín i dtólamh ag rá leis gan an iomarca ceapairí *toasted* a ithe, nach rabhadar go maith don chroí. Gur dhroch-cháis agus droch-arán a bhí iontu.

Tráta, liamhás, oinniún agus cáis a d'ordódh sé, agus déarfadh sé go magúil le Mary an t-arán ba shláintiúla a bheith aici. Arán donn! Cáis leáite ag sileadh ón arán donn is úire sa teach agaibh, a Mhary! Agus bheadh aisfhreagra ó Mhary ag fiafraí de ab in mar a chaith sé lena bhean sa bhaile.

Ó, bímse ag tabhairt chuile íde níos fearr ná a chéile dise, a déarfadh sé. *Away* leat anois, a Aodh, a déarfadh sise, ní dóigh liom gur mar san a bhíonn tusa in aon chor! Tá bean álainn sa bhaile agatsa!

Mhaígh luisne bheag ar leicne Aodha.

"Nach Póilín atá ar do chéile?" arsa Mary. "Cuirfidh mé geall leat go dtugann tusa póga is bronntanas do Phóilín gach uile lá!"

"Bheirim!" arsa Aodh. "Agus barróga!"

Ar ais ina oifig dó bhí Aodh ag iarraidh guaim a choinneáil ar a smaointe toisc mná a bheith ag cur fuadach croí air. Sophia agus Eithne chomh maith le Póilín. Ba í Sinéad Ní Ghloinn a tharraing sé arís chuige féin mar *distraction*. Ar sé leis féin, nach áirid a leanbaí is atá daoine de na mic léinn? Iad an-saolta ar bhealaí, a smaoinigh sé, chaitheadar faisean breá – ba mhór an spóirt a gcuid faisin – Sinéad féin ní go tuatach a d'fheistigh sí agus bheadh sí ina hógbhean tarraingteach nuair a d'éireodh léi *chilling out* a dhéanamh. Ba í an iníon léinn sé nó seachráin nár éirigh léi *chilling out* a dhéanamh tar éis na chéad bhliana. Iostas coláiste á éileamh acu an chéad bhliain – nó ag a muintir dhóibh – ach ina dhiaidh sin, blaiseadh den tsaoirse agus suim sa neamhshuim foghlamtha acu, níor leor na cillíní coláiste níos mó.

Théis na chéad bhliana amach, nó go mbeidís i mbliain na céime ar a laghad ar bith, b'áirid an chaoi ar chuir mic léinn giorrachan ar an tseachtain acadúil. Le blianta beaga ba ar éigean ab fhiú léachtaí a chur ar siúl ar an Aoine. Agus ba mhinic nár mhórán acu a d'fhill go dtí meán lae Dé Luain. "Oíche choláiste" ansin Dé Máirt agus póit orthu maidin Chéadaoine. Ach iad, fós féin, ag súil le pas. Pas, ní raibh meas mada acu ar phas!

Ón gcéad bhliain amach cé mhéad mac nó iníon léinn a thaobhaigh an leabharlann? Agus sa gcéad bhliain níorbh fheasach iad leis an leabharlann a ionramháil! Ag déanamh gaisce a bhíodar nár thaithíodar an leabharlann ach le dreas comhrá a bheith acu!

Iad millte freisin le *handouts*! Bhí léachtóirí sa gcoláiste, Gearóid Gearrán orthu, agus b'áibhéil na *handouts* a thugadar! *Sight* sa gcoláiste ba ea an Gearrán lena bharra rotha, luchtaithe go boimbéal. Ní raibh de shamhail ar an leibide ach gamall i bportach ag cur amach móna! Dheamhan a raibh an fear bocht in ann an barra a stiúradh a raibh d'ualach páipéir ar bord. É ag baint mantanna as ballaí. Ach nuair a d'fhiafraigh sé féin go magúil de, céard a dhéanfaidís feasta gan adhmad, ba é a dúirt Gearóid go sollúnta ar ais nár thada thar *snide remark* suarach é sin aige.

Cén bhrí dá mba ghóislín é Gearóid? Ach iar-ardmháistir bunscoile a tugadh ar iasacht don choláiste! Ar mholadh cigire! Agus, ar ndóigh, ar mholadh cigire a ceapadh ina ardmháistir é. Bhíothas a rá nach raibh maoiniú ann le péint a chur ar bhallaí ach go gcaithfí ballaí nua a thógáil an chaoi a raibh an Gearrán!

Cén t-ionadh, le *handouts* mar sin nach ndearna mic léinn aon mhachnamh dóibh féin? Seafóid a gcuid léachtóirí a aiseag b'in amháin a rinneadar. Foghlaim de ghlanmheabhair. *Spoonfeeding*, ba thearc an líon leabhar a cheannaíodar. Agus ba theirce fós ar léadar. Fótachóipeáil.

É féin ag fógairt go mba chostasaí an fhótachóipeáil ach go raibh na mic léinn sách glic nach ndearnadar sin ach ar na leathanaigh ba riachtanaí, agus go ndeachaigh siad i bpáirtíocht sa méid sin féin.

Dáiríre píre, iad loite le *spoonfeeding* na hArd-teistiméireachta. Na Nótaí a chuir múinteoirí ar fáil! Airc ar fhoilsitheoirí agus pingneacha móra le saothrú ag múinteoirí as ragobair!

Níor léigh mic léinn buntéacsanna níos mó. Ní raibh sé *cool* téacsleabhar a léamh. Ní raibh sé *cool* a bheith *nerdy*. *Peer pressure*: ní raibh staidéar faiseanta.

Ól! Na cailíní bord ar bhord leis na buachaillí nó mar a deir an ceann eile, bord os a gcionn! An ólann tusa, a Shinéad?

Ní raibh sé *cool* a bheith i do staonaire. Tuismitheoirí sásta fad is nach n-ólfaidís an iomarca. Bhfuil tusa sa Léigiún Mhuire, a Shinéad? Bhfuil a fhios agat, a Shinéad, cén "léigiún" í féin? Ar son na fiosrachta, a Shinéad, an dtéann tú ar aifreann? Scaití, a deireann tú, nuair a bhíonn tú sa mbaile. An dtéann tú ar faoistin? Ar chor ar bith? Faoi Cháisc nó faoi Nollaig féin? Ach creideann tú i nDia, maith an bhean. Ar mhaith leat a bheith i do bhean rialta?

Ceisteanna seanaimseartha iad sin, arsa Aodh leis féin, mionmheangadh ag leathadh air. Ar mhaith leat, a Shinéad, a bheith i do shagart? É rómhall anois, a cheapann tú, an ceart sin a ligean le mná. An gceapann tú an tsagartóireacht pulctha lán le *paedophiles?*

Tháinig jóicín isteach ina cheann ach gur rith sé leis go mb'fhéidir go mba dhul thar fóir é a inseacht. Ach, de sciotán, gur dhúirt sé leis féin go mba dhul thar fóir le *political correctness* é mura n-inseodh. Ar chuala tú an Ghaeilge atá ar *paedophile*? Ach gur dhúirt sise ar an bpointe nár mheasa ar an gcaoi sin sagairt ná tuataigh. Ná ar aon bhealach eile ach oiread, a Shinéad, a dúirt sé féin. An abraíonn tú paidreacha, a Shinéad? Cois na leapan san oíche? An dtéann tú ar do ghlúine á rá?

"Maith an bhean!"

Nárbh é saol an chreidimh a bhí athraithe? An chaoi fadó a mbíodh na sluaite mac is iníonacha léinn aníos an siúltán chuile mheán lae chuig an aifreann! Ní raibh Aodh cinnte an raibh aifreann meán lae ar bith sa séipéal coláiste faoi seo, go fiú is tráth scrúduithe.

Oscailt na bliana acadúla d'fheistíodh an fhoireann iad féin ina gcuid cultacha acadúla agus ghluaisidís i mórshiúl ar aifreann, an t-easpag, arbh é pátrún an choláiste é, mar phríomhcheiliúraí. Oiread sin i láthair go léití an t-aifreann sin amuigh i séipéal sa gcathair agus go gcaití béile solamarach i mbialann an choláiste ina dhiaidh agus, chuile bhliain, go gcuirtí an fhoireann, ball ar bhall, in aithne don easpag.

Thit an tinreamh agus aistríodh an t-aifreann go dtí an coláiste féin. Go dtí an t*Aula Maxima* ar dtús agus go dtí an séipéilín ansin níos deireanaí.

An chaoi a mbítí ag áiteamh air féin fadó a bheith ina bhall den Léigiún Mhuire agus nuair nach raibh sé sásta a bheith ina bhall go mbítí ag áiteamh air a theacht go dtí na seisiúin chomh minic is a d'fhéad sé; gur mhaith leo go gcuirfeadh sé ceann, uaireanta, ar an bPaidrín.

Sea, a mhaisce, an chaoi sin a ndeachaigh sé i gcuideachtain an tSr. Imelda ar an oilithreacht lae sin go Cnoc Mheilearaí! Go mb'in é an chéad ghníomh oifigiúil riamh a chomhlíon sé sa gcoláiste tar éis dhó a bheith ceaptha ina léachtóir, rogha tugtha dhó a dhul go Cnoc Mheilearaí nó sin cuairt a thabhairt ar mhainistir Chluain Mhic Nóis.

Sléibhte Mhaoldomhnaigh, na manaigh Chistéirseacha sa mainistir shléibhe sin bhí sé ráite go ndearna siad sciúrsáil orthu féin san oíche. Fuip an duine acu agus iad á tógáil óna n-adhairt. Meas an t-am sin ar an gcleachtadh sin ach an lá inniu ba rud eile a déarfaí faoi.

Feilm mhór ag na manaigh, bólacht bhó, torthaí is glasraí. A gcuid ime fhéin acu. Manach i bhfeighil chuile ghnó idir mhaistreadh is chócaireacht. Níorbh é Aodh cé acu ab fhearr leis féin: an t-úllghort nó a bheith i mbun bhleán na mbó?

Dá mbeadh a shaol le caitheamh ina mhanach aige, an roghnódh sé an abhainn seachas an sliabh? Báid mhóra na Sionainne! Ceantar na srath ar tugadh na Calthaí air! Na Calthaí ar an mbeagán áiteacha in Éirinn ar ghlaoigh an traonach anois iontu. Deontaisí á dtabhairt d'fheilméirí caitheamh go tuisceanach leis an áit sin.

Bheadh dhá ál sa séasúr ag an traonach ach an deis a thabhairt di agus bhí práinn leis an dá ál. An gceapann tú saol uaigneach a bheith ag manaigh, a Shinéad? An uaigní fós saol mná rialta? A líon siadsan ag laghdú níos mire ná líon na dtraonach! É ráite, a Shinéad, go mbíodh na mná rialta an-chantalach, an-drisíneach, lena chéile sna clochair. An-ghangaideach go deo, a Shinéad, na máithreacha aba an-ghéar. Bhí mise, mé fhéin, ag smaoineamh ar a bheith i mo shagart uair amháin, a Shinéad.

Níor léirigh Sinéad mórán iontais. Bhíos an-óg an t-am sin, a Shinéad, sa mbunscoil. Ach bhí an-ríméad ar mo mháthair, bhí sí an-bhródúil. Misean a bhí sa bparóiste againn agus tháinig duine den bheirt mhisinéirí chuig an scoil againn agus d'fhiafraigh sé den seachtú agus den ochtú rang – sea, a mhaisce, bhí seachtú agus ochtú rang sa mbunscoil an uair úd – céard ba mhaith linn a dhéanamh sa saol amach romhainn. Bhí orainn an ghairm bheatha ab ansa linn a bhreacadh ar phísín páipéir.

Fós féin níor léir aon róshuim ag Sinéad. Scríobh mise go mba mhaith liom a bheith i mo shagart, a Shinéad, agus caithfidh go mba mé an t-aon ghasúr a rinne sin mar nuair a bhí na freagraí léite aige d'iarr an misinéara ormsa a theacht go dtí é sa séipéal. Bhfuil a fhios agat céard a dúirt sé liom, a Shinéad? Dúirt sé liom go raibh mé roghnaithe ag Dia.

D'aithris Aodh an abairt dheireanach sin arís. Agus go raibh agam feasta an comhluadar ceart a choinneáil. Cuireadh go dtí coláiste deoise mé le go bhfoghlaimeoinn Gréigis, mar an tráth sin má bhí tú le bheith i do shagart, i do shagart baile ar aon chaoi, bhí sé riachtanach go mbeadh Gréigis agat. Tráth lóin sa gcoláiste sin, chuile mheán lae, i leaba a dhul ag bualadh peile mar a dhéanadh gnáthghasúr, théinnse amach go dtí séipéal sa gcathair ag déanamh Thuras na Croise. B'in é *highlight* mo lae, a Shinéad: ag déanamh Thuras na Croise! Lá amháin, ámh, ag filleadh ar an gcoláiste ón séipéal dom nár casadh bean orm. B'in deireadh le mo shuim sa tsagartóireacht, a Shinéad!

Rinne Aodh meangadh mór. Agus an t-am sin rinne Sinéad meangadh freisin. B'in deireadh le mo chuid sagartóireachta, a Shinéad, arsa Aodh arís. Ní raibh dúil sa tsagartóireacht díos mó agam, a Shinéad.

Meangadh beag suáilceach eile ó Shinéad.

"Ar phós tú an bhean san?" a d'fhiafraigh sí.

"Níor phósas!" arsa Aodh. "Ná níor labhraíos léi! An lá sin ná lá ar bith eile! An smid fhéin ariamh, a Shinéad! Don lá inniu fhéin, níl a fhios agam beo cérbh í! Agus an bhfuil a fhios agat gur minic a smaoiním anois uirthi. Ach go raibh a fhios agam nuair a chonaiceas í, a thúisce is a leagas mo shúil uirthi, nárbh í an tsagartóireacht a bhí uaim!"

Leath meangadh cumhúil ar éadan Aodha.

"Agus an bhfuil a fhios agat, a Shinéad, an cara is mó a bhí agam, bhí sé liom an lá sin, agus chonaic sé freisin í, agus bíodh is nach raibh suim dá laghad aige sin sa tsagartóireacht, nár oirníodh díos deireanaí ina shagart é! Is sagart anois fhéin é! Dhá scór bliain caite san Astráil aige, i mbun paróiste díos mó ansin ná méid iomlán an chúige a bhfuil muid anseo ann!"

Istigh i seomra na foirne bhíothas ag cur is ag cúiteamh faoi alt le Máistreás na Coille a bhí foilsithe i bpríomhpháipéar nuaíochta an lae. Baill foirne ag rá go mba alt maith cuimhsitheach a bhí ann, baill eile ag áiteamh nach raibh tada ann nach raibh ráite milliún uair cheana. Céard a bhí ann? Ní raibh ann ach tuilleadh dá cuid Meiriceánachais: smaointe leathbhruite institiúidí oideachais Mheiriceá! Smaointe a bhí smolchaite! Ach an circín seo ag iarraidh iad a athbheochan! Ollscoil Hale! Í ag rá go raibh Ollscoil Hale ar na cúig ollscoil ba aitheanta sa domhan. Ní raibh sin! Ní raibh sí ar na cúig ollscoil ba aitheanta sna Stáit féin!

"Gaotaireacht fhuaimintiúil," arsa Balthazar.

"Gus bhí tusa sna Stáit," arsa Caspar.

"An díospóireacht seo ar fad aici faoi na cúrsaí atá á dteagasc thall d'fhochéimithe. An tsochaí eolais seo agus an tsochaí gheilleagrach, caithfidh mé a rá go bhfanann an chaint sin ina cnapán i m'eagán."

Baill ag argóint gur iomaire idir Newman agus von Humbolt a bhí an tUachtarán a threabhadh.

"Ach gur le bráca atá sise ag treabhadh!" arsa Balthazar.

"John Henry Newman," arsa Caspar, béim á cur aige ar chuile fhocal. "Níl a fhios agam faoin bhfear eile."

"Wilhelm von Humbolt," arsa Balthazar.

"*A Kind of University* le John Henry Newman," arsa Caspar.

"*The Idea of a University*," arsa Balthazar á cheartú. "Oideachas liobrálach leathan a bhí ó Newman."

"Leabhar breá," arsa Caspar, "léigh mé chuile phioc den leabhar sin nuair a bhí mé ag déanamh m'Ardteastais san Oideachas."

"Speisialtóireacht a mhol von Humbolt," arsa Balthazar.

É in alt an Uachtaráin go raibh saineolas aici ar Ollscoil Hale ach go raibh Balthazar ag áiteamh nach raibh sin; go mba bhréaga a bhí sí a inseacht nuair a scríobh sí go ndearna sí a céim dhochtúireachta ansin. Agus maidir léi a bheith ar an bhfoireann acadúil ann ba dheargbhréaga é.

"Má bhí sí ar aon fhoireann san institiúid sin ba mar *skivvy* é!" ar sé.

"Deireann sí go raibh sí mar ollamh ann!" arsa Caspar.

Phléasc Balthazar le racht gáire.

"Ní ollúna féincheaptha atá ansin, a dheartháir," ar sé.

"Mar aoi-ollamh, atá scríofa aici," arsa Caspar.

"Í féin a thug an cuireadh di féin má bhí," arsa Balthazar.

Cé a sháifeadh a cloigeann isteach doras sheomra na foirne ach an Mháistreás féin. Bhreathnaigh sí timpeall agus bhailigh sí amach arís. Ach níorbh fhada go raibh sí ar ais, a leifteanant in éineacht léi.

Shiúladar suas go dtí lár an tseomra mar a raibh an tralaí tae is caife agus chling an leifteanant spúnóg in aghaidh cupáin ansin.

"Gabh mo leithscéal, a dhaoine uaisle, teastaíonn ón Uachtarán cúpla focal a bheith aici lena foireann," a d'fhógair sé.

"'A foireann!' Is fuath liom nuair a fhógraítear rudaí mar sin!" arsa Balthazar mós íseal.

"Is oth liom a bheith ag cur isteach oraibh tráth mar so," arsa an tUachtarán, "agus ní choimeádfaidh mé thar cúpla nóiméad sibh, ach ós rud é go bhfuil go leor den fhoireann anso cheap mé gurb fhóirsteanach an t-am é."

"Sin é an rud," arsa Balthazar, arís mós íseal, "níl mórán den fhoireann anseo!"

"Tá dhá ní phráinneacha ar mhaith liom tagairt a dhéanamh dóibh," arsa an tUachtarán. "An chéad ní . . . "

Bhí a lámh in airde ag Balthazar.

"Síleann muid anseo nó ar a laghad ar bith sílimse go raibh againn fógra a bheith againn faoin gcruinniú seo . . . "

"Dáiríre," arsa an tUachtarán, "ní cruinniú é so."

"Céard é, mura cruinniú?" arsa Balthazar.

"Dáiríre," arsa an tUachtarán, "níl ann ach teacht le chéile . . . "

"Teacht le chéile?" arsa Balthazar. "Ní chuige sin a tháinig muid anseo!"

"Níl ann ach gur mhaith liom an deis so a thapú cúpla focal a rá, le hoiread den fhoireann agus a d'fhéadfainn. B'fhearr liom go mbeadh gach uile dhuine anso ach tá baill áirithe ag obair, i mbun ranganna is eile. Cúrsaí páirceála an chéad rud . . . "

"Ó, muise, a Mhuire Mháthair!" arsa Balthazar arís mós íseal. "Mura bhfuil thairis sin ag dó na geirbe inti!"

"Tá ráite ag mo chomhghleacaí anso liom go bhfuil cúrsaí páirceála go hainnis thart ar an gcoláiste agus chím féin go bhfuil. Tá an coláiste ag méadú. Tá líon na mac léinn ag méadú agus tá líon na gcarranna ag méadú dá réir. Tá a fhios agam go raibh an t-uachtarán romham, agus na húdaráis a bhí ann an t-am san, ag iarraidh an talamh idir sinn anso agus an bóthar mór ó dheas a cheannach, spás a thabharfadh deiseanna forbartha don choláiste, sciar di mar charrchlós b'fhéidir, ach de bharr ganntanas airgid níor éirigh leo agus díoladh an talamh san le tógálaí. Is mór an ceataí é nár éirigh lena n-iarrachtaí, is é an trua é, ach níl aon neart air san anois . . . "

"Nach í atá foclach fadálach!" arsa Balthazar i gcogar.

"I gcás carrchlóis, táimid ag déanamh ár ndícheall. Táimid tar éis an chúirt leadóige a thiontú ina charrchlós . . . "

"Ar mhiste leat má chuirim isteach anseo ort?" arsa Balthazar. "Nach dóigh leat gur drochbheart é sin: an chúirt leadóige a chasadh ina charrchlós? Níl mórán, níl ach fíorbheagán . . . "

D'iarr an tUachtarán nach gcuirfí isteach uirthi, murar mhiste, go mbeadh críochnaithe aici. Go dtabharfaí deis ar cheisteanna a chur an t-am sin.

"Tá a fhios agam," a deir sí, "nach beart é so a thaitneoidh le gach uile dhuine. Ach chun na fírinne a rá ba bheag úsáid a bhíothas a bhaint as an gcúirt chéanna le tamall . . . "

"Nach mbíodh tusa á húsáid?" arsa Balthazar i gcogar le Caspar.

". . . cé is moite de chorr-rang gleacaíochta . . . "

"Ní fíor! Abair léi, a Chaspair, nach fíor!"

". . . ar féidir iad a thógáil laistigh sa lútharlann. Chomh maith céanna tá cead faighte againn ó bhardas na cathrach, ar cíos réasúnta, carranna a pháirceáil lasmuigh de na ráillí ó dheas. Socruithe sealadacha iad so. Deirim arís gur socruithe sealadacha iad so . . . "

"Sealadach, mo thóin!"

"Ach caithfidh mé tagairt a dhéanamh anois don pháirceáil frí chéile . . . "

"Ó, a Mhuire Mháthair!"

"Tá sé tagtha chun mo sholais . . . "

"Ó, a mhac an diabhail, ná habair!"

". . . nach bhfuil baill foirne áirithe, agus deirim arís gur baill áirithe amháin atá i gceist óir tá formhór na mball go hana-mhaith, nach n-oibríonn na rialacha. Tá lipéid eisithe agus iad ar fáil saor in aisce . . . "

"Ó, a mhac an diabhail, an é go gcaithfidh muid íoc astu seo chomh maith?"

". . . sa chaoi is gur féidir le baill foirne páirceáil chomh cóngarach agus is féidir dá gcuid oifigí. Níl le déanamh ach an lipéad san a chur in airde . . . "

"In airde a ghabhfas muid ar fad!"

". . . ar scáth gaoithe an chairr . . . "

"Bhuel, bhfuil tusa chomh céasta sin, a Chaspair?"

". . . nó in áit éigin suntasach."

"Anois atá sí ag obair, a mhac! 'Áit suntasach!' Meas tú ab é an *dogging* seo sa gcoill atá i gceist aici?"

"B'fhéidir go gcaithfear iarraidh ar dhaoine a n-ainm . . . "

"*By gorra*, a Chaspair, tá mise ag cur allais. Cóta allais. Nach *kinky* atá an mháistreás seo againn? Ní raibh a fhios agam ariamh go dtí anois í a bheith chomh *randy* bradach!"

". . . a chur orthu. Don té a eisítear an lipéad, is dósan, nó dise, amháin, an lipéad san."

"Ag dul ag brandáil atá sí!"

"Iarraimse oraibh, más ea, caitheamh go cóir leis na lipéid. Iarraim bhur gcomhobair oraibh, le bhur dtoil. Tá mé cinnte má chomhoibrítear i gceart go bhfeicfear feabhas, feabhas mór, go luath, láithreach, go deimhin. B'fhéidir ag an bpointe so nár mhiste ligean do dhaoine ceisteanna a chur. Más spéis le haon duine ceist a chur."

"Má chailltear lipéad . . . ?"

Phléasc an comhluadar amach ag gáire. An tUachtarán féin rinne sí gáire.

"B'fhéidir," ar sí, "nach bhfuil an cheist san chomh – cad a dhéarfaidh mé? – chomh . . . "

"Ceist phraiticiúil í," arsa Balthazar ar son an té a chuir.

"Nílim á shéanadh san in aon chor," arsa an tUachtarán, "ach mura bhfuil ceist ar bith eile rachaidh mé ar aghaidh go dtí an dara ní gur mhaith liom tagairt a dhéanamh dó agus sin cúrsaí tine. Tá go leor airgid caite sa choláiste so chun an coláiste a bheith cóirithe i gceart i dtaca le rialacha dóiteáin is eile de. Ritheadh cleachtaí ó am go ham ag insint don fhoireann an tslí is ceart déileáil le tine: an tslí is ceart aslonnú as seomraí, idir oifigí is léachtlanna. Bíonn druileanna tine ann ó am go chéile féachaint cé mar a oibríonn cúrsaí. Tá ionaid ar leith roghnaithe gur chóir do dhaoine, idir fhoireann is lucht léinn, cruinniú iontu i gcás tine a bheith ann nó ar ndóigh i gcás tine bhréige nuair is druil a bhíonn i gceist. Is den riachtanas go raghadh daoine go dtí na hionaid san. Tá siad marcáilte anso is ansúd i dtimpeallacht an choláiste agus deineadh gach uile dhuine eolas a chur orthu.

"Ach gurb é is práinní atá le rá agam: i gcás tine nó druil tine, téadh daoine amach ar an bpointe. Tá faighte amach againn gur leasc le léachtóirí uaireanta a ranganna nó a léachtaí a scor nuair a bhaineann bonnán. Baineann an bonnán agus fógraítear as Gaolainn agus as Béarla tine a bheith ann. Faraor, is mar ghreann a ghlactar leis so amanna, agus déanann léachtóirí spraoi lena gcuid mac léinn agus amanna iarrann siad orthu foighne bheag a dheineamh, go bhfuil siad ionann is críochnaithe nó go bhfuil sé róluath sa léacht. Caithfidh mé a rá go láidir gur freagra an-mhífhreagrach é san, go léiríonn sé an-mhífhreagracht don dream óg. Cá bhfios nach bhfuil nó nach mbeidh tine ann? Níl sé rófhada ó shin, deirtear liom, ó bhris tine amach sa choláiste so, gur chuaigh an chistin tré thine agus gur deineadh damáiste. Buíochas le Dia níor deineadh mórán dochair an t-am san ach d'fhéadfadh cúrsaí a bheith i bhfad níos measa.

"Ní mian linn ach oiread go ndéanfadh daoine laochra astu féin, is é sin go bhfanfadh daoine ar shiúltáin ag treorú is ag comhairliú daoine eile. Tá daoine ann chuige san, daoine ar cuireadh oiliúint speisialta orthu agus fágaimis fúthusan é. Iarraim, achnaím, ar ghnáthmhuintir an choláiste, idir fhoireann agus lucht léinn, gan faic gaisciúil a dhéanamh seachas iad féin bailiú leo. Buailidís cnag ar dhoirse de réir mar atá siad ag imeacht agus fógraídís tine nó baol tine a bheith ann ach ná deinidís faic thairis san."

Leis sin rinne sí meangadh buíochais.

"Is mian linn sibh go léir a bheith slán sábhálta," ar sí, "chun go leanfaidh sibh ar aghaidh le bhur gcuid dea-oibre!"

"Ní fhéadfadh sí gan a bheith smeartáilte!" arsa Balthazar. "B'fhéidir anois go mbeidh muid in ann ár gcuid caife a ól ar ár suaimhneas! Bleaist eile caife ó aon duine?"

Chroch Balthazar a chupán leis síos go dtí bun an tseomra mar a raibh an caife ba láidre. Go dtí an tralaí i lár an tseomra a chuaigh Caspar.

"Is fearr leatsa an caife láidir i gcónaí?" arsa Caspar, a thúisce is a bhíodar ar ais arís ina suí.

"Cuirfidh mé mar seo é," arsa Balthazar, "gur fearr liom an grúdarlach seo ná an dríodar miodamais eile sin ar an tralaí!"

"Ní féidir liomsa é sin a ól níos mó," arsa Caspar, "tugann sé tinneas cinn dom."

"Ní mé nach dtugann sé tinneas cinn domsa freisin ach gur mó an tinneas a thabharfadh an praiseach a bhfuil tusa a ól dom," arsa Balthazar. "As uisce amháin a dhéantar an stuif sin anois. Bhí an uair ann nuair a dhéantaí as bainne é. Ar a laghad ar bith tugann sé seo spreacadh eicínt agus airím go mbíonn spreacadh de dhíth ar dhuine san áit seo."

"Bhfeiceann tú cé atá isteach?" arsa Caspar.

"Ó, a dhiabhail, an cladhaire sin Aodh, an pocaide!" arsa Balthazar.

"Bhfeiceann tú an bealach a bhfuil sé ag gliúcaíocht thart? Ná habair tada anois! Agus ná lig tada ort! É ar nós ainmhí ag teacht amach as pluais!"

"Chuile shórt á bhraistint aige, mar a déarfadh an tAcmhainneach!"

"Sin mar a bhíonn sé, an crochadóir! Ar nós broic!"

"Ar nós seanchigire!"

"Ag tástáil a bhfuil duine ar bith sa gcomhluadar a bhféadfaidh sé teanntás a dhéanamh air! Greamú lena chrúba air! Dheamhan a dtabharfaidh muide a chaoi dhó anois! Cúbadh muid isteach! *Bollocks* ceart é! Ligeadh muid orainn muid a bheith i séis throm comhrá. Faoi óráid Mháistreás na Coille! Faoi na gearraíocha siar nár thrácht sí ar chor ar bith orthu!"

Rinne Caspar siota beag gáire.

"É fós thuas ansin ag an tralaí ag smúrthacht an aeir!" ar sé.

"Labhraíodh muid faoin ngearradh siar ar bhainne!" arsa Balthazar. "Agus ar bhrioscaí! Sea, go deimhin, brioscaí seacláide a bhíodh anseo fadó ach muid taobh leis an *marietta* anois!"

"Agus níos mó ná cineál amháin seacláide!" arsa Caspar.

"Cá bhfuil an *bollocks* sin anois?" a d'iarr Balthazar.

"É ina sheasamh ina staidhce ag an tralaí i gcónaí, plaiceanna beaga á mbaint as a bhriosca aige, súmóigíní á n-ól aige as a chupa, an t-aer á smúrthacht i gcónaí aige."

"*Bollocks* ceart!" arsa Balthazar. "Ní mé cé chomh fada anois ó d'fhreastail an pocaide sin ar chruinniú ceardchumainn!"

"Foighid ort!" arsa Caspar. "Tá sé ar a bhealach síos!"

"Ó, a dhiabhail! Tabhair dhom peann ansin go ligfidh mé cruóg orm! Cúbadh tusa isteach tuilleadh!"

"Tá a chrúba curtha anois aige i bh*fraülein*, bean óg na Gearmáinise!"

"Ar ndóigh, maide ar bith a mbeadh sciorta air!"

Clingeadh beag eile gáire ó Chaspar.

"Tá sise imithe cheana uaidh!"

"Nár dhúirt mé leat? Crochann daoine a seolta!"

"Tá sé *embarrassing* ar bhealach."

"*Embarrassing*? Bíodh aige! Dhá mbeadh seisean mar chách! An ndeachaigh seisean ar aon choiste ariamh? Ar shuigh sé síos le duine ar bith ach an t-achar ama a d'fheil dhó fhéin? Seisean an *bollocks* is leithleasaí sa gcoláiste, mise á rá leat!"

"Seachain, mura bhfuil sé chugainn?"

"Ní bheidh mise i bhfad ag rá leis focáil leis, go bhfuil nithe práinneacha á bplé anseo againne!"

"Newman agus Ollscoil Hale!" arsa Caspar, faoi mar dá dtiocfaidís anuas as an spéir. "Mo dhearmad, cé hé an t-oideasóir eile sin?"

"Wilhelm von Humboldt," arsa Balthazar.

"Wilhelm von Humboldt," arsa Caspar, é ag iarraidh ceangal a chur ar an sloinne le nach mbeadh sé ag éalú uaidh mar a bhí. Ar chaoi éigin é á mheascadh cheana féin aige leis an nGinearál Humbert i gCill Ala, cibé cén fáth sin. "Ar léigh tú ariamh an leabhar sin *L'Attaque*, le hEoghan Ó Tuairisc?"

"Léas!"

"Leabhar an-bhreá!"

"Thaithnigh sí liom."

Rinne Balthazar briollacadh fann faoina shúile.

"Ó, a dhiabhail anocht! An Gearrán!" arsa Balthazar. "*Bollocks* eile! Meas tú cá'il a bharra rotha páirceáilte aige? Bhfaca tú ariamh é, gníomh ar a ualach nótaí, mar a chuirfeá ar chruach mhóna, ag triall ar sheomra léachta?"

"Bhfaca mé é? Cé nach bhfaca?" arsa Caspar. "Ach beidh comrádaí ag Aodh anois. Aithníonn ciaróg ciaróg eile!"

"*Symbiotic relationship* i seomra na foirne!" arsa Balthazar. "An dearg-ghráin atá acu sin ar a chéile!"

"Duine simplí é an Gearrán, ar bhealach!"

"Cineál amadáin!"

"Tá easnamh eicínt ann, siúráilte!"

"Ach dheamhan ar frítheadh ariamh gobadán atá chomh hinniúil leis le dhá thrá a fhreastal in éineacht!"

"Tá sé ráite agat! Agus na trí thrá!"

"Agus cúpla trá eile lena gcois! Ach breathnaigh cé atá isteach anois againn! Maor an Gharráin, agus Belinda ina theannta! Dia idir sinn is an t-olc, *symbiosis* eile! Bímis ag bogadh amach! Ó, a chomrádaí dhílis, bogaimis amach láithreach óir tá's ag an lá beannaithe má fhanann muid nóiméad eile go mbeidh an t-ollamh nua féincheaptha féin isteach an doras!"

Rinne Balthazar caol díreach ar a bhosca litreach i mbun an tseomra, Caspar de ruathar ina dhiaidh. Tharraing Balthazar an tradán amach go tréan agus dhún sé chomh tréan céanna arís é, Caspar ag déanamh amhlaidh lena thradán féin.

Amach an doras leo faoi dheifir. Chas Balthazar faoi dheis suas an staighre go dtí an leithreas, Caspar sna sála air. La, la, la! Do, do, do! á phortaireacht aigesean a thúisce is a thosaigh sé ar a mhún sa chlaise.

"Bhuel, a phleidhce, am ar bith a dtagann tusa isteach anseo feicim go mbuaileann tocht lúcháire thú!" arsa Balthazar. "Ar nós duine ar saoire a bhíonn sé a dhul!"

"Ós ag caint ar saoire é," arsa Caspar, "an bhfuil an ceart agam go bhfuil teach samhraidh ceannaithe agatsa sa Spáinn?"

"Sa gCróit!" arsa Balthazar. "Ach níl a fhios agam an dtabharfainn teach samhraidh air. Ná teach saoire fhéin. Is mó de theach éalaithe é! *Bolting hole* ó chortha crua na háite seo!"

"Thóg sé *bottle* é sin a dhéanamh, a Bhalthazair!"

"Thóg sé airgead!" arsa Balthazar. "Dáiríre píre, a Chaspair, is fada mé ag pleanáil an togra seo."

Togra, arsa Caspar ina intinn, gabhann pleanáil leis sin siúráilte.

"Gabhann taighde leis pé scéal é," arsa Balthazar, faoi mar dá mbeadh intinn Chaspair léite aige. "Mórán *logistics*!"

Logistics, arsa Caspar ina intinn.

"Bhínn ag cuardach tí, nach mbeadh ródhaor, in áit chúlráideach eicínt, nach mbeadh rófhada ó bhaile, a bhféadfainn a dhul go dtí é go héasca," arsa Balthazar. "Áit chiúin ina bhféadfainn beagán oibre a dhéanamh, smaointe a chur i dtoll a chéile, mar a déarfá . . . "

"Cineál *artist's retreat*, mar a déarfá," arsa Caspar.

"*Retreat*, ar aon chaoi, is dóigh," arsa Balthazar.

"Nach bhfuil ceann acu sin in Acaill anois?" arsa Caspar.

"Teach Paidreacha atá in Acaill," arsa Balthazar.

"Sílim go bhfuil *artist's retreat* freisin ann," arsa Caspar. "Sa gCaol ansin nó i nDúghort. Sin áitainm a gcaithfidh mé a sanasaíocht a iarraidh ar Aodh."

"Ó, muise, ná bac do thóin leis an bpriompallán sin!" arsa Balthazar. "Ach, mo dhearmad," ar sé i dtobainne, "nach bhfuil mac léinn le theacht chugam . . . "

An Caol, An Chéim, An Sliabh Mór, bhí Caspar ag comhaireamh leis. Reilig an tSléibhe Mhóir, ar sé leis féin. Is minic a chloisim ainm na reilige sin luaite ar an raidió: "Cailleadh Cáitín Jeaic Rua Mháire Mhóir agus cuirfear amáireach í tar éis aifreann na marbh i Reilig an tSléibhe Mhóir."

An sa gCaol nó sa gCéim atá an tÓstán Amethyst? Lena cheart a thabhairt dhó is é Aodh an fear a mbeadh an t-eolas aige. An de thoradh a ainm a fhanann cion agam ar an óstán sin? Seoid luachmhar é an t-*amethyst*. Ach gur chaith an t*Operation Amethyst* le gairid smál ar an bhfocal.

Ansin d'iontaigh smaointe Chaspair ar an sealúchas sa Chróit a bhí ceannaithe ag Balthazar. An ar an Muir Aidriadach a bhí sé? I ngar do Dubrovnik? Le hais Mhontainéagró? Ar leithinis Lapad? Cá fhad ón mBoisnia-Heirseagaivéin é nó ón tSlóivéin féin?

É ráite an Mhuir Aidriadach a bheith truaillithe le fomhuireáin. An Chróit an-mheirbh sa samhradh agus an-fhuar sa ngeimhreadh. Balthazar ag maíomh aerfort a bheith lonnaithe i ndeas dá shealús ach bhí aerlínte an-ghuagach. Agus rinne aerthaisteal damáiste mór d'aeráid na cruinne. Balthazar ag déanamh gaisce faoi na tránna geala, faoi na híortha draíochtúla spéire, faoi a bheith amuigh ar bhalcón – suite i gcathaoir shócúil – ag ól fíona, ach b'annamh a fíoraíodh an íomhá sin. Teann leisce níorbh fhada gur ar cíos a bheadh a shealúchas ag Balthazar, gníomhaire ag feidhmiú dó agus é ag cailliúint maoine ar a thogra.

Bhailigh Caspar leis suas Siúltán Fatima, é ag caitheamh corrshúil ar na bláthanna sna prócaí ar leaca na bhfuinneog. É mar dhúshlán aige air féin ainmneacha na mbláthanna a thabhairt. Anois is arís chuir sé a shrón le bláth acu. Go luath ar maidin, b'in é an t-am ab fhearr cumhracht. Bhí ráite ag Aodh leis gur chuir bláthanna barr nua flóis amach ach an seanbharr a bhearradh sula spíonfaí a gcuid fuinnimh ag cothú síolta. "Faoi mar a bhéarfaidh éan ál nua uibheacha," ar sé, "mura bhfágtar ach an ubh shéide i nead!" Cé go ndearna mic léinn dhrabhlásacha damáiste don dá phlanda *jasmine* le linn sheachtain na ngiobal fós féin ba iad ba chumhra ar an siúltán.

Amuigh sa chlós dó, ag triall faoi dhéin a oifige, thosaigh sé ag feadaíl. Ar bhealach ba í an fheadaíl, seachas a La, la, la! Do, do, do! sainmharc Chaspair cé nár scothfheadaílí ar bith a bhí ann. Thugtaí suntas dó toisc, le hais fadó, ba bheag feadaíl a chloistí ó dhaoine ar na saolta seo. Cé is moite, ar ndóigh, den chorrfhead gharbh a scaoilfeadh fear óg, nó scata fear óg, ó charr nó ó láthair thógála ar ógbhean ghalánta. An fhead ghlaice féin níor cloiseadh í ach amháin i gcomórtas cuibhrithe caorach.

Ach le linn na racán feadaíola seo aige bhí Caspar ag déanamh a mharana freisin, ag cur is ag cúiteamh i gcónaí faoi shealúchas Bhalthazair sa Chróit agus ag rá leis féin a splanctha le píosa is a bhí Éireannaigh le hárasáin a cheannach i gcéin, i dtíortha chomh coimhthíoch leis an Tuirc, an Rómáin, an Bhulgáir, chomh maith leis an gCróit.

Na hÉireannaigh anois ag déanamh mar a bhíodh na Gearmánaigh a dhéanamh in Éirinn le linn a óigesean. Na Gearmánaigh, an t-am sin, faoi gur acu a bhí an t-airgead, ag teacht go hÉirinn ar thóir margaidh, ag ceannach na sealúchas b'inmhianta. Ar nós na seantiarnaí talún rompu bhíodh na Gearmánaigh ag cur suas claíocha arda agus fálta gránna téide mar chosaint. Cosc á chur acu ar mhuintir na háite a raibh a saol is a sinsireacht caite go bocht sna bólaí acu.

Agus gurbh é an tÉireannach anois an tiarna talún nua thar sáile! Céard a cheap an dúchasach Crótach, Turcach nó eile faoi seo? An abródh sé gur ghadaí a bhí sa bhfear nua isteach?

De sciotán cuireadh isteach ar mharana Chaspair. Bhí ráite ag duine éigin go mb'aoibhinn léi a chuid feadaíola. Baineadh stangadh beag as agus bhreathnaigh sé i dtreo an té a labhair ach níor aithnigh sé í. Bean a bhí ag tógáil aicearra lena gadhar.

Mhaígh meangadh ar éadan Chaspair.

"Nós beag atá agam!" a deir sé.

"Nós deas!" a deir an té eile.

"Faraor, ní mór é mo chumas-sa uirthi!"

"Ar chuala tú faoin tseanbhean san a bhí imithe amú i Móin na Gé?" arsa an té eile. "Frítheadh í! Beo! Shiúil sí isteach i dteach ag lorg deoch uisce, a meabhair a bhí imithe, ní raibh a fhios aici faic faoin rírá a bhí tarraingthe aici. Agus an lánúin bhocht a frítheadh marbh i Ros Comáin, go bhfóire Dia orainn. Achrann teaghlaigh! Siad na hachrainn teaghlaigh is measa. Dá mhéad i ngrá iad roimhe san is géire a bhíonn an t-achrann eatarthu, a deirtear."

"Measaim gurb iad na mná is measa!" arsa Caspar le diabhlaíocht.

"Tá an ceart agat!" a d'fhreagair an bhean ar an toirt.

"Á, bhuel, níl a fhios agam faoi sin anois!" arsa Caspar. "*Male chauvinist* mise!"

"Creidimse go bhfuil an ceart agat!" arsa an bhean arís. "Bíonn teanga ghéar ag bean! Fisiciúil a bhíonn an fear. Frítheadh gunna sa phóirse lena thaobhsan. B'eisean a mharaigh ise de réir dealraimh agus ansan chaith sé é féin."

"Tá sé go dona ar aon chaoi," arsa Caspar, é ag imeacht cúpla coiscéim.

"Go huafásach!" ar sise.

"Níl caismirt ar bith is measa ná caismirt teaghlaigh!" ar sí arís. "Agus ansan is minic gur faoi thalamh é, ach nílim ag rá gur fheirmeoir a bhí i gceist sa chás so. Is minic nach mbíonn an feirmeoir chomh sofaisticiúil lena bhean isteach," ar sí. "Is minic gur múinteoir scoile í san."

"Agus daoine de na feilméirí chomh brocach le broc!" arsa Caspar.

Scairt an bheirt acu amach ag gáire agus bhuail Caspar roimhe.

"Tá súil agam go gcoimeádfaidh tú ort ag feadaíl ar aon chuma," arsa an bhean leis, "agus teanam ort tusa," ar sí lena gadhairín, í ag tabhairt sracaidh don iall.

An solaisín beag buí sin arís ar a ríomhaire, ach nár fágadh aon teachtaireacht. Belinda nó Maor an Gharráin gan dabht. Ar dháta feiliúnach le haghaidh cruinnithe a bhí ó Mhaor an Gharráin? Cén fáth faoi bhonnaíocha an diabhail nach bhfágfadh sé teachtaireacht? Nach n-iarrfadh sé air glaoch ar ais? Ach, ar ndóigh, go mb'in é an cineál é. Agus Belinda bhocht, ní bheadh uaithise ach í fiosrach cá raibh sé.

Scrúdaigh sé a *Inbox* agus, ar ndóigh, bhí cúpla ríomhphost nua tagtha chuige. Bhí an Dialann Sláinte ag meabhrú dó gur Seachtain Acadúil 10 a bhí ann. Ar nós chuile sheachtain eile bhí comhairle inti ar chúrsaí meáchain is croí, ar aiste bia is alcóil, galar dubhach, féinmharú, is eile, is eile, is eile. Seisiúin *holistic* á n-eagrú.

De bharr go mba í an chomhairle chéanna a bhí inti, mórán, seachtain ar sheachtain níor chleacht le hAodh thar shracfhéachaint a chaitheamh ar an dialann seo. Ach, corruair, tharraing sé ar ais arís í as na *Deleted Items*.

Agus b'in mar a rinne sé an t-am seo óir d'airigh sé go raibh an tSr. Imelda le seisiún Reiki a chur ar fáil. É ráite aici gur mar "ré-cí" ba chóir an focal a rá agus bhí míniúchán tugtha aici gur bhealach nádúrtha le leigheas a fháil ar strus a bhí ann. Chomh maith céanna gur chothaigh sé síocháin sa cholainn toisc gur mhéadaigh sé ar an gcaoi ar scaoil an cholainn dea-shubstaintí nádúrtha amach ar a fud ar fad, ó choiricín an chinn go dtí barraicíní na gcos.

Le Reiki níor baineadh feidhm ar bith as snáthaidí, a dúradh, ach an té a bhí ina bhun a lámha á leagan go bog ar an té a bhí ag glacadh, an té sin ina shuí go compóirteach ar chathaoir nó luite siar beagán, é nó í, lánghléasta.

"An té a bhí ag glacadh," bhí sé sin curtha go deas, dar le hAodh, mar dhuine ag glacadh comaoineach. Gan faitíos ar bith a bheith ar aon duine, a fógraíodh go spraíúil, ní dhéanfar ionsaí nó ionradh!

An tSr. Imelda, ambaist, an aois atá aicise, arsa Aodh leis féin. Ach, mar a deir an té a dúirt, ní raibh duine róshean riamh le dúil a chur i ngort nua. Meas tú, ar sé leis féin, an i mainistir Mheilearaí a d'fhoghlaim sí an scil nua seo?

Ach, an tseachtain seo, go raibh tuilleadh sa Dialann seachas an Reiki arbh fhiú aird a thabhairt air. Bheadh an *masseuse* ar ais ar dualgas arís! Ach, faraor, fearacht i gcónaí, ba mhuineál, cloigeann agus guaillí amháin, a ndéanfadh sí suathaireacht orthu! Agus, don mhéid sin féin, faraor, fearacht an tSr. Imelda, bheadh an custaiméir lánghléasta ina comhluadar. An táille a bhí an tSr. Imelda a ghearradh, bhí sin ag dul do charthanacht.

Bhain an guthán agus, ar ndóigh, ba í Belinda bhreá a bhí ag ceann eile na líne.

"Ar chuir tusa glaoch orm níos túisce inniu?" a d'fhiafraigh Aodh.

"Mise?" arsa Belinda.

"Níl ann ach, nuair a tháinig mé isteach, go raibh an solas ar lasadh ar an bhfón ach níor fágadh aon teachtaireacht," arsa Aodh.

"Meas tú cé bhí ann?" arsa Belinda.

"Ara, is cuma," arsa Aodh.

"Nach gceapfá go bhfágfaí teachtaireacht?" arsa Belinda.

"Pé ar bith é an bhfeiceann tú go bhfuil an tSr. Imelda ag dul i mbun cúrsaí úra?" arsa Aodh. "Seisiúin Reiki!"

"Í á chleachtadh san le fada!" arsa Belinda. "Múinteoir Reiki í. Beidh ranganna Reiki ag tosú sa choláiste aici an Chéadaoin so chughainn."

Ar son na diabhlaíochta, bhí Aodh ar thob a fhiafraí de Bhelinda an raibh sí féin ag brath ar a dhul chuig na ranganna ach, de phreab, gur chas Belinda ar ábhar difriúil ar fad.

"Feicim go mbeidh sraith nua léachtaí ar an Diagacht ag tosú arís go luath," ar sí. "Sa Chaife!"

"Céard?" arsa Aodh. "Caife? Ó, mo phardún chugat! An gcuirtear síneadh fada ar an 'e' sin?"

"Is éard atáim a rá, gur sa Choffee, thíos Sráid Chaitríona, a bheidh na léachtaí ar siúl," arsa Belinda.

"An Club Lapello a bhíodh ansin!" arsa Aodh.

"Is róchuma liomsa sa sioc cad a bhíodh air!" arsa Belinda.

"An Club Capello a bhínnse a ghairm air!" arsa Aodh le scairt gháire.

"Sí an Dochtúir Monica Bhreatnach as Roinn na Diagachta againn féin a bheidh ag tabhairt na chéad léachta: 'Dia! Cén Dia?'"

"An ollamh chomh maith le dochtúir í siúd?" a d'fhiafraigh Aodh. "Cá bhfios," ar sé le fonóid, "má thugann sí léacht mhaith nach gceapfar ina hollamh sinsearach í?"

"'Céad is a haon chúis le bheith i do chaitliceach' is ábhar don dara léacht," arsa Belinda, "leis an Uasal Dara Ó Sé."

"Ná habair nach 'dochtúir' fhéin é siúd!" arsa Aodh.

"Amanna," arsa Belinda, "is amhlaidh a léiríonn teideal mar san gur airde i léann duine ná an té a thugann 'dochtúir' air féin!"

"Na 'dochtúirí' seo, nach tóstalach na dathanna acadúla a chaitheann siad ar mhórshiúlta dhóibh?" arsa Aodh.

"Canathaobh ná caithfeadh?" arsa Belinda.

"'Canathaobh,' mar a deir tú? Feicim tuismitheoirí ag tabhairt an-suntais do na gúnaí daite seo tráthanna bronnta céimeanna!"

"Tá dathanna tábhachtach," arsa Belinda. "Agus tá íomhá tábhachtach," ar sí.

"Tá íomhá tábhachtach, mar a deir tú," arsa Aodh. "Bhfuil an ceart agam gur leasuachtarán anois freisin é an tAcmhainneach?" arsa Aodh.

"Tá san ceart!" arsa Belinda.

"Gan air scrúdú *viva voce*, *cum laude*, ná tada spéir-ard eile mar sin a dhéanamh ní foláir?" arsa Aodh.

"Ní fios domhsa," arsa Belinda.

"Ní cuimhneach liom an Mháistreás ag cur ríomhphoist comhghairdis timpeall!" arsa Aodh.

"Cá bhfios domhsa?" arsa Belinda. "Ach, sula ndéanfaidh mé dearúd air, ar léigh tú i bpáipéar an lae inné faoin bhfear óg thuas i nGaillimh a maraíodh nuair a thit sé de chapall?"

"Léas!" arsa Aodh.

"Raibh aithne agat air?" arsa Belinda.

"Ógfhear díchéillí a bhí sa bhfear sin," arsa Aodh. "É ar mhuin *thoroughbred* ar an mbóthar mór agus gan clogad á chaitheamh aige!"

"Dar an scéal, chonaiceas ag an seoladh leabhair an oíche cheana tú," arsa Belinda. "Ar mhiste leat má bhuailimid le chéile . . . ?" ar sí. "Faoi cheann ceathrú uaire, abraimis? Sa cheaintín?"

Nuair a d'éirigh Aodh óna chathaoir agus nuair a d'fhéach sé amach an fhuinneog chonaic sé Eithne Ballance ar a bealach faoi dhéin an tsiopa. Dheifrigh sé óir theastaigh uaidh beannú di; go luafadh sé freisin an fear óg i nGaillimh léi agus an bhean i Sasana ar thit a capall anuas uirthi.

Ar chuimhneach le hEithne, na blianta siar, nuair a tharla an cineál céanna timpiste mórán dhó fhéin? Ar dhroim Lucy a bhí sé, ar cheann de na capaill ba thúisce a bhí ag Eithne í siúd, gur bhuail a cosa tosaigh in aghaidh bharr na léime *point to point* agus go ndearna sí tradhaill san aer. Ach, buíochas le Dia, nár sa mullach a thit sí air ach anuas ar a chois. A chos chlé chomh greamaithe i dtalamh ag meáchan Lucy is dá mba bháite i stroighin chrua a bhí sí.

An bhean bhocht i Sasana, ámh, níorbh é an t-ádh céanna a bhí uirthi ach an mí-ádh. An fear bocht i dtuaisceart na Gaillimhe amhlaidh. Ag glacadh páirte san *eventing* a bhí sise, eisean ag fáil faoi réir le haghaidh seilge. Gur theastaigh uaidh, a dúradh, beagán den mhacnas a bhaint as an gcapall roimh ré. *Rear*áil a rinne sí, seasamh ar a cosa deiridh, agus ansin go tobann go ndeachaigh sí chun cinn arís. Sna cosa in airde! É ar sliobarna óna cliathán, gur thit sé ar mhullach a chinn ar an mbóthar crua.

"Dia dhuit ar maidin, a Eithne!"

"An bhfuil sé ina mhaidin fós?" ar sise.

Sheiceáil Aodh a uaireadóir.

"Tá an ceart agat, a Eithne, is í an nóin anois í! Cén chaoi a bhfuil?

"Ní gearánta dom!" ar sí. "Conas athá tú féinig?"

"Go maith, slán a bheas tú! Anall as an leabharlann, is dóigh?"

Mhaígh meangadh ar éadan Eithne, clingeadh beag gáire lena chois sin.

"Faraor, nach fíor duit é, a Aodh!" ar sí.

"Cén chaoi a bhfuil an Fhealsúnacht agus Diagacht ag imeacht?" arsa Aodh.

"*Sure*," arsa Eithne, "níl a fhios agam an fiú cac an diabhail ceachtar acu, ach gur shíleas go mbeidís níos fusa ná ábhair eile!"

"Ábhair mhaithe iad!" arsa Aodh. "Sé an príomhrud céim a bheith ag duine. Feicim, léas i ríomhphost, go bhfuil duine de na léachtóirí agaibh, Monica Bhreatnach, ag tabhairt léachta oíche Dhéardaoin. Ar Dhia!"

"Bíonn na léachtaí san go hana-mhaith!" arsa Eithne. "Ba chóir duit a dhul ag ceann acu!"

"I sean-Chlub Lapello, b'fhéidir nár mhiste!" arsa Aodh. "Cé nach dóigh liom gur fear diagachta mise!"

"Is cuma faoi san!" arsa Eithne, fiuchadh foinn uirthi. "Bíonn díospóireachtaí breátha i ndiaidh na léachtanna. Ócáid shóisialta go príomha í ar a n-óltar caife – Latte, Mocha, Cappucino – nó tae, ar ndóigh! Conas athá Muireann?"

"Go maith, slán a bheas tú!" arsa Aodh.

"An mó garsún anois aici?" arsa Eithne.

"Beirt!" arsa Aodh.

"Mar a dúirt mé cheana leat, gan ann ach inné, samhlaím, ó bhí sí ina girseachín!" arsa Eithne.

"Sleamhnaíonn an aimsir, a Eithne!"

"Bhuel, a Aodh, tá sé ráite agat!"

"Faraor, a Eithne, ag dul ag bualadh le Belinda Ní Thaidhg sa gceaintín atá mise! Caithfidh cupán a bheith arís againn fhéin go luath!"

"Ba bhreá liom é, a Aodh!" arsa Eithne. "Belinda? Belinda Ní Thaidhg?" ar sí ansin, "cloisim go bhfuil sí sin ana-dheas, ana-chineálta. Tá cúpla cara liom ina rang agus deireann siad go bhfuil sí ana-thuisceanach."

Ana-chuile shórt, arsa Aodh leis féin.

"Pé ar bith é, a Eithne, *à bientôt*, mar a déarfadh comhghleacaí liom! Ólfaidh muid an cupán sin, sara i bhfad, le cúnamh Dé!"

Ar fhaitíos go gcuirfí moill ar bith eile air thogair Aodh nach ngabhfadh sé suas ag an leithreas nó isteach i seomra na foirne. Nuair a chonaic Belinda ina haraicis é, cé go raibh sí i séis chomhrá le hiníon léinn, chuir sí lámh in airde mar bheannú. D'fhiafraigh Aodh os ard de Bhelinda an bhféadfadh sé tada ar bith a cheannach di ach d'fhreagair sise nach raibh faic seachas cupán uisce bhruite uaithi, agus go raibh sé sin aici. Na mná, arsa Aodh leis féin, iad uilig ar aiste bia! Chuile dhuine acu níos cúramaí ná a chéile faoina bhfigiúr!

A luaithe is a shuigh Aodh le hais Bhelinda thosaigh sise láithreach ar thráchtas faoi bheatha. Ag moladh dó tae Síneach a ól, agus má bhí faoi *muffin* a ithe ceann *blueberry* a roghnú. Go raibh seacláid dhorcha go maith freisin, ach brioscaí a sheachaint. Seacláid dhorcha agus fíon dearg, ar sí.

Nuair a dúirt Aodh gur ól sé féin agus Póilín fíon dearg chuile thráthnóna, dúirt Belinda go raibh sé sin go maith fad is nach n-ólfaidís an iomarca. Bhí dhá ghloine sa lá iomarcach do bhean, ar sí. An corc a chur ar ais ar an mbuidéal agus é a chríochnú arna mhárach.

"Pé ar bith é, a Bhelinda, an bhfuil aon drochscéal eile agat?" arsa Aodh. "Bhfuil leabhar Mhelchior léite agat? Nach raibh an-slua i láthair ag an seoladh?"

"Agus canathaobh ná beadh," arsa Belinda, "nach hin í an chléir duit? An t-easpag ag tabhairt 'file' is 'ealaíontóir' air!"

"Níor cheap mé oiread sin cléire sa domhan faoi seo!" arsa Aodh.

"Ar ócáidí den tsórt san tarraingítear amach as na cófraí iad!" arsa Belinda.

"Ach, a Bhelinda, nach iad atá imithe as faisean? An corrdhuine acu a chaitheann an chulaith dhorcha agus an bóna, ar chaoi eicínt nach Ré na nDineasár a shamhlaíonn tú leo? Táid ar an dé deiridh, a Bhelinda!"

"Agus féach fós nach bhfuilid!" arsa Belinda. "Tá speach fós iontu!"

"Ó, tá! Agus an speach sin contúirteach!" arsa Aodh. "Cealg na beiche roimh éag dhi!"

"An bhfacais go raibh an t-iareaspag féin ann? Moinsíneoirí agus canónaigh!" arsa Belinda. "Ní fhéadfainn a mheas nach raibh *agenda* acu!"

"Bhí an bharúil cheannann chéanna agam fhéin!" arsa Aodh.

"An moladh a bhí á dhéanamh ag an easpag," arsa Belinda, "an dóigh ina raibh sé ag rá gur mhór go léir an onóir don Eaglais a leithéid de dhuine is Melchior, file, scríbhneoir, ealaíontóir, a bheith inár measc! Ní fhéadfainn gan a mheas ach go raibh Melchior á ullmhú le bheith ina easpag!"

Rinne Aodh siota gáire.

"Bhí an bharúil cheannann chéanna agam fhéin!" ar sé. "Dáiríre píre, cé eile atá acu? Le lámha glana, mar a déarfá? Mar a deir an té a deir, mura mbíd á mbascadh fhéin bíd ag bascadh duine eicínt eile!"

"Nach é an saol athá athraithe, a Aodh?"

"Nach é? Ach diabhal trua atá agam dhóibh!"

"Ná agamsa ach oiread!"

"Nuair a bhíodar i réim, a Bhelinda, chaitheadar go holc. Bhascadar daoine, a Bhelinda! Ach, fós fhéin, tá luaidreáin ag dul thart go bhfuilid le hIonad Mór Diagachta a thógáil sa gcathair seo!"

"Ní ráfla ar bith é," arsa Belinda. "An coláiste so againne mar cheannáras aige, agus an bhfuil a fhios agat cé is mó atá ina bhun? An Dochtúir Monica so againn féin! An Dochtúir Monica Bhreatnach!"

"Nár laga Dia í!" arsa Aodh. "Caithfear í a cheapadh, gan mhoill, ina hardollamh más ea!"

"Tá na hoird éagsúla sa chathair – na hÍosánaigh, na Proinsiasaigh agus Ord an tSlánaitheora – ag cur le chéile," arsa Belinda.

"'Proinsiascánaigh', a deirinnse fadó," arsa Aodh, "ach is simplí 'Proinsiasaigh' agus is deise!"

"'Proinsiascánaigh' a deirinnse freisin," arsa Belinda. "Nuair a bhí mise sa choláiste ollscoile d'fheicinn iad ag siúl síos an tsráid gan stocaí ar bith orthu. Bróga cuaráin, ba chuma cé chomh fuar is a bhí an mhaidin."

"Ba róchuma!" arsa Aodh. "Clócaí donna orthu. Scata acu le chéile. Faraor – faraor ar chaoi – ní mórán acu atá anois ann. Chuala mé le gairid, ó fhear a bhíonn ag dáileadh amach Comaoineach i gceann de na séipéil sin, nach bhfuil oiread is sagart sa gcomhluadar sin nach bhfuil os cionn na gceithre scór. Ceithre scór, a Bhelinda! Ochtó bliain! Agus, mar sin féin, go bhfuil siad chun an tIonad Diagachta is mó san Eoraip a thógáil abhus anseo in Éirinn, sa gcathair seo. Na Doiminiceánaigh, nó na 'Doiminicigh', mar is ceart a thabhairt anois orthu, ar bord freisin, cloisim!"

"Acusan atá an tIonad Bíoblata atá anso cheana," arsa Belinda. "Ó, nascfar an rud go léir. Agus bhí ollúnacht air san i gcónaí! An Léann Bíoblata. Go mór chun tosaigh ar na hollúnachtaí atá á mbronnadh le píosa sa choláiste so againne agus, faoi láthair, tá an chathaoir san folamh."

"Atá á mbronnadh ar nós sprémhóna!" arsa Aodh. "Ar nós sprémhóna!" ar sé arís. "*Sans doute*, mar a deireann comhghleacaí againn fhéin! Ina huachtarán chomh maith le ina hardollamh a chaithfear Monica a cheapadh! Cá bhfios, a Bhelinda, nach í an tOllamh Monica, Uachtarán an Ionaid Diagachta, a hoirneofar ina heaspag? Ainneoin a nuaghaisce foilseacháin, thiocfadh go gcaillfeadh Melchior!"

Dúirt Belinda, cé gur thaitin an comhrá sin go mór léi, go raibh brón uirthi ach go gcaithfeadh sí imeacht faoi go raibh iníon léinn chun bualadh isteach chuici.

"Sinéad Ní Ghloinn ath-ionchollaithe?" a d'fhiafraigh Aodh.

Ach gur dhúirt Belinda nárbh í an turas seo. Ach gan a bheith ag ceapadh an cineál sin duine a bheith soineanta mar gur cliste a bhí.

"Caithfidh tú a theacht amach chun lóin liom lá éigin," ar sí ag éirí ina seasamh.

Leis sin tháinig scata mac léinn isteach, gléasta i mbréagéadaí is i mascanna, uirlisí ceoil ag daoine acu: maidí, agus drumaí, agus feadóga. Bhíodar ag mungailt amhrán is comhráite.

Suas leo go dtí barr an cheaintín agus rug duine acu ar mhaidhc. Ag fógairt *pub crawl* a bhí sé. Ghlaoigh sé amach ainmneacha na bpubanna a mbeifí ag eagrú ruda éigin iontu, agus bheadh ócáidí á n-eagrú i halla an choláiste chomh maith. Luaigh sé *quiz* boird, tráth na gceist, comórtas amhránaíochta, seó tallainne is eile. Nuair a dúirt sé cá mbeadh an *full monty* tugadh bualadh mór bos dó agus bhí screadaíl mholta.

Ghríosaigh sé chuile dhuine a theacht go dtí ócáid amháin ar a laghad ar bith. É go léir ar son carthanachta, a deir sé. Agus bhí súil acu go mbeadh an fhoireann acadúil i láthair!

Ansin d'fhógair sé go mbeadh cluiche peile sa pháirc idir na mic léinn agus an fhoireann acadúil. Foirne measctha, ar sé, a thabharfadh deis do mhic léinn a rogha léachtóra a chuimilt sa lathach!

Ar a mbealach amach, tháinig an ceannaire a bhí orthu, is é sin an té a bhí ag labhairt isteach sa maidhc, anonn go dtí an bord ag a raibh Belinda agus Aodh. Ó ba fhear faoi bhréagriocht mná a bhí sa té sin ba ar éadan Aodha amháin a chuir sé a lámha. Agus ansin trína chuid gruaige. Rug sé barróg air agus bhronn póigín ar a dhá leiceann.

Ansin, le cúnamh daoine eile as an gcomplacht, d'fhiafraigh sé d'Aodh agus de Bhelinda an mbeidís sásta *waxing* a bheith déanta ar a gcosa, nó ar a lámha, nó ar a mbrollaigh. An mbeidís sásta go ndéanfaí a bhfolt gruaige a bhearradh? Ar mhiste leo dá ndéanfaí a bhfuadach agus go n-íocfadh mic léinn sparán mór airgid lena saoradh?

"*Be a good sport!* An t-airgead ar fad ar son carthanachta," ar sé.

Nuair a d'fhiafraigh Aodh de Bhelinda cén t-am a raibh sí le castáil ar an iníon léinn ba é a d'fhreagair sise go bhféadfadh sí filleadh am éigin eile. "Cad chuige a mbeimisne inár maidríní lathaí acu?" ar sí.

"Bhuel, mo dhuine ansin ar ball ag fógairt go mbeadh cluife idir an fhoireann agus na mic léinn, is deacair agam a chreistiúint gurb in fós ceann de na bealaí atá acu le hairgead a bhailiú," arsa Aodh. "Nuair a tháinig mise anseo i dtosach, agus ní inniu ná inné é sin, bhí mé mar chaiptín ar fhoireann na foirne agus ghnóthaíomar – is cinnte gur lig na mic léinn dhúinn an bua a bheith againn – bronnadh gnáthchupán as an gceaintín mar chorn ormsa!"

"Foirne measctha a bhí i gcónaí ann," arsa Belinda.

"Níorbh ea an chéad bhliain," arsa Aodh, "ach go mbíodh bréagriocht orainn!"

Bhreathnaigh Aodh thart, agus bhreathnaigh Belinda thart.

"An bhfaca tú go dtángthas sa Róimh ar an bpluais inar thál an mac tíre bainne ar Romulus agus Remus?" arsa Aodh.

"Léas ar an bpáipéar fé," arsa Belinda.

"Ach oiread le rud, nach deas go dtángthas uirthi?" arsa Aodh. "Tá *soft spot* i gcónaí agam don bheirt ghasúr sin,

Romulus agus Remus!" ar sé. "An chéad leabhar Laidne a bhí agam nach raibh pictiúr den bheirt sin inti, iad ar a nglúine faoi bholg an mhic tíre ag diúl ar a cuid siní! Ina ndiaidh a baisteadh an Róimh!"

"B'iad a thóg an Róimh! 753 R.C.!" arsa Belinda.

"Nár ba chúpla iad a tréigeadh ar chladaí na habhann Tibire?" arsa Aodh. "Gur thug an mac tíre abhaile dhá pluais iad!"

"Fearacht Mhaoise ar fhóir iníon Fhorainn air," arsa Belinda.

"Dála na ngasúr sa scéal béaloidis, 'An Talking Bird, an Singing Tree agus an Golden Water'," arsa Aodh. "Ach a bhfuil a fhios agat go mbínn ag dul abhaile ón scoil agus mé ag tabhairt *agricola* ar m'athair?"

"Féach cé athá isteach chughainn," arsa Belinda. "Cibé conas a chonaic sé anso sinn? Más é an cúrsa nua MA atá ag deineamh tinnis dó, níl i gceist agamsa baint nó páirt a bheith agam leis!"

"Ar mhiste libh má bhíonn focal agam in bhur gcluasa?" arsa an Maor go suáilceach. "Seans nach í so an áit is fearr ach go mbíonn oiread san broide orainn go léir na laethanta so gur deacair am oiriúnach a fháil. Ba mhaith liom focal a bheith agam libh faoin gcúrsa nua so, MA."

Cé go raibh an tráthnóna fuar bhí Aodh ina sheasamh amuigh ina ghairdín cúil, muga tae á ól aige. Mar ba ghnás leis bhí sé ag éisteacht le fuaimeanna na huaire agus ag faire ar phé aicsean a bhí ar siúl. Bhí sé ag faire na spéire; na cineálacha scamall agus na lóchrainn solais. Bhí corrlorg fada scairdeitleáin le sonrú, iad ag gluaiseacht i dtreonna difriúla. Bhí héileacaptar nó mioneitleán le cloisteáil aige. Mioneitleán amach as aerfort beag na Buaile Bige, b'fhéidir? Duine saibhir éigin lena eitleán beag féin, nó sin duine ag tógáil ceacht foghlama?

Bhí ionad beag marcaíochta i ngar don aerfort sin ach bhí na capaill cleachtaithe ar thorann na n-eitleán. Corrchuairt á tabhairt aige féin ar an ionad sin, capall á thabhairt amach an bóthar aige, nó sin dreas beag marcaíochta trastíre. Cé, dáiríre, go raibh an cúrsa trastíre sin rótheoranta, dar leis.

Héileacaptar a bhí ag déanamh an ghleo agus ón dóigh a raibh sé ag imeacht – timpeall i gciorcail os cionn ceantair áirid – bhí tuairim mhaith ag Aodh go mba de chuid na ngardaí nó an airm é. Sa tóir ar dhuine eicínt. Bhí ráite ag Póilín níos túisce gur cheap sí gur airigh sí torann gunna.

Timpeall is timpeall. Aodh ag samhlú coirpigh: fear óg, sna déaga arda nó sna luathfichidí, duine de na *hoodies* seo. Céard a bhí curtha i gcrích aige? Sá scine? Lámhach? An té a bhí lámhaithe ina luí marbh nó leonta ar leataobh sráide? Nó, b'fhéidir, gur urchar a scaoileadh trí fhuinneog nó trí dhoras? Dá mba charr nó teach a cuireadh trí thine ba é ba dhóichí go mbeadh deatach le feiceáil.

Dáiríre píre cén mhaitheas a bhí le héileacaptar mar sin? Dáiríre píre cé air a mbéarfaidís lena ngaithín solais? Na fir óga seo sna ceantracha bochta seo bhíodar sleamhain cliste cleasach, iad eolach ar chuile lána is póirse.

"Tá sé fós ag tóraíocht," arsa Póilín, ag teacht amach le héadaí a chur ar an tuarlíne.

"Ag tóraíocht, mo thóin, mar a déarfadh Balthazar!" arsa Aodh. "Cur i gcéill! Áilleagán le haghaidh na m*boys*! Gardaí ag saothrú somhaoine dhóibh féin!"

Tráthnóna chomh haoibhinn, arsa Aodh ina intinn, cé shílfeadh baol ar bith a bheith ar an domhan, ó choirpeach, athrú aeráide ná eile? I dtaca le haeráid de b'fhéidir gur dul amú atá ar na heolaithe, a smaoinigh sé, tharla athruithe móra aeráide cheana, agus ní chuile eolaí atá ag aontú. Gan ann ach Ré Mheirbh eile, a mheas daoine acu. Réanna meirbhe agus réanna fuara, gur mar sin a leanfadh go deireadh scríbe. Dáiríre píre, seachas srian a chur ar an méadú daonra, ná an uair sin féin, an raibh ní ar bith fóintiúil a d'fhéadfaí a dhéanamh faoi?

Ach bhí daoine ag moladh go ndéanfaí seo siúd, agus ní ag Póilín ab fhaillí é. É féin as a mheabhair ag Póilín. Í ar a síortháirm, dála phríomhleifteanant Mháistreás na Coille, faoi *the power of one*! Bairille *compost* sa ngairdín acu, trí cinn de bhoscaí éagsúla istigh sa gcisteanach, málaí éagsúla i gcoinne buidéal sa *utility room*, a Mhuire Mháthair, mar a deirtí fadó, ina chocstí a bhí an saol!

Ó bhí an spéir an-ard, ba é tuairim Aodha go ndéanfadh sé oíche bhriosc. Ní raibh baol ar bith nár thug uain fholláin mar í, uain shéasúrach, dóchas do dhuine. Murab ionann is an meirbheadas mínádúrtha a raibh oiread sin di ann le blianta beaga. Bhuail smaoineamh é go mba bhreá leis a dhul ar siúlóid bheag spaisteoireachta, ní hea ach siúlóid fhada, cé go raibh an uair ródheireanach le dul amach chomh fada le Coill Chluain Eanaigh.

An mórfhaitíos a bhí ar dhaoine roimh an gcoill údaí! Na moltaí a bhíothas a thabhairt i dtólamh dhó í a sheachaint! Ar a laghad ar bith a bheith faoi réir le bata is fón! Clocha a bhreith leis ina phóca, *karate* nó *kickboxing* a fhoghlaim, scian a bheith i bhfolach in osán a chuid *jeans*, a chúl a chur le crann dá n-ionsófaí é!

É ráite go mbíodh an tIRA ag cleachtadh airm sa gcoill faoi dhorchadas na hoíche. Nuair a chuaigh duine amú, nuair a fuadaíodh duine, ba í Coill Chluain Eanaigh ba thúisce a luadh. Ba mhinic an héileacaptar ag foluain os a cionn. Dáiríre píre, a Aodh, an gceapann tú go bhfuil Coill Chluain Eanaigh chomh dainséarach is a deirtear? Ar ndóigh, *sans doute*, mar a déarfadh Alastar, caitear a bheith cúramach! *Sans doute!*

Ar feadh an achair seo bhí cur is cúiteamh eile freisin á dhéanamh ag Aodh. An cuireadh chun mionchóisire sa gcoláiste le haghaidh na mBAanna lánfhásta níorbh é an rachadh sé isteach. Tuirseach a bhí sé de na cóisireacha beaga seo ach go mbeadh Eithne Ballance i láthair.

"Ar a hocht a chlog atá an chóisir sin," arsa Aodh le Póilín, chomh neafaiseach is a d'fhéad sé, "ach ní dóigh liom go mbacfad léi."

É ansin arís mar dá mbeadh sé idir dhá bharúil.

"Cóisirín seafóideach," ar sé, "déanta na fírinne dheamhan suim atá agam inti! A bheith ag éisteacht le ceann eile de na hóráidí plámásacha seo ag Máistreás na Coille! Scailtín fíona agus píóg mhionra!" ar sé le drochmheas, mar dhea. "Ach go gcuireann an héileacaptar sin pian i mo chloigeann!"

"Féadfaidh tú cúpla píóg a thabhairt abhaile agamsa!" arsa Póilín.

"B'fhéidir gur ag glaoch ar ball ort a bheas mé le theacht isteach i mo choinne!" ar sé. "Ná bac, téirse ag an leaba, déanfaidh mé mo bhealach fhéin abhaile," ar sé ansin.

Slám seanlitreacha ríomhphoist ón Astráil uaithi a mheabhraigh Muireann arís d'Aodh. Cé go mba ag ídiú cuimhne ar a ríomhaire a bhí, ar údar maoithneach éigin níor scrios sé iad. Bhreathnaigh sé ar dhátaí na litreacha cé go mb'eol dó an bhliain. Suim dheas blianta ó shin anois, ar sé leis féin. Cé, amanta, amhras áirid air, agus ar Phóilín freisin, faoin dáimh a bhí anois idir Maolra is Muireann, ba é a déarfadh sé féin, aon bheirt a shaothraigh bliain i gcéin in éineacht, a chaith a liachtaí sin oícheanta ina gcodladh i seancharr nó ag *bivouac*áil ar thaobh an bhealaigh mhóir, a liachtaí sin uair an chloig ina n-aonar sa bhfiántas, agus a bhí sásta a chéile a phósadh ina diaidh, caithfidh go bhfuil fuint éigin ina gcumann.

Ba mhinic Aodh ag ceapadh gur chuir Muireann, agus Maolra chomh maith léi, suas lena lán an tréimhse sin san Astráil dóibh óir, ach oiread le háiteacha go leor, níorbh fhada go bhfuaireadar amach nár thír faoi mhil is faoi bhláth í. Ag imeacht di bhí Muireann lánchinnte go ndéanfaidís a mbráigill i dtír sin an tsaibhris a raibh úlla, oráistí, agus piorraí ag fás ar chuile ghéagán, dar léi, agus chuile dhuine á ghoradh féin le gréin! B'fhéidir, ar sí, b'fhéidir nach bhfillfidh muid tar éis bliana ar chor ar bith!

Níorbh fhada, ámh, go raibh scéalta éadóchais á seoladh

abhaile. "Níl i Melbourne ach *kip*!" "Tá cúrsaí oibre go dona anseo!" "Tá ganntan oibre ar chuile dhuine!" "Tá neart daoine á ligean ar siúl!" "Tá Sydney rólán!" "Mura bhfuil tú sásta an tsráid a shiúl níl saothrú ar bith le fáil!" "Tá neart daoine a bhfuil aithne againn orthu ag dul ar ais abhaile!"

Freagraí á seoladh amach aige féin is ag Póilín ag rá léi foighid a dhéanamh, misneach a bheith aici, gan ligean dá dóchas trá, ach dá dtiocfadh an crú ar an tairne . . .

Ach go dtáinig litir eile ar ball: "Bail an diabhail ar obair, *life is too short*, tá i gceist againn seanghliogramán de charr a cheannach agus a dhul i ndiaidh na gréine!"

Brisbane, Cairns, an Líonán Mór. Cangarúnna, cóálaí, diongónna: "Cé gur *nomads* faoi láthair muid, faigheann muid rud beag oibre anseo is ansiúd ar an mbealach! Tá i gceist againn obair níos substaintiúla a chuardach i nDarwin!"

Ach má bhí Melbourne go dona, ba sheacht measa í Darwin. "Pé ar bith cén Ghaeilge atá ar *brothel* is anseo atá na *brothels*! *Massage parlours*, *gay bars* is eile! Tá an áit seo i bhfad rómheirbh! Ach go ndéanfaidh muid cónaí anseo, ar ais nó ar éigean, go n-aistreoidh an ghrian!"

Alice Springs, Ayer's Rock, gur shroicheadar Adelaide. Go rabhadar ar ais arís i Melbourne.

D'fhágadar Melbourne go ndeachadar go dtí an Nua-Shéalainn. Uaidh sin go dtí Oileán Bali. Agus go dtí tír na Téalainne ina dhiaidh sin arís. Go dtángadar abhaile. Eispéaras an-bhreá, *sans doute*, mar a déarfadh an tAcmhainneach, arsa Aodh leis féin, ach ba bheag amhrais a bhí air go mba iad a cuid aislingí, a suim sa saol a bhí roimpi – go bpósfadh sí Maolra – a choinnigh Muireann ag imeacht i gcaitheamh an ama sin.

Bhain an guthán. Chonaic Aodh ar an ngaireas nua fuinneoige go mba é an tAcmhainneach Ó hAirtnéide a bhí ag glaoch.

"Haló, a Alastair!"

"Gabh mo leithscéal faoi chur isteach ort, a Aodh!"

"Ní cur isteach ar bith é, a Alastair, a ollaimh!"

"Ná bac an ráiméis san anois!"

"Ní ráiméis ar bith é, a dhuine uasail! Is annamh a fhaighimse glaoch ó ollamh! Ach is fada nár casadh ar a chéile muid! Cén scéal agat?"

"Féach, bhí mé ag ceapadh gur tú is fearr chun an cheist so a fhreagairt: An bhfuil aon chur amach agat ar an gcomhdháil teangeolaíochta a bheidh á tionól go luath an bhliain so chughainn? Cá mbeidh sí ar siúl?"

"An chomhdháil sin ar Theangeolaíocht na Gaeilge/ Cánanachachas na Gáidhlig/ Chengoaylleeaght ny Gailgey?"

"Sí!"

"I gColáiste na Tríonóide, i mBaile Átha Cliath, a bheas sí á tionól, a Alastair!"

"An mbeidh tú féin ag tabhairt páipéir?"

"Ní bhead!"

"Canathaobh?"

"Ní údar mé!"

"Tá spéis mhór agatsa in Albain, nach bhfuil? Agus in Oileán Mhanann? Bheadh sí spéisiúil!"

"Ó, bheadh! Bead ann le cúnamh Dé!"

"Mise, leis, tá súil agam! Chonaic mé tú ag seoladh leabhair Mhelchior, tá tamaillín siar!"

"Ó, an raibh tusa ann? Ní fhacas ar chor ar bith thú! Céard a cheap tú dhó?"

"N'fheadar! Tú féinig?"

"Bhí slua breá ann ar aon chaoi. Bhí na heaspaig ann! Bhí daoine a shíl rún nó *agenda* eicínt a bheith ar chúl an ruda ar fad!"

Chuala Aodh sclugaíl bheag shrónaíola ó Alastar.

"Ní tú an chéad duine a dúirt é san!"

"An chléir!" arsa Aodh. "Is deacair an chléir a bharraíocht!"

"Ní tú an chéad duine a dúirt é san ach chomh beag!" arsa Alastar.

A Alastair, a ollaimh, tá tú chomh treallúsach is a bhí tú riamh! Má ceapadh i t'ollamh fhéin thú dheamhan athrú eile atá tagtha ort! Nach tú an t-údar frustrachais céanna i gcónaí?

"Is deacair an chléir a bharraíocht, siúráilte!" arsa Aodh.

Ní eolas faoin gcomhdháil atá uaitse ar chor ar bith, a bhuachaill, arsa Aodh leis féin, ach eolas eicínt eile. Biadán. Biadán faoin seoladh leabhair? Thú i bhfad róchliste, a Alastair! Gliceas seachas clisteacht. Ach, iontas na n-iontas: "An chléir!" ar sé. "Daoine a shíleann, mar a dúirt tú, *agenda* taobh thiar den ócáid go léir!"

Ba leor sin d'Aodh. "Táthar a rá gur ag réiteach an Mhoinsíneoir le bheith ina easpag atáthar!" ar sé.

Sclugaíl arís ó Alastar.

"Ach gur duine sách soineanta, ar go leor bealaí, an Moinsíneoir!" arsa Aodh. "Nó sin a cheapaimse."

"An gceapann tú san?" arsa Alastar.

"Casadh orm é an lá i ndiaidh an tseolta," arsa Aodh, "agus, *mama mia*, ba air a bhí an fonn cainte! An-fhlosc go deo! Ní raibh uaidh, an fear bocht, ach go molfainn an seoladh!"

"Ní raibh," arsa Alastar.

Ar cheist nó ráiteas sin ó Alastar?

"Agus mholas!" arsa Aodh.

"Mholais," arsa Alastar.

Arís eile ar cheist nó ráiteas an "mholais" sin?

"Go hard na spéire!" arsa Aodh. "Dúirt mé leis go mba ardócáid a bhí sa seoladh! Agus ba ea! Dúirt mé leis go mba an-ómós dhó an dá easpag a bheith i láthair!"

"Ar ndóigh," arsa Alastar, "tá an bheirt easpag san ar Bhord Bainistíochta an choláiste, agus ar Bhord na nIontaobhaithe chomh maith. Is é an t-easpag so againn féin an cathaoirleach!"

"Cá bhfios nach é Melchior é fhéin a bheas mar chathaoirleach amach anseo?" arsa Aodh. "Agus mar uachtarán! Mar easpag ar aon chaoi! Pé ar bith é, nuair a bhí mo dhíol molta déanta ar an seoladh agam nár fhiafraigh Melchior dhíom céard a mheas mé den leabhar fhéin agus d'fhreagair mé go mba an-leabhar ar fad í. Bhuel, mura raibh sé sásta! Thar a bheith postúil as fhéin! 'Go raibh míle maith agat!' ar sé liom. Thosaigh sé ansin ag caint ar an dán seo is ar an dán siúd, ag fiafraí dhíom ar thugas an t-imeartas focal seo nó an meafar siúd faoi deara, agus nuair a dúirt mé leis gur thugas chuile cheo faoi deara, ba é a bhí ríméadach. 'Go raibh míle maith agat!' ar sé arís. 'Agus léifead arís agus arís eile iad!' arsa mise leis. 'Go raibh míle míle maith agat!' ar sé. 'Tá tú anois i measc na mórfhilí!' ar mé. Las a éadan le bród. 'Beidh an leabhar ar na seilfeanna ar aon nós!' ar sé. 'Go brách!' arsa mise. Níor mhaith liom a rá go mbeadh, faoi nach gceannófaí í!"

Sclugaíl thréitheach gáire eile ó shrón Alastair.

"'In aon bhuille amháin, a Mhoinsíneoir,' arsa mise, 'tá tú cab níos airde ná na filí mór le rá seo, mar dhea, nach bhfuil ina saothar ar fad, ar mhórán dóigheanna, ach cacamas! Dearg-thruflais!' 'Bhuel, go raibh míle míle maith agat!' ar sé. 'Tá rudaí doimhne ráite agatsa, a Mhoinsíneoir!' arsa mise. D'athluaigh mé Shakespeare, agus Voltaire, agus Baudelaire. 'Rudaí doimhne ach iad ráite go simplí!' arsa mise. D'athluaigh Melchior scríbhneoirí iomráiteacha eile ansin, agus fealsaimh, mar chruthúnas gurbh í an tsimplíocht an tréith is tábhachtaí. 'Níl tréith ar bith níos casta ná an tsimplíocht,' arsa mise, 'féadfaidh amadán ar bith a bheith doiléir!' 'Go raibh míle míle maith agat!' arsa Melchior. 'Tá súil agam nach fada uainn an chéad leabhar eile uait!' arsa mise. 'Tá mé cinnte go bhfuil tosaithe cheana fhéin agat uirthi!' 'Ó tá!' ar sé. É an-tsásta, a déarfainn, a *mhagnum opus* a bheith curtha i láthair an domhain aige! *Magnum opus*, ar an gcéad iarraidh! Pé ar bith é, a Alastair, ós ollamh anois thusa, ní dóigh go mbeidh am ar bith agat d'fhoireann Chorcaí!"

"Corcaigh abú, a Aodh!"

"Agus is cinnte go bhfaighidh an portach scíth!" arsa Aodh.

"Nuair a thiocfaidh an séasúr beidh mé ag baint liom!" arsa Alastar.

"Sleán i gcónaí?" a d'iarr Aodh.

"Ní bhainfinn ar aon dóigh eile! Is mian liom an tseanscil a choimeád agus a chaomhnú, a Aodh!"

Leis sin buaileadh cnag ar dhoras oifige Aodha.

"Tá duine eicínt ag an doras anseo, a Alastair."

"*À bientôt!*" arsa Alastar.

"Tar isteach!" a dúirt Aodh os ard.

Bhrúigh broscán iníonacha léinn isteach.

"Tá an ceistneoir so á chur againn ar chúpla duine den fhoireann," a mhínigh an t-urlabhraí orthu. "Le haghaidh na hirise *Béal Mór*. Ar mhiste leat má chuirimid ortsa é?"

Dhruid an t-urlabhraí níos cóngaraí d'Aodh le go bhfeicfeadh sé na ceisteanna. D'fhreagair Aodh nár mhiste.

"Ó, go raibh míle maith agat!" arsa an iníon léinn. "Iontach! Ar mhiste leat má chuirimid ort anois iad? Iontach go léir! Is í an chéad cheist, mar a fheiceann tú, ná conas a dhéanfá cur síos ort féin i dtrí fhocal?"

Rinne Aodh idir mheangadh is staidéar.

"Tá a fhios agam nach bhfuil sé fuirist!" arsa an iníon léinn, agus rinne sí féin agus a cuid comrádaithe scig-gháire.

"Suáilceach, soilíosach, soilbhir!" arsa Aodh.

"Ó, go hiontach!" arsa an iníon léinn agus a cuid comrádaithe ag ligean scige eile astu. "Ana-mhaith go léir. Tá sé so ana-spórtúil! An dara ceist," ar sí, "dá mbeifeá ar thrá fholamh oileáin cén compánach cáiliúil gur mhian leat?"

"Sophia dheiliúsach Montellina!" arsa Aodh.

Iad curtha dá mbuille, leath meangadh ceisteach ar a n-éadan.

"Ana-mhaith!" arsa an iníon léinn. "Cén leabhar nó albam a thabharfá leat?"

"*Stalking & Hunting* le Maolmuire Welby," arsa Aodh.

Rinne an iníon léinn braiteoireacht bheag.

"Níor chualas faoin gceann san cheana!" ar sí. "A, bhuel! An ceathrú ceist: Cad a chuir an ceann fé is mó riamh ort?"

"Nuair a rugthas orm ag teacht amach as Utopia le mo chuid gléasra!" arsa Aodh.

Níor bhain an freagra sin aon gháire, ámh.

"Cad a chuireann an t-eagla is mó ort?"

"Mo bhean chéile!" arsa Aodh.

Ardgháire neamhurchóideach as na hiníonacha léinn.

"An séú ceist: Seachas i do dhuine cén t-ainmhí gur mhian leat a bheith?"

“I mo chapall!” arsa Aodh.

“Ana-mhaith!” arsa an t-urlabhraí. “An seachtú ceist: Cad ba mhó a chuir díomá ort?”

“Nár ceapadh i m’ollamh mé!”

“Ó!” arsa an iníon léinn.

Ach, i dtobainne, gur iarr Aodh nach scríobhfaí sin síos. “Níl mé ach ag magadh!” ar sé. “Éadmhar atá mé! Ná scríobh é!”

“Cad a scríobhfaidh mé, mar sin?” a d’iarr an iníon léinn.

“Ara, scríobh é más maith leat!” arsa Aodh. “Scríobh é!”

“Maith go leor, an chéad cheist eile, mar sin. Cén t-*invention* daonna is fearr a cruthaíodh riamh?”

“Sophia dheiliúsach Montellina!” arsa Aodh.

“Agus is measa?” arsa an iníon léinn.

“Sophia dheiliúsach Montellina!” arsa Aodh.

Thosaigh na hiníonacha léinn ag scigireacht gháire arís.

“Caithfidh go bhfuil na *hots* agat do Sophia?” ar siad.

“Ó, tá!” arsa Aodh.

“An deichiú ceist: Cén t-aisteoir a roghnófá le do shaolsa a léiriú i scannán?”

“Ní móide gur féidir liom Sophia dheiliúsach Montellina a rá an t-am seo?” arsa Aodh. “Harry Worth, más ea, le bheith lándáiríre!”

“Nuair a bhí tú ar scoil an raibh tú i do *nerd* nó an raibh tú *cool*?”

“Ní rabhas! Bhíos cúthail!”

“Cén múinteoir bunscoile ba rogha leat?”

“Miss Queennie!” arsa Aodh. “Bhíos i ngrá le Miss Queenie!”

“Ó! Ana-mhaith!”

“Agus an raibh a fhios aici?” arsa duine eile de na hiníonacha léinn. “Ana-rómánsúil!”

“Táimid ag teacht gar don deireadh anois,” arsa an t-urlabhraí. “An tríú ceist déag anso agam: Cén múinteoir iarbhunscoile is mó a chuaigh i bhfeidhm ort?”

“Ní dheachaigh aon duine!” arsa Aodh.

"Ó! Níor spreag aon duine acu tú?"

"Níor spreag!"

"Dáiríre?"

"Dáiríre píre!"

"Ar thaitin an ollscoil leat?"

"Thaithnigh! Na mná!"

Gáire beag eile ó na cailíní.

"Ana-mhaith!"

"Bhí an sean-Ollamh le Sean-Ghaeilge i ngrá liom . . . " a lean Aodh ar aghaidh.

"Bhabh!" arsa na hiníonacha léinn.

"Bhí trua ag an Ollamh le Laidin dhom . . . "

"Ó!"

"An-bháidh ag m'Ollamh le Breatnais . . . "

"Ana-mhaith! Ó, ana-mhaith! Dhá cheist fágtha!"

"Cén mana saoil atá agat?"

"Nach fiú snámh in aghaidh easa!"

"Agus an cheist deiridh: An bhfuil aiféala faoi faic ort?"

"Faoi chuile fhaic, tá!"

Rinne na cailíní meangadh báúil.

"Bhuel, táimid críochnaithe anois!" arsa an t-urlabhraí. "Bhuel, go raibh maith agat!"

"Go raibh míle maith agat!" a dúradar ar fad.

Cé go raibh aistí le ceartú aige, ar bhall na huaire seo b'in í an obair ba lú a theastaigh uaidh a dhéanamh. Smaoinigh sé ar a dhul amach faoin aer nó sin triall ar an siopa: *toasted sandwich* nó caife láidir Fair Trade ach go raibh Póilín i dtólamh ag rá leis go raibh an iomarca den chineál sin ceapaire á ithe le píosa aige. Bhorr a mheanma beagán, ámh, nuair a smaoinigh sé go gcuardódh sé an t-idirlíon i gcoinne rud beag pornagrafaíochta.

An chaoi a raibh arduithe gradaim á bhfáil ag comhghleacaithe áirid, iad á gceapadh ina n-ollúna pearsanta mura mbeadh tada eile, bhí sin á thuirsiú. Nárbh é an tAcmhainneach a dhreap an dréimire? Ó Roinn go Dámh, ó Dhámh go Scoil, agus é faoi seo ar na daoine ba chumhachtaí san institiúid ina leasuachtarán!

Chuala Aodh mar a bheadh guth Alastair ag cogarnaíl ina chluais. An guth sin ag méadú ina ghuth muiníneach údarásach. *Sans doute, sans doute! Sans doute*, mar a deireann tú féin, a Alastair!

Cé nár airigh sé an fhuaim thug Aodh faoi deara, ón íocón beag clúdach litreach a léirigh ag bun scáileán a ríomhaire, go raibh ríomhphost úr seolta chuige agus chliceáil sé láithreach uirthi. Ní raibh inti, ámh, ach leimhe ó Mhelchior faoi bhoscaí Trócaire a bhí le bailiú. "Má tá na *goodies* do Thrócaire agaibh fág isteach inniu iad, le bhur dtoil. Aon duine nach bhfuair bosca, ná bíodh sé cráite, tá neart eile i m'oifig agamsa!"

Ar a laghad ar bith bhí frídín grinn sa Moinsíneoir. Mura raibh sé ag déircínteacht faoina leabhar bhí sé ag déircínteacht ar mhodh eile! A Mhelchior, a mhic, má cheaptar i d'easpag amach anseo thú tá an onóir sin tuillte agat! "Fág na boscaí i Sólann na Mac Léinn agus bailcofar, ar a 3.30 i.n., ar an sprioc iad. Ach, mar a deirim, má chailleann tú an sprioc ar chúis ar bith, tabhair do thabhartas síos go dtí m'oifigse, T64A, le hais an aireagail."

Ar chineál *mortification of the flesh* é seo ag an Moinsíneoir? *Self-flagellation*? "Ná bíodh marla i do bheart, le do thoil, ná bréagáin chrua, earraí leictreacha ná irisí."

Céard faoi leabhra? Dá mb'ionann "irisí" is leabhra an gclisfeadh ar an Moinsíneoir fáil réidh leis na cóipeanna neamhdhíolta dá chnuasach? Thug Aodh suntas don téarma "sólann" i litir Mhelchior.

Ríomhlitir dhéirce eile seolta isteach! An t-am seo ó charthanacht a thug Cúnamh uirthi féin, agus buíochas á ghabháil roimh ré aici! "Céad míle buíochas faoin gcúnamh a bhfuil mé cinnte a thabharfas sibh do Chúnamh!"

Bhí cur síos cuimsitheach sa litir ar an obair a bhí ar siúl ag an gcarthanacht seo: ag eagrú béilí le haghaidh daoine bochta. "Samhlaigh dhuit fhéin dhá mba í an tsráid do cheannáras! Samhlaigh dhuit fhéin an fhearthainn ag clagarnach, an dorchadas ag teannadh, ocras i do ghoile, gan ort ach giobail éadaigh! Ach thar easnamh ar bith eile, samhlaigh thú fhéin gan de dhídean oíche agat ach póirse tí, nó bosca carfair nó, níos anacraí fós, *skip* bruscair!"

Ró-iarracht ansin, b'fhéidir, imirt ar na mothúcháin, dar le hAodh, ach mheall stíl na litreach é. Ba dheas leis "ag clagarnach" agus thug sé suntas freisin do na focail "goile" agus "bosca carfair". Dealraíonn sé go bhfuil tréan-Ghaeilge ag an té seo, arsa Aodh leis féin.

Nárbh áirid mar a luadh *skip* bruscair? Eachtra an fhir bhoicht sin le gairid a cailleadh i *skip* bruscair, b'in ba chúis leis an tagairt sin, ba dhóichí. An diabhal bocht go ndeachaigh sé isteach sa *skip* faoi gur shíl sé go mbeadh claibín mar dhíon os a chionn agus teas aige, agus thar aon ní eile go mbeadh síocháin na hoíche aige, saor ó chontúirt. Ach céard a tharla? Gur chaith scaibhtéirí an claibín siar, gur streall siad a gcuid fuail anuas air, gur dhoirteadar peitreal air sin agus gur chuireadar cipín leis. Maidin arna mhárach gur cartadh an conablach isteach i mbolg leoraí, gur sceanadh as a chéile é. "Séard atá muide a dhéanamh, a chara na gcarad, ag iarraidh árasáin a chur ar fáil do na bochtáin seo. Seol ar aghaidh beagán airgid, le do thoil, nó dearbhán ar féidir a bhabhtáil ar airgead."

Pé ar bith cé thú féin is Connachtach thú, arsa Aodh leis féin. Ach cén fáth "fearthainn" in ómós "báisteach" agat? Ana-mhaith go léir, ar sé ansin ag déanamh leathaithrise ar Mhuimhnigh.

Thogair Aodh ar an bpointe go dtabharfadh sé cúnamh beag do Cúnamh, agus mheas sé go mba mhaith an aghaidh ar Mhelchior gur éirigh leis a litirín achainí féin a sheoladh chun cinn ar an gceann seo nó bheadh thiar air.

"Comhghairdeas" a bhí sa chéad ríomhphost eile cé nárbh aon onóir faoi rún a bhí á bronnadh air féin! Nuair a chonaic Aodh go mba cheann roinne eile a bhí ag cur baill dá roinn ar aghaidh bhuail domlas é. Dhá ghaisce á bhfógairt aige, a dúirt an ceann roinne. Ar an gcéad ásc píosa ceoil le comhghleacaí leis, Bróna de Faoite, a chasfaí faoi mheán lae ar RTÉ Lyric fm, agus an dara héacht go raibh iníon léinn, dara bliana dá gcuid, Aisling Ní Mhuiríosa, le bheith páirteach sa chlár cáiliúil *You're a Star*, RTÉ One.

An iomaíocht leanbaí seo idir na cinn roinne, ar Aodh leis féin, iad uilig go léireach, anois, ar a ndeargbhionda ag iarraidh *profile* a roinne féin a ardú. Ach cérbh í Bróna de Faoite? Cén uair a ceapadh ina comhghleacaí í? A Bhróna, ó tá an chóir ghaoithe seo anois leat, ní fada go gceapfar i d'ollamh thú! Ó ceapadh an t-uachtarán nua seo atá orainn, a Bhróna, agus ó d'éirigh léi na struchtúir acadúla nua seo a chur i dtaca, bíonn ceapacháin á ndéanamh ar mhuin mhairc a chéile aici! Ceapacháin mhóra freisin! "An ollamh fós tusa?" "Cén lá inniu é? *Peut être demain!*" "Mura ollamh tú an déan?" "*Peut être demain!*" "Mura déan an stiúrthóir?" "*Peut être demain!*" "Caithfidh gur dochtúir tú ar a laghad ar bith?"

D'fhonn faoisimh cé, dáiríre, gur thuig sé nárbh fhaoiseamh dáiríre a bheadh ann, chliceáil Aodh ar an bpictiúr ba nuaí a bhí faighte aige ó Sophia. Cé go raibh cóip chrua aige de ní raibh sin chomh glé agus, dá bhrí sin, chomh spreagúil, leis an gceann ar an ríomhaire. Má scairt sé "*sans doute*" faoi thada riamh ba i dtaobh cholainn Sophia sa phictiúr seo é! Má cruthaíodh ógbhean riamh a raibh ceathrúna fuinniúla folláine aici, corróga is cabhail shnoite, ba í an Sophia seo an ógbhean sin! A básta caol, amhlaidh, agus a brollach teann. A liopaí suntasacha dearga, a cuid fabhraí fada, agus a folt dubh.

Ach mar fharasbarr ar chuile ní eile ba í an chulaith ar leith a bhí sí a chaitheamh ar an gcolainn ar leith seo aici – culaith de bheilteanna leathair ar dhath na huidhre, fáiscthe lena craiceann crón ó ghuaillí go gorúin – ba í seo a tharraing an aird agus a d'oibrigh mar lasc. An brat beilteanna seo, ceann ar cheann le taobh a chéile, iad stodaithe ina chéile le scriúnna. Strapa eile de bheilt fhada ag síneadh óna bráid go dtína gabhal, sraith stodaí ar a fhad sin freisin. An strapa sin ag casadh isteach claise a gabhail agus suas cúl a droma go baic a muiníl.

Brat beilteanna mar bhroid ar a bráid, agus mar leathchochall ar a ceann, sa chaoi is go raibh a cloigeann neadaithe i gcupán ann. Láimhíní fada, lúide a gcuid méaracha, óna dhá bois go dtína dhá huillinn. Idir uillinneacha is géaga uachtair fágtha leis. Muinchillí mionghearra. Iad seo uilig gona gcuid sraitheanna stodaí.

Culaith *erotic*, *sans doute*, arsa Aodh leis féin. Cén fáth, a Sophia, ar roghnaigh tú a leithéid seo culaithe, ar chulaith bhraighdeanais ar dhóigheanna í? Ab é, a Sophia, gur fhulaing tú mí-úsáid le linn t'óige ach leis an gculaith aduain álainn seo anois go bhfuil tú ag baint tairbhe as an eispéaras sin? An gad gabhail údaí, a Sophia, maith dhom as é a rá ach is cinnte go ndéanann sé cosaint mhaith ar do phuisín! Ó, a Sophia, a mhuirnín, b'aoibhinn liom do leasrach ríoga a líochán!

Chuile dhiabhal ceann roinne ar bís ag iarraidh a roinn féin a chur i lár an mhargaidh! An *tally* ríomhphostanna seafóideacha comhghairdis seo a sheoltar thart go laethúil! *Celebrity* á dhéanamh de seo, *star* de siúd! Mura bhfuil barraíocht *spam* againn cheana féin! Agus anois, anuas air seo, iarracht á déanamh ar ainm an choláiste a athrú! B'fhéidir nach bhfuil sa gcoláiste – nach raibh riamh inti – ach seanfhoras oideachais ar an bhfásach í ag feidhmiú mós i ngan fhios don saol ach níor fhága sin nach raibh sí ag feidhmiú! An t-ainm a athrú? B'ionann sin is neamhshuim a dhéanamh dá stair!

Chinn Balthazar ar ghlaoch a chur ar Chaspar.

"*Frig* thú, a *chunt*!" ar sé, "thú ag ligean cruóg ort féin!"

D'éirigh Balthazar óna chathaoir gur shiúil sé go dtína chlár fógraí ar an mballa go bhfeicfeadh sé an raibh rang ag Caspar. Mura mbeadh sé imithe go dtí an siopa? A raibh de bhaill foirne anois nár fhreagair a bhfón, daoine den seandream ag éirí chomh seiftiúil leis an dream nua!

D'fhreagair Caspar an dara turas, ámh.

"Bhí a fhios agam, a *chunt*, gur i bhfolach nó i do chodladh a bhí tú! Ar thug tú faoi deara a dtáinig de *spam* isteach ó mhaidin? Caithfidh gur dóigh le boc sin an cheoil gur lon dubh chuile bhall aige! Deile ach *spam* an fhógraíocht seo faoi *celebs* agus *star*anna?"

"An fhógraíocht seo ar fad faoi fhad boid!" arsa Caspar.

"Is fearr liom í sin ná an ráiméis eile!" arsa Balthazar.

"Dhá nó trí orlaí sa mbreis á dtairiscint!" arsa Caspar.

"Tusa anois chomh dona leis an m*bollocks* eile!" arsa Balthazar. "Ach leis an méadú sin ar ghró chuile fhear anseo dhéanfaí sárobair! Dhá bhféadfaí, ar chor ar bith, an t-eolas seo a choinneáil ina rún ó na hinstitiúidí eile! Tóraíocht seachas taighde, a chomrádaí, agus bheadh rith an ráis linne! Fonn a níos fiach mar a deirtear agus bheadh maoiniú ag sruthlú chugainn!"

"Rud is maith liomsa," arsa Caspar, "na hainmneacha galánta a bhíonns ar na mná a sheolann na litreacha seo: Olga, Wilma, Christa, Jana, Sophia, Lourda . . . "

"Dar uacht an tsicín, a Chaspair, is measa thusa ná an *bollocks* reithe eile!" arsa Balthazar. "Ná bíodh an iomarca teaspaí ort mar ní móide gur ó mhná ar chor ar bith na litreacha sin."

"An lúcháirí le bean, dar leatsa, earra fada?" a d'iarr Caspar lándáiríre.

"A Chaspair, a chomrádaí liom, más bean súlach atá i mbun do ghnó cén druga eile a bheadh ag teastáil?"

"Ba é a dúradh liom ar ball," arsa Caspar, "faoin raidhse *spam* sin ar maidin gur *side effect* ón ngearradh siar cumhachta sa *server room* é. De réir dealraimh níl an *mailmarshall server* ag obair i gceart."

"An raibh ariamh, a Chaspair? Pé ar bith é, a leanbh, ní chuige sin ach chuige seo atá mé ag glaoch ort. Fonn ar bith ort rud beag comhrá a bheith againn? Bhuel, má tá tú saor anois? Faoi cheann deich nóiméad nó mar sin?"

Ar a mbealach go dtí an ceaintín casadh Balthazar agus Caspar ar a chéile ar Shiúltán Fatima ach chas Balthazar faoi dheifir go ndeachaigh sé suas an staighre go dtí an leithreas *mezzanine*, Caspar ina bhromach bliana ar a shála. Níor luaichte Caspar sa leithreas ná gur thosaigh sé ar a shainphortaireacht: "La, la, la! Do, do, do!"

"A chonúis," arsa Balthazar, meangadh air.

"Bhuel," arsa Caspar, "tá daoine a deireann gurb é an beart is pléisiúrtha do dhaoine ár n-aoisne ná a gcac a scaoileadh i mbabhla leithris ach . . . "

"Ó, muise, muise, muise, a scrataí, sin seanfhealsúnacht a bhfuil an caonach liath éirithe ina fhéasóg fhada uirthi!" arsa Balthazar. "Ach an bhfuil a fhios agat go bhfuil rud amháin ag tabhairt pléisiúir inniu domsa thar laethanta go leor," ar sé, agus dheamhan ar thug sé dóthain ama do Chaspar lena "céard a thugann?" a iarraidh, "go bhfuil sé ina rilleadh báistí amuigh! Agus an bhfuil a fhios agat, a chara na gcarad," ar sé ansin le straois, "cén fáth an lúcháir phléisiúir sin faoin mbáisteach orm? Tá sin, a chomrádaí, faoi go bhfuil an tAodh sin le grúpa mac léinn amuigh fúithi i ngort draoibeach eicínt!"

"Cén 'tuí' sin agat?" arsa Caspar.

"Í nó é, is é Aodh ár n-ae!" a scairt Balthazar.

"Bí ag caint ar chleas an chait!" arsa Caspar. "La, la, la! Do, do, do!"

"Á éist do bhéal a sheanmhoilt lofa!" arsa Balthazar.

Ar fheadaíl íseal a chas Caspar ansin.

"Is measa fós an port sin!" arsa Balthazar. "Samhlaímis ár nAodh go rúitíní i bpuiteach agus nuair a éilíonn sé foscadh i dtom go dtálann na dealga géara fuil as a thóin, a chonách sin air an pleota! Go mbí sé ina líbín fliuch báite! Gan ar siúl ag an leibide ach aithris ar an dream aimléiseach seo a thugann *fieldwork* ar lá faoin tor!"

"Meas tú an bhfuil an Gearrán greadaithe in éineacht leis?" arsa Caspar.

"Ní chuirfeadh sé ala iontais orm cá rachadh seisean!" arsa Balthazar. "Más gearrán fhéin é rachadh an leidhb sin in airde air fhéin! Thuigfeá do lucht na staire, a Chaspair, nó do lucht na tíreolaíochta, ach an *bollocks* seo atá in ainm a bheith ag múineadh teanga! Más teanga stairiúil fhéin í!"

"Cuairt ar dhúiche file, is dóichí," arsa Caspar.

"Ó, muise, an sean*bhollocks*!" arsa Balthazar.

"Súil go ndéanfar ollamh dhe amach anseo, b'fhéidir?" arsa Caspar.

"Bhuel, is cinnte go mbíonn an drochshúil sin aige!" arsa Balthazar.

"Agus cloisim go bhfuil sé tiontaithe le tamall ar an ngalf!" arsa Caspar.

"Sa tóir ar a *hole in one* ní foláir!" arsa Balthazar.

"Agus é fós ag marcaíocht, creidim," arsa Caspar.

Phléasc Balthazar sna trithí gáire.

"Bí ag caint ar mhuic ar chapall!" ar sé. "*A pig on a horse!*"

Amach as an leithreas le Balthazar, Caspar ina dhiaidh. Síos an staighre leo. Faoi chlé faoi dheifir, go ndeachadar isteach sa cheaintín.

"Ar léigh tú *Gabhal-Luachair*?" arsa Caspar.

"Saothar nua an bhoic?" arsa Balthazar. "*Gabháil Luachra*, a thabharfainnse ar dhramhaíl an phíobaire aon phoirt seo! Níor léas agus ní léifead. Ach mar sin fhéin go dtabharfad léirmheas dhuit air! Leadrán, leimhe, easpa teannais, eagarthóireacht mhór ag teastáil, saothar an-duairc, searbhasach, gangaideach nó, b'fhéidir an-bharrúil cá bhfios?"

Chaoch sé súil ar Chaspar. "Fág fúm é!" ar sé. "Tá an príomhcharachtar agus a chomhghleacaithe sa saothar seo teanntaithe i saol institiúideach coláiste. Portráid institiúideach atá ann, í stadach, marbhánta. Bradbury a rithfeadh le duine ach gur sícé aistreánach, ghabhlánach, atá anseo. B'fhéidir gur iarracht ar aoir é nó ar scigaithris ar fhoras léinn a bhfuil teipthe glan uirthi. Bheifí ag súil go mbogfadh an 'scéal' amach nó in airde nó síos – sa duibheagán ar fad – ach 'gluaiseann' sé ar aghaidh ar phlána leibhéalta, monatónach, meirtneach, gan de thoradh ar deireadh ach an t-achasán. An bhfuil an t-údar ag maíomh go maraíonn an saol institiúideach an t-anam sa duine, gur seargadh atá i ndán don té sin? Téis í sin seachas úrscéal agus ba ghá athstruchtúrú ó bhonn a dhéanamh. Ní mór iad na pearsana anseo a dtabharfaí cion dhóibh – ach ní gá go dtabharfaí – san ifreann comhaimseartha seo. Bheifí ag súil, ámh, go mbeadh léargas eicínt breise ar an saol ifreanda thairis mar atá á thairiscint anseo, sé sin go dtiocfadh pearsa eicínt ar léargas fuascailteach, daingníodh an léargas údaí an t-ifreann nó ná déanadh. Ach ní léir go bhfuil sé de mhisneach ag an bpríomhphearsa imeacht le saol craicinn an ghréasáin dhomhanda fhéin. Cogar, a Chaspair, an úrscéal nó cnuasach gearrscéalta atá faoi chaibidil agam?"

Chroith Caspar a chloigeann, ruithne ina shúile, straois fhada ar a ghnúis.

"Bí ag trácht ar rois urchar, a dhuine!" ar sé. "Go bhfága Mac Dé an tsláinte agat, a bhuachaill!" é ag cuimilt an allais, mar dhea, óna bhaithis. "Ach tá an teanga go maith ann, nach bhfuil an ceart sa méid sin agam?"

"Tá sin seanfhaiseanta, an saol atá anois ann!" arsa Balthazar.

"Cur síos taithneamhach ar an dúlra aige," arsa Caspar.

"Crainnte is féileacáin!" arsa Balthazar. "Fágtar an *gobbledy gook* sin faoin bhFlaitheartach! Áilleacht an dúlra is na huaire, a Chaspair, tá an seachmall sin á scríobh ag filí ó aimsir na ndíthreabhach!"

Pléasc eile gáire ó Bhalthazar.

"Dháiríre píre bím ag riastradh péine nuair a smaoiním ar a bhfuil de dhea-pháipéar curtha amú leis an neamhchruthaitheacht seo! Athrú poirt ná forbairt ná leathfhorbairt fhéin níor tháinig ariamh ar an 'mór-ealaíontóir' seo. Pilibín an aon phoirt, a Chaspair. Dhá mbeadh *limerick* lofa nó corr*haiku* Zenúil fhéin aige!"

Síos leo go dtí cúinne cúlráideach.

"Séard is mó a theastaíonn uaim labhairt leat ina thaobh ná an iarracht seo atá á déanamh le píosa ar ainm an choláiste seo a athrú," arsa Balthazar.

"Ceapaim fhéin nach bhfuil aon ghá leis," arsa Caspar.

"Tagaim go huile is go hiomlán leat," arsa Balthazar, "níl aon ghá, gá ar bith! Is fada an coláiste seo ar an saol agus *record* maith aige."

"Cén Ghaeilge atá ar *record* sa gcás seo?" arsa Caspar.

"Níor chóir a mbealach a ligean leo, a Chaspair," arsa Balthazar.

"Cén Ghaeilge a chuirfeá ar *record* sa gcomhthéacs seo?" arsa Caspar arís.

"Féadfaidh tú an cheist sin a chur ar Phréachán na gCearc ar ball," arsa Balthazar, "nuair a thiocfas sé ar ais óna *fhieldtrip*, é fhéin is a ghearrán, ach nach gcuirfinn ceist ar bith ar an m*bollocks* céanna! Níor chóir a mbealach a ligean leo!"

"Ní dóigh gur 'ceirnín' é ar aon nós?" arsa Caspar.

"Is cinnte nach 'ceirnín' é, a phleidhce!" arsa Balthazar. "'Ceirnín', sin rud eile ar fad! Ach, a Chaspair, an chaoi a bhfuil tusa ag imeacht ní fada go mbí tú fhéin i do cheirnín! *Inferiority complex!*" ar sé le stuaim. "Athrú ainm, athrú pearsantachta! Tá cáil agus eolas i bhfad is i ngearr ar an institiúid seo agus cé go mbíonn muid ar fad – agus mé fhéin is measa go minic – á dhíspreagadh agus á lochtú amanta – agus ní drochrud é sin – cén fáth a mbeimis ag iarraidh ár n-aitheantas a chealú?"

"Tús úr, ag 'scuab nua', mar a déarfá, is dóigh," arsa Caspar.

"Cealú staire, a Chaspair!" arsa Balthazar. "Ní hionann é seo, a Chaspair, agus ainm nua a chur ar pháirc peile nó ar ráschúrsa!"

D'íbh Balthazar súmóg eile dá chuid caife agus shlog sé smailc eile dá bhonnóg mhilis. Scríob sé mar a bheadh cuileoigín dá shrón.

"Níl a fhios agam!" ar sé.

"Níl's!" arsa Caspar.

"Ach tá mé ag rá rud amháin leat, a Chaspair, go bhfuilimse leis an tréas seo a throid go bás! Go bun an amhgair! *Tooth and nail*, mar a deir an ceann eile, a Chaspair!"

"Cén Ghaeilge a chuirfeá ar *tooth and nail*?" arsa Caspar.

"Níl a fhios agam sa foc, a Chaspair, agus is cuma liom sa foc! Ach tá mé a rá anois leat, a chomrádaí, nach scaoilfidh mise go réidh leo ina gcomhcheilg!"

"*Tooth and nail*," arsa Caspar arís. "Troid *tooth and nail*! Is maith liom an nath sin, ach gur mhaith liom a chomh-mhaith de nath a bheith sa nGaeilge."

"Troid chrobhingne is chrobhfhiacla a déarfadh Titley!" arsa Balthazar. "Cé is cinnte go gcuirfeadh sé tuilleadh leis, crobhdhrandail, crobhliopaí, crobhshúile, crobhfhabhraí, creabhair is cruimheanna! Nó mar a déarfadh an ceann eile acmhainn do thóna a chur le do ghró!"

"Is féidir foclóir téarmaíochta a fháil ar do ríomhaire anois ach pacáiste a bheith agat," arsa Caspar.

"Pocaide! B'fhearr pocaide, a Chaspair!" arsa Balthazar le sult. "Ach, mise i mbannaí dhuit, go dtroidfeadsa . . . !"

"Gabh mo leithscéal nóiméad faoi theacht romhat, " arsa Caspar, "ach an bhfuil cipín cuimhne agatsa le haghaidh do ríomhaire? Na ríomhairí is nuaí, creidim nach féidir diosca liopastach a úsáid ar chor ar bith iontu. Dar an scéal tá ríomhaire nua faighte ag Aodh."

"Thar cionn, a mh'anam, dea-scéala, slán an tsamhail ach, mise i mbannaí dhuit, mar a deirim, beidh raic ag an gcéad chruinniú ceardchumainn eile! A leithéide raic nár facthas le fada ó aimsir na dtuáillí sa leithreas *mezzanine*, a Chaspair!"

"Ní hí troid na mbó maol nó troid bhó na leathadhairce mar sin a bheas an t-am seo ann!" arsa Caspar. "Cén Ghaeilge a chuirfeá ar *mezzanine*?"

Bhuail spadhar Balthazar.

"Bhuel, bhuel, bhuel, nuair a thiteann tusa isteach sa néal seo is measa thú ná do chacamas leithris: 'La, la, la! Do, do, do!' Bíonn tú mar dhuine atá imithe sna sióga nó sna cearca fraoigh! Nó sin mar dhuine a bhfuil fóidín meara air!"

"Fóidín meara nó mearbhaill?" a d'fhiafraigh Caspar.

"Dheamhan amhras ar bith, a Chaspairín, ná go bhfuil an dá ghalra sin ortsa, an sliabh gortach sa mullach orthu! Cé go n-abraítear nach dtagann an galra sin ach ar an té a bhfuil a bholg folamh!"

"Gabh mo leithscéal!" arsa Caspar, mar dhuine a dhúisigh i dtobainne. "Beidh in árach is in adharca mar sin, a Bhalthazair, a fhir mhaith! Ach an bhfaca tú an scéilín sin ar pháipéar na maidne faoin bhfear sin a bhí ag *flash*áil?"

"Cé leis?" arsa Balthazar.

"Bhíodh sé ag siúl i ndiaidh na mná seo á *stalk*áil!" arsa Caspar. "A bhod amuigh aige!"

"Ar bior, ar nós tairbh i ndiaidh bodóige, ní foláir?" arsa Balthazar. "Seanbhod sa tóir ar bhod óg!"

"Nuair a chasadh sí siar ritheadh sé!" arsa Caspar.

"Agus is dóigh go mba mhaith an oidhe sin air?" arsa Balthazar.

"Fear pósta, an-chiúin, de réir dealraimh. Cé go n-abróinnse go mba mhó de chás *tease and denial* é!"

"Níl dabht ar bith!" arsa Balthazar.

"Gearrfar téarma príosúntachta ar an diabhal bocht agus cuirfear ar chlár na gciontóirí gnéis freisin é," arsa Caspar.

"Ó, gearrfar é, siúráilte!" arsa Balthazar. "Ach an diabhal bocht ní móide go ndéanfadh sé tada ar an scubaide! Ceanna de na mná *tease and denial* seo is measa ná *sadists* iad an chaoi a ngléasann siad iad fhéin! Ach an lá atá inniu ann baineann stiogma uafásach le coir chraicinn de chineál ar bith!"

I dtobainne chuir Balthazar goicí chun imeachta air féin. D'éirigh sé óna chathaoir gur shiúil sé faoi dheifir amach as an gceaintín, Caspar sna sála air. Ag dul thar dhoras sheomra na foirne dó chas Balthazar isteach go gcuardódh sé a bhosca litreach, Caspar ina dhiaidh.

Cé a bheadh istigh ach Máistreás na Coille, í ina seasamh agus ag tabhairt óráide, agus nuair a chonaic sí an bheirt isteach chuir sí fáilte rompu, ag rá nach raibh sí ach tosaithe, gur ag tabhairt na nuaíochta is déanaí a bhí sí faoi dhea-scéala an Aire Oideachais.

Cineál slítheánta, théaltaigh Balthazar go dtí an chathaoir ba ghaire dó, Caspar go dtí cathaoir eile lena ais.

"Mar a d'inis mé don chuid eile agaibh," arsa an tUachtarán, "níl ann ach maidin inniu ó tháinig an dea-scéala agus cé go bhfuil sé á scaipeadh cheana féin ag an rúnaí acadúil i bhfoirm ríomhphoist tá mé ag tapú an deis so chun é a roinnt i bpearsain leis an bhfoireann . . . "

"Thaithneodh an tuiseal tabharthach sin aici le hAodh!" arsa Caspar i gcogar.

"Ara, muise!" arsa Balthazar.

"Mar a thuigeann sibh," arsa an tUachtarán, "is fada comhráite ag dul ar aghaidh idir an coláiste so, an tAire Oideachais, agus an tÚdarás um Ard-Oideachas, faoi chúrsaí tógála. Comhráite fada. Ach, buíochas le Dia, tá dea-thoradh faoi dheireadh orthu. Mar a deirtear: faigheann foighid faoiseamh freisin!"

"Dia dhár réiteach!" arsa Balthazar.

"Tá cead faighte againn halla mór amharclainne a thógáil," ar sí, "a mbeidh spás inti do shé chéad duine! Cuimhnigh air san. Os cionn leithmhíle suíochán!"

"In ainm Dé!" arsa Balthazar.

"Thaithneodh an caol le caol sin aici i 'leithmhíle' le hAodh!" arsa Caspar.

"Fágann so, a dhaoine uaisle, go mbeidh an amharclann is fairsinge sa chúige sa choláiste so againne!"

Thóg sí tost beag.

"Is deacair cur suas leis an ngalamaisíocht fhéinmholta chaca seo!" arsa Balthazar.

"Tá tuilleadh freisin ceadaithe," arsa an tUachtarán, "ach ní mian liom sibh a choiméad rófhada ó bhur gcaife! Cuirfear go mór leis an leabharlann agus leis an lútharlann thuaidh . . . "

"An ghaoth aduaidh!" arsa Balthazar.

"Gheobhaidh sibh an t-eolas so go léir ar bhur ríomhairí i dteolaíocht bhur n-oifigí . . . "

"Mura bhfuil an *troubadour* ar ais óna *fhieldtrip*!" arsa Balthazar. "Agus an t-amparán eile in éindí leis! Bhfeiceann tú thall iad, chuile shiolla as a béal seo á bholaíocht acu! An tAodh sin, cheapfá air gurb í Jennifer Lopez ina *lingerie* atá ina seasamh roimhe!"

"'Éadaí cnis' atá ar '*lingerie*'," arsa Caspar.

"*By dad!*" arsa Balthazar.

"Ar mhaith le haon duine aon cheist a chur?" a d'fhiafraigh an tUachtarán.

"An chaint seo ar ainm an choláiste a athrú," arsa Balthazar, "cén fáth . . . ?"

"I gcead duit ní dóigh liom gurb é so an tráth chuige san," arsa an tUachtarán.

"Cén fáth?" a dúirt Balthazar.

"Phléamar an cheist so cheana!" arsa an tUachtarán.

"Cén fáth?" arsa Balthazar. "Cén fáth nach . . . ?"

Níor ceadaíodh do Bhalthazar a cheist a chríochnú.

"Gabh mo leithscéal," arsa an tUachtarán, "teastaíonn uaim a rá libh go bhfuil Stiúrthóir Margaíochta ceaptha againn agus tá mé cinnte gur mian linn go léir ár ndea-mhéin a chur in iúl dó san obair mhór phráinneach so atá amach roimis."

"Stiúrthóir eile!" arsa Balthazar i ngos íseal.

"Tá a fhios agam céard a déarfas Aodh!" arsa Caspar.

"Á, muise!" arsa Balthazar.

"Go raibh míle maith agaibh go léir," arsa an tUachtarán. "Leanaimis ar aghaidh leis an obair!"

Láithreach bonn baol léim Balthazar as a chathaoir agus amach an doras leis, Caspar ar a shála. Suas an staighre beag leo beirt, isteach i leithreas an *mhezzanine*.

"Ní thabharfainnse bualadh bos dhi sin!" arsa Balthazar. "Nach bhfaca tú an chaoi ar sheachain sí mo cheistse? Ach, *by dad*, tabharfar dhi fós é! Ina straois! Sé an ceardchumann a *bête noire*!"

"La, la, la! Do, do, do!"

"As ucht Dé ort!"

"Mar a deireann tú fhéin is é an trua é nach bhfreastalaíonn níos mó ar na cruinnithe ceardchumainn," arsa Caspar.

"An dream óg!" arsa Balthazar. "Táid sin ag éirí róneamhspleách! Ar an mboc sin Aodh a leagaim an locht faoi sin. Ba é an bastard déchosach sin Aodh a thosaigh an neamhshuim! Ach ar chuala tú tafann na bitse sin? Ar chuala tú an líon mac léinn a raibh sí ag maíomh astu? Cé méid mac léinn, dáiríre, atá sa gcoláiste? Bhfuil na ceithre mhíle ann mar a mhaígh sise?"

"Diabhal a fhios agam cá bhfuil siad má tá!" arsa Caspar.

"Idir BOidanna, BAanna, Luath-Oideachas, Síceolaíocht, Socheolaíocht, na céimeanna máistir, na céimeanna dochtúireachta – iad uilig go léireach – an mbeadh na ceithre mhíle ar an gcampas?" arsa Balthazar.

"Nuair a chuireann tú mar sin é, bheadh, is dóigh," arsa Caspar. "Cé nach mbeidís uilig go léireach ar an gcampas in éindí, bíonn dreamanna acu ar sheach-champas."

"An raibh tusa anseo nuair nach raibh ach cúpla céad ann?" a d'fhiafraigh Balthazar. "Ní raibh foireann á hearcú ná tada an t-am sin. Ráflaí ag dul thart go ndúnfaí an coláiste. Níor ráflaí ach oiread ach go ndeachthas siar ar an gcinneadh i ngeall ar bhrú polaitíochta!"

"Bhí sin ligthe i ndearmad agam," arsa Caspar.

"Réamhfabanna agus rófabanna! Bím ag smaoineamh, amanta, gurbh é an trua é nár dúnadh síos an áit ar fad! Bím amanta agus is é an fonn a bhíos orm tine a thabhairt don áit bhrocach! Dáiríre píre, a Chaspair, is minic a smaoiním go mba é an truaí é nár caitheadh muid ar fad ar an gcarn aoiligh agus go gcaithfeadh muid iomaire eile a chuardach. Bhí muid sách óg an t-am sin le bheith fiontrach. Cá bhfios cá mbeimis anois? Déanaim aislingí agus tramhóiste amanta faoi sin, a Chaspair."

Ní túisce an ríomhphost faoin gcleachtadh múinteoireachta clingeáilte isteach ar a ríomhaire ná Aodh lena shnáthaidín *cursor* mar sheabhac anuas air. Scrolláil sé síos tríd an liosta go dtáinig sé ar a ainm féin.

Iarthar Chorcaí a bhí uaidh ach níorbh é a fuair sé agus

bhuail taom feirge ar an bpointe é. Go hIarthar Mhaigh Eo a bhí sé á chur. Cé bhí ag dul go dtína cheantar seisean, mar a bhí sé a thabhairt ar Iarthar Chorcaí?

Bhí an ceantar a bhí uaidh curtha in iúl aige don stiúrthóir. Arís eile bhí neamart déanta aigesean air. "Iarthar Chorcaí, le do thoil. Ní raibh mé in Iarthar Chorcaí le tamall. Is aoibhinn liom Iarthar Chorcaí."

Mura rabhthas le haird a thabhairt air cad chuige ar cuireadh an cheist air ar chor ar bith? Tugadh foirm an duine do na feitheoirí ar fad, ainm chuile cheantair ina raibh mac nó iníon léinn le bheith ag múineadh breactha uirthi, agus iarradh orthu a gcéad, a ndarna, agus a dtríú rogha a líonadh isteach. Iarthar Chorcaí, Iarthar Chorcaí, Iarthar Chorcaí, b'in iad na trí rogha a bhí aige féin. Nóta beag ag an stiúrthóir ag bun na foirme ag rá go mb'fhéidir nach bhféadfaí a chéad rogha a thabhairt do chuile dhuine agus go mba oth leis sin. Bhuel, a bhitse, arsa Aodh, is cinnte nár thug tú sin domsa, ná mo dharna, ná mo thríú!

Murach nár fhreagair an stiúrthóir a fón bheadh sé sin curtha in iúl go borb ag Aodh dó. É fós ag fiuchadh feirge. Cé a bhí á chur, nó á ligean, go hIarthar Chorcaí? Dheamhan iontas ar bith a bheadh ar Aodh dá mba é Balthazar é. Ó, a dhiabhail na ndeamhan, níorbh é ach an Gearrán! Ní raibh ráite riamh ag an sceartachán sin leis gur shantaigh sé Iarthar Chorcaí! Ach go mb'in go díreach an cineál é an Gearrán! Nár labhair sé amach faoi rud ar bith! Cé, ansin arís, gur labhair sé faoi go leor ach nár nocht a chomhrá tada. Bhuel, a Mhaighdean, an Gearrán! An Gearrán lena chulaith ghaisce! Murab ionann is mórán chuile dhuine eile – go fiú is Balthazar a bhí coimeádach go leor i bhfaisean – níor chaith an Gearrán riamh d'fheisteas ach culaith. Go fiú is ar a *thrip*eanna ar fud na tíre ba chulaith trí phíosa a bhí síoraí ar a chabhail. Culaith trí phíosa amach as an siopa: seaicéad, casóg agus bríste. Agus carbhat, ar ndóigh.

Bhuail spadhar dímheasa Aodh i leith an Ghearráin. A dhíograisí i gcónaí, thar aon duine eile, is a bhí an diabhal, má ba dhíograis í! A *wheelbarrow* is a shaineire *handouts*! A Mhuire

Mhór, a thrucail lán go boimbéal! "Dheamhan a bhfágfaidh tú bile i bhfíobha, a Ghearóid!" A ionsaí ar nós firéid i gcoinicéar a rinne an Gearrán faoin mórmhasla sin, mar a mheas sé. De thoradh na fíoch feirge sin deile a dhéanfadh an diabhal bocht ach mant eile a bhaint as balla? "Nach gcuirfeá miúil idir na leath-laithe, a Ghearóid?" Mar chapall ceáfrach ag baint greamanna as a bhéalbhach bhorr barr cúir ar bhéal an Ghearráin.

An Gearrán in Iarthar Chorcaí, Aodh in Iarthar Mhaigh Eo, Balthazar i Sligeach agus i nDún na nGall, Caspar in Iarthar Chiarraí, an Corcaíoch i gContae Longfoirt, i gContae an Chábháin agus i gContae Mhuineacháin.

Scrúdaigh Aodh an léarscáil. Ó, a Mhaighdean Álainn, ní raibh dabht ar bith ach go mba iad Balthazar agus an tOllamh Alastar Acmhainneach Ó hAirtnéide na buachaillí amhantracha a mbeadh na pingneacha breátha costaisí á ngnóthachtáil acu! A gcuid scoileanna siadsan araon scaipthe ar fud na dúiche! Sea, a mhaisce, bheadh Balthazar ag tabhairt sciuirdeanna thar theorainneacha isteach i gContaetha Liatroma agus Ros Comáin chomh maith le réigiúin Shligigh agus Dhún na nGall. Mar thoradh ar an gcleachtadh múinteoireachta seo amháin bheadh Balthazar sách láidir le *villa* eile a cheannach! Sa mBrasaíl an t-am seo!

Agus, a Mhuire Mháthair, i dtaca le hAlastar Acmhainneach de, céard a dhéanfadh seisean leis an tsomhaoin a bheadh saothraithe aige? Portach eile a chur faoina bheilt? Liúntaisí ceann roinne sa mullach ar a liúntaisí ollaimh sa mullach ar a liúntaisí feitheoireachta! Don té mar Alastar a raibh spéis i bportaigh aige d'fhéadfadh sé infheistíocht a dhéanamh sa gceantar thuaidh ar fad!

Agus, thuas ansin cois Teorann dhó, ní i bportaigh amháin a bheadh suim an Acmhainnigh. Ní raibh dabht ar bith ach go dtapódh an buachaill críonna sin a dheis, bheadh seisean isteach is amach thar Teorainn ag ceannach peitril ar sladmhargadh, bréagáin agus chuile chineál earra eile! *Sans doute*, mar a déarfadh Alastairín féin, bheadh a chuid bréagán Nollag sactha in am ina chuid stocaí aige! Móide a chuid bréagán Cásca móide chuile lá ceiliúrtha eile!

Sans doute, bheadh Balthazar cleasach isteach is amach thar Teorainn chomh maith!

Sea, go deimhin, b'fhearr na pingneacha airgid a bhí le gnóthachtáil thuaidh ná theas, ach ní údar maoine faoi deara ag Aodh a bheith ag iarraidh a dhul ó dheas. Ná níor údar gréine ach oiread é. Beanntraí, an Gleann Garbh, Leithinis Bhéara, Dún Mánmhaí, Cloich na Coillte, Droichead na Bandan.

Dún Mánmhaí, an áit arbh as do Sam Maguire. Cloich na Coillte, b'in í an áit ab fhairsinge crotacha sa tír. Ros Ó gCairbre, an áit ab fhairsinge lapairí trá.

Ach, i dtaca le hAodh de, ní hí an pheil ná na héin na hairíonna ba tharraingtí ar chor ar bith faoi Iarthar Chorcaí ach na hoileáin agus na hionaid mharcaíochta: Cliara, Oileán Bhéara, Oileán Baoi, Oileán Uí Dhrisceoil, Inis Airc, Gairinis, Oileán Faoite.

Oileán Faoite na dtaincaer ola, ó na toibreacha ola ba mhó sa domhan. Ar Oileán Faoite a bhí an stóras ola ba mhó in Éirinn go dtí gur tharla an timpiste. Oileán Faoite, Inis Airc agus Oileán Bhéara, bhíodar frídín róghar don tír mhór, le hais Oileán Cléire, a raibh turas fada farraige le déanamh chuici. Cléire na maidhmeanna arda, na ngainéad, na gcailleach dubh, na lúmaí sceiteacha.

De bharr an tsrutha chontúirtigh sáile idir í is an tír mhór ba fhiontraí fós triall ar Oileán Baoi ná ar Oileán Cléire. Bíodh is a chóngaraí don tír mhór is atá sí, an bád fhéin ní théann go dtí an t-oileán beag seo níos mó! Más uait a dhul ansin is isteach i gcarrchábla a chaitheas tú a dhul!

Cáil domhanda ar Ghairinis i ngeall ar a gairdíní Seapánacha, agus i ngeall ar a luchtaithe le feamainn agus le rónta is a bhíonn a cuid cladaí, agus an líon mór éanacha mara a bhíonn ag seadachan inti.

Ach le linn an chleachtaidh mhúinteoireachta fhada seo ba é

Gearóid, agus níorbh é Aodh, a bheadh ag fionnachtain na n-oileán seo. Ach an mbeadh? Níorbh aon fhionnachtaí ar an modh seo Gearóid.

Bhuail dealg eile feirge Aodh. Tuige nach ndeachaigh sé caol díreach go dtí an stiúrthóir lena dhíomá a chur in iúl? A rá te bruite lena smut nach raibh sé sásta! I gCom an Óir, láimh le Beanntraí, a bhí ceann de na hionaid mharcaíochta ab fhearr i gCúige Mumhan agus, faoi mar a réitíodh cúrsaí, dheamhan deis uirthi a bheadh aige!

Dá mba ó thuaidh féin a cuireadh é! Contaetha deasa ba ea Longfort, an Cábhán agus Muineachán bíodh is nár oiread sin caibidle a chloisfeá fúthu. An t-ionad marcaíochta ba mhó in Éirinn is i nGlasloch Mhuineacháin a bhí sí, ach is faoi stiúir an Acmhainnigh, nár luar leis an sioc ná ionad marcaíochta, a bheadh an dúiche álainn seo!

Chling ríomhphost úr isteach, agus nuair a chonaic Aodh go mba ó Sophia Montellina í d'oibrigh sé a luichín láithreach uirthi. Litir agus pictiúr ina teannta. "A ghrá ghil, tá áthas orm gur thaithnigh mo chulaith nua Lady Gaga leat agus tá súil agam go mbeidh tú chomh sásta céanna leis an ngrianghraf seo!" D'inis sí cár cheannaigh sí an chulaith agus luaigh sí ainm an té a dhear. "Sonas agus suaimhneas ort, le grá mór!"

"A ghrá ghil, le grá mór", chuir sin croí Aodha ar crith. Ina seasamh ar dhroichead a bhí Sophia sa phictiúr nua, a lámha leagtha ar an ráille aici, cos léi siar agus bunáite a cuid meáchain ar an gcois eile, a folt fada gruaige ag séideadh siar san aer. Í ag breathnú i leith an cheamara, frídín de mheangadh ar a béal agus ar a súile, sciar dá brollach ar spáint, sciorta uirthi a léirigh fairsinge dea-cheathrún is dea-cholpaí, bróga sál ard. Ní raibh baol ar bith nár bhreathnaigh sí ina sárbhean bheoganta, aigeanta. Grian agus drithle, mar a deir an ceann eile, arsa Aodh leis féin, agus nuair a mhéadaigh sé an pictiúr, gur líon sé an scáileán, gheit a croí tuilleadh. Leoga, ar sé arís leis féin, í ionann is buailte le mo phus, chuirfeadh sise preab i gcorpán!

An abhainn shíochánta a bhí thíos fúithi níor neamhchosúil

ar chor ar bith í leis an abhainn mhór abhus, a smaoinigh Aodh. An foirgneamh ard ar a cúl níor neamhchosúil ar chor ar bith é leis an Óstán Clarion abhus.

Chinn sé ar chóip chrua a dhéanamh den phictiúr ach, arís eile, ba dhoiléire i bhfad í sin ná an íomhá ar an scáileán. Níor mhóide ar chor ar bith gurbh é an Clarion é? Caithfidh go mbeadh ráite aici leis, go mbeadh rabhadh tugtha aici dó, má bhí sí le theacht go hÉirinn! Má bhí sí abhus cé mar a chasfaidís ar a chéile? Bhí a fhios ag Sophia é pósta ach níorbh fheasach do Phóilín faoi Sophia.

"Sonas agus suaimhneas" – b'eochairfhocla ag Sophia iad sin, móide "pléisiúr." Am ar bith ar luaigh sí "pléisiúr" d'airigh Aodh priocadh beag ina bhod. Ar a laghad ar bith, ar sé leis féin, tuigeann sí tábhacht an *ingredient* sin! An griogadh a bhí sí a dhéanamh leis an bhfocal? Amanta bhí sé ag ceapadh go mb'fhéidir gur dhuine í de na griogairí seo a ghriog ach a shéan. Ciocu ba chruálaí an té sin nó an té eile a ghríos instealladh feola, ach ar an bpointe boise, a luaithe is a bheadh a chuid tálta ag fear, go mbuailfeadh sí dol na gcúig gcaol go daor is go dochrach air? Ag breathnú arís dó ar na pictiúirí – an dá ghrianghraf á n-iniúchadh i dteannta a chéile aige – bhuail fonn mór Aodh craiceann le craiceann a bheith aige léi. Mura mbeadh ann, fiú, ach *romp* ríogúil amháin a bhéarfadh go firmimintí na spéire é!

Ba mhaith leis, cinnte, castáil lá éigin ar Sophia ach go gcaithfeadh sé a bheith aireach. Gan ligean don fhonn cíocrach an lámh in uachtar a fháil ar an bhfaitíos ciallmhar! Dá mbeadh sí i gcúlráid Mhaigh Eo aige? Go dtí seo ar chaoi ar bith, ámh, bhí sé ag déanamh gur i gcéin le linn thréimhse feitheoireacht seach-champais ab fhearr.

Buaileadh cnaigín ar dhoras a oifige.

"Nóiméad amháin!"

Chuala Aodh sioscarnach cainte lasmuigh. Leis an bhfuastar tobann a tháinig air, an ríomhphost a scriosadh seachas a dhúnadh a rinne sé. Ach gur meabhraíodh dó láithreach le lasairín sóláis nach raibh sé caillte uilig aige faoi gur fhéad sé í a tharraingt ar ais arís as an mbosca bruscair.

Ag fiafraí de faoin gcleachtadh múinteoireachta a bhí na hiníonacha léinn amuigh. Cén uair a bheadh teacht le chéile acu leis? De réir an chláir a tugadh dóibh ba anois é, a dúirt siad. Ach nuair a mhínigh sé dóibh go raibh sé ligthe i ndearmad uilig aige, dúradar go raibh sé sin ceart go leor, go dtiocfaidís ar ais am ar bith a bhí feiliúnach dósan.

Níl am ar bith feiliúnach a rith trí chloigeann Aodha, é i muinín a mhiota lom láithreach ag iarraidh an beart ba réidhe dó féin a leagan amach. Cén réiteach a bhí ag teastáil le haghaidh an teacht le chéile seo? Dáiríre píre an raibh réiteach ar bith de dhíth a raibh de theachtanna le chéile mar é curtha de láimh aige a liachtaí sin amanta? Seal nóiméid lena chloigeann a ghlanadh b'in amháin a bheadh de dhíth!

"Nóiméad amháin!" ar sé. "Fanaigí ansin soicind!"

Isteach arís le hAodh ina oifig ag ligean don doras dúnadh ina dhiaidh. Caithfidh go raibh cáipéis éigin ina sheilbh ó chleachtaí múinteoireachta eile? Í ar an ríomhaire aige nó i bhfillteán ina throdán nó in airde ar a chlár fógraí príobháideach féin?

Dáiríre píre céard a bheadh uaidh ach an liosta ainmneacha is seoltaí? Níor chuimhneach leis, ámh, go bhfuair sé an liosta sin nó má fuair caithfidh gur leag sé uaidh in áit éigin é, b'fhéidir é faoi bhun an bhruscair eile páipéarachais ar a dheasc nó ar an urlár?

Ar ndóigh d'fhéadfadh sé glaoch a chur ar oifig Sheirbhísí na Mac Léinn agus a rá leo go ndearnadar faillí gur déanadh dearmad a liosta seisean a chur chuige. Má chuir féin ní bheadh sé de mhisneach acu é a bhréagnú. Déarfaidís go suáilceach go gcuirfidís cóip eile ar fáil dhósan. Faoi go raibh a bhuíon iníonacha léinn cruinnithe go ndéanfaidís sin láithreach bonn baol.

Arbh é gnó oifig Sheirbhísí na Mac Léinn an cúram áirid seo ar chor ar bith nó ar faoi oifig Roinn an Oideachais é? Stiúrthóir na hoifige sin ag ligean róchruóg uirthi féin!

D'oscail Aodh an doras arís, agus ar sé go stuama leis na

hiníonacha léinn, "Táthar san oifig ag réiteach an liosta dhom, ní bhead ach nóiméad eile nó dhó!"

Bhí deifir chun traenach agus chun bus ar chorrdhuine acu, ámh, agus ghabhadar a leithscéalta go mánla agus dúirt Aodh go raibh brón air féin.

"Is oth liom é seo," ar sé.

"Pé ar bith é," ar sé, "is beag atá le rá agam nach féidir a rá nuair a chasfar ar a chéile sna scoileanna muid."

Dáiríre píre ní raibh thar chúpla seancheist sheafóideach le cur aige ar aon duine acu. Beagán faoi eolas na slí le nach rachadh sé amú. Cé, déanta na fírinne, nár mhiste leis a dhul amú. B'aoibhinn sin leis go minic. Arae mheas sé i gcónaí go raibh an t-uafás le foghlaim as a dhul amú. I ndul amú mar sin tháinig duine ar a liachtaí sin áiteacha suimiúla nach gcinnfí go brách ar a dhul go dtí iad ar aon bhealach eile.

Cúpla ceist faoi chrosbhóithre, faoi stáisiúin pheitril agus faoi dhealbha, b'fhéidir: na seancheisteanna smolchaite céanna is a bhí sé a chur ar mhic léinn leis na cianta cairbreacha, ó tháinig sé go dtí an coláiste i dtosach.

Rith sé i dtobainne leis, ámh, go raibh athrú mór tagtha ar an saol ón am a thúsaigh sé. Na dealbha, murar baineadh anuas uilig iad, bheadh a bhformhór báite i ndriseacha, nó tite i lofacht. Na stáisiúin pheitril amhlaidh. Bhíodar sin á leagadh as éadan a chéile – daoine ag rá nach raibh airgead a thuilleadh iontu – blocanna árasán á dtógáil ina leaba, fiú amháin i gcroílár na tíre.

Na crosbhóithre amháin a bheadh fanta agus ba é ba dhóichí go mbeidís sin féin athraithe as compás ón am a raibh sé thart go deireadh i mbólaí sin Mhaigh Eo. Pé ar bith é bhí gairis shaitilíte (Satnav) le fáil ar na saolta nua seo a d'inis chuile chor is casadh do thiománaí.

"A dhaoine uaisle, ná cailligí bhur gcórais taistil! Féadfaidh sibh ar fad imeacht!"

"Ó, go raibh míle maith agat!"

Straoiseanna agus meangaí ar chuile mhac is iníon léinn acu. Daoine acu ag ruathar leo láithreach faoi dheabhadh. Cineál princeam rinceam damhsa ar siúl ag ceanna eile acu. Ceanna eile acu ag moilleadóireacht. Aodh féin a éasca is a d'éirigh leis fáil réidh leo bhí straois lúcháireach ar a éadan.

"Tá súil agam go bhfuil duine eicínt as Ceathrú Thaidhg anseo?" ar sé ansin le díograis. "Cé as thusa? Béal an Mhuirthead! Cén áit ann? Aon duine as Ros Dumhach, nó Acaill? Go maith, go maith! Thar cionn! Aon duine as Inis Gé, nó Inis Gluaire," ar sé le spraoi. "Cé aige a bhfuil scéal Inis Gluaire?"

"Clann Lir!" arsa cailín Bhéal an Mhuirthead.

"Go maith! Thar cionn!" arsa Aodh. "Is dóigh go raibh tú ann?" ar sé arís le spraoi.

"Ní raibh mé!" arsa cailín Bhéal an Mhuirthead le meangadh.

"Ná mise! Fós!" arsa Aodh, é ag smaoineamh go láidir go mb'fhéidir gurb é an cleachtadh múinteoireachta seo a sheans.

"Slán más ea!"

"Slán!" ar siadsan.

De léim bhorr smaoineamh eile i gcloigeann Aodha.

"Cén áit í sin i dtuaisceart Mhaigh Eo ina mbíodh an *moving statue*?"

Na hiníonacha léinn a bhí fós i láthair, chuireadar caipín an smaointe orthu féin.

"Cnoc Mhuire?" arsa duine acu.

"Ní hí!" arsa Aodh le bleaist gháire. "Tá an dealbh sin socair ansin i gcónaí, nach bhfuil?"

"Acaill?" arsa iníon léinn eile.

"B'fhéidir é!" arsa Aodh. "Is iomaí sin ní atá in Acaill! Coimisiún na Logainmneacha, nó pé ar bith cén t-ainm a thugann siad orthu fhéin, ag iarraidh ainm an bhaile sin Cnoc Mhuire a lot!" ar sé go tobann. "An cuimhneach libh go rabhadar ag iarraidh 'An Cnoc' a bhaisteadh air? Iad ag iarraidh an rud seafóideach céanna a dhéanamh ar fud na tíre: 'An Gort' a bhaisteadh ar Ghort Inse Guaire, 'An Daingean' ar Dhaingean Uí Chúis, 'An Ráth' ar Ráth Loirc, 'An Dún' ar Dhún Bleisce, 'An Brú' ar Bhrú na nDéise! An dream aimléiseach sin, ní thuigeann siad tada ach an t-alt dílis! Agus go gceapann siad gur cóir é a chur roimh chuile ainmfhocal beo!"

"As Gaeltacht Thuar Mhic Éadaigh mise!" a scairt iníon léinn eile.

"An Gaeltacht í sin?" arsa Aodh go fiodmhagúil.

"Tá sé ina Gaeltacht!" a d'fhreagair an iníon léinn mós míshásta.

"Gaeltacht eile nach labhartar Gaeilge inti!" arsa Aodh go spóirtiúil.

"Labhraíonn daoine Gaeilge i dTuar Mhic Éadaigh!" arsa an iníon léinn.

"Go maith!" arsa Aodh. "Leis na clocha sna sléibhte?"

"Labhraíonn go leor daoine Gaeilge i dTuar Mhic Éadaigh!" arsa an iníon léinn.

"Buíochas le Dia!" arsa Aodh.

Céard ba Ghaeltacht ann? Mheas Aodh i dtobainne, ámh, go mba ábhar ródháiríre é sin. Más ionann Gaeltacht agus portach, ar sé go spraíúil leis féin, is Gaeltacht chuile orlach cearnach de Mhaigh Eo!

"Ní fada anois go mbeidh muid ar fad sa nGaeltacht!" ar sé ansin. "Go dté sibh slán!"

"Slán!" arsa na hiníonacha léinn.

"Slán!" arsa Aodh.

"Slán! Slán! Slán go fóill! Go mbeirimid beo is go n-éirí an bóthar leat!"

A leithéid de *fanfare* suáilceach, a smaoin Aodh: na hiníonacha léinn ar fad ag bailiú leo, luailí, fuirscadh, preabléimeanna beaga, scairtíl ghealgháireach is eile uathu.

"Go n-éirí an bóthar libh fhéin!" a scairt Aodh arís.

"Agus do bhótharsa!" a scairt siadsan ar ais. "Slán!"

"Agus go mbeire sibh beo!" arsa Aodh.

Chas an iníon léinn deireanach ar ais agus chroith sí a lámh.

Bhíodar imithe as amharc. Isteach le hAodh gur bhuail sé faoi arís ar a chathaoir sclóineach. Bhí lúcháir air. Ba dhream an-deas iníonacha léinn a bhí faoina chúram agus bhí sé an-sásta go mba é Maigh Eo a cheantar. Bheadh deis i Maigh Eo aige neart *island hopping* a dhéanamh. Oiread le hIarthar Chorcaí!

Ag breathnú ar an léarscáil dó thosaigh Aodh air ag comhaireamh na n-oileán. Cé nárbh oileán í Acaill ní ba mhó ba dhúiche álainn iargúlta í. Agus bhí Acaill Bheag ann. Má b'oileán bánaithe féin í sin ba mhaith leis a bheith in ann a mhaíomh gur leag sé a chos uirthi. An dá Inis Gé mar a chéile. Agus Inis Gluaire!

Agus ar Inis Bigil, nár oileán bánaithe ar chor ar bith í ach nár mhórán caibidle a bhí uirthi i ngeall ar an sruth contúirteach farraige idir í is Acaill. An sruth farraige ba chontúirtí san Eoraip, bhí sé ráite. Níos contúirtí arís ná sruth Oileáin Bhaoi theas.

Sea, a mhaisce, bhí súil aige neart *island hopping* a dhéanamh i Maigh Eo! Comhghleacaithe leis ag magadh nach ndearna sé tada eile ar aon chleachtadh múinteoireachta seachas *island hopping*. "Ó, déanaim, *hopp*áilim isteach sna scoileanna freisin ar feadh cúpla nóiméad!"

Go deimhin, murach an t-*island hopping*, agus an seans seo le dul amú in áiteacha áille iargúlta, dheamhan mórán spéise a bheadh ag Aodh sa bhfeitheoireacht. Ara, scread mhaidne ar an gcúpla pingin costaisí!

Dáiríre píre, ar na cleachtaí múinteoireachta seo, ba é an faitíos ba mhó a bhí ar Aodh go gcasfaí ar mhúinteoir díograiseach é, a dteastódh uaithi go mbreathnódh sé ar obair a cuid gasúr. B'in cigireacht a chuir i bhfad an iomarca moille ar dhuine! Go maitheadh Dia dhó é, ba bheag suim a bhí riamh aige féin i gcigireacht den saghas sin. Níor stríoc sé riamh ón leithscéal go raibh deifir air go dtí an chéad scoil eile. "Ábhar múinteora agam ag múineadh na naíonán ansin agus, faraor, beidh siad á scaoileadh amach go luath." Ach é ag ligean air nach raibh rud ar bith ba bhreátha leis ná an t-iniúchadh sin a dhéanamh ar obair na ngasúr ach an t-am a bheith aige.

An díograiseoir bocht ansin, an-trua aici dó faoin obair *flat out* seo, gan deis cupán caife féin aige. Dá réiteodh sí dó é an dtabharfadh sé leis ceapaire? *Muffin*?

Aodh ag éalú leis amach an bóthar ina charr compóirteach, an raidió ar siúl, é ag dearcadh an radharcra, ag faire amach le haghaidh theach tábhairne deas ina léifeadh sé an páipéar nuaíochta. É ag rá leis féin nár mhian leis a bheith *sexist* nó *chauvinistic* ach nach raibh amhras ar bith air go mba mhó an cheataí le díograis múinteoirí mná ná múinteoirí fir. Go mb'annamh a chasfá i scoil ar dhíograiseoir fir. Na fir, níor bhreáichte leo tada ach an feitheoir greadadh leis chomh luath in Éirinn is a d'fhéadfadh sé le go gcríochnóidís an crosfhocal.

Chuardaigh Aodh an léarscáil go bhfeicfeadh sé an raibh Inis Bigil breactha uirthi. Ansin chuardaigh sé an leabhrán a bhí curtha amach ag Bord Fáilte, sular athraíodh a ainm go dtí Fáilte Éireann. "Bord *Fail*-te go *Fail*-te Éireann," ar sé le magadh.

Ach oiread le hIarthar Chorcaí bhí áiteacha i Maigh Eo a raibh ainmneacha tarraingteacha orthu: Dumha, Dumha Goirt, Dumha Acha, Dumha Éige, Dumha Cinn Aille, Dumha Thuama, Ros Dumhach. Cé nár chuala Aodh riamh cáil *hipp*íoch a bheith ar cheantar ar bith i Maigh Eo bhí ríog dóchais ag borradh ina bhrollach nárbh fhios. Agus cárbh fhios nach dtiocfaí ar fhéirín d'ionad deas marcaíochta in iargúil éigin ann mar a tháinig sé de thaisme ar an ionad marcaíochta ag an Uas. Winterlich i gCom an Óir? Nár *serendipity* a tugadh air sin? Agus cárbh fhios nach dtiocfadh sé ar oileáinín rúnda éigin ar Loch Cuilinn, ar Loch Coinn, nó ar Loch Measca, mar a d'aimsigh Yeats Inis Fhraoich?

"Haló! Ó, haló, a Bhelinda! Cén chaoi a bhfuil?"

"Maith dom a bheith ag cur isteach ort ag baile, a Aodh."

"Ní mhaithfead!"

"Ní haon mhagadh é, a Aodh," arsa Belinda mós íseal, "is amhlaidh a cailleadh uncail Mhaor an Gharráin. Agus níl a fhios agam canathaobh ar fágadh fúmsa é a rá le daoine!"

"Faoi gur féidir brath ortsa, a Bhelinda, deile?"

"Canathaobh nár dhein údaráis an choláiste féinig é a

chraobhscaoileadh? *Sure* níl ann ach a uncail ar aon nós. Tugtar na jabanna beaga suaracha i gcónaí don óinseachaín so toisc go bhfanann sí go déanach ina hoifig!"

"Ní drochscéal aon ní, a Bhelinda, ach gur coilleadh an fear bocht!" arsa Aodh teann diabhlaíochta. "Cé na sonraí?"

"Níl aon eolas eile agam," arsa Belinda, "ach gur cailleadh é."

"Inniu nó inné?" arsa Aodh.

"Inniu, inné, amanathar, ní fios domhsa!" arsa Belinda. "Ní gá duit a ligint ort gur chuala tú faic fé!" ar sí. "A Aodh, tá brón orm! Má tá faic eile le déanamh agat ná lig ort gur chuala tú faic, gur ghlaoigh mise ort ná faic! Faic! An gcloiseann tú anois mé? Ní bhfuair mé freagra ar bith ó Alastar, ní raibh seisean istigh le tamall."

"Le bliain, a déarfainn!" arsa Aodh.

"É ag gabháil do thogra éigin, cloisim," arsa Belinda.

"Togra eile? Na 'tograí' seo ag éirí chomh líonmhar leis na hollúna! Pé ar bith é deireann tú nach bhfuil sonraí na sochraide agat? Is dóigh go gcaithfidh muid a bheith i láthair ar chaoi ar bith."

"Ní chaithfidh ná é!" arsa Belinda. "Mar a deirim, níl ann ach a uncail! Ní gá duit ligint ort gur chuala tú faic! Tá brón orm, a Aodh! Táimse le bailiú liom anois as an áit so!"

Bean chontúirteach, arsa Aodh leis féin, dhá ligfinnse orm nár chuala mé tada ní bheadh sí i bhfad ag sceitheadh orm. Aodh ag smaoineamh ansin go gcaithfeadh go mba í Belinda an bhean ba smidithe dá bhfaca sé ariamh. Idir bhéal, shúile is éadan. É ag rá leis féin dá dtuirlingeodh beach uirthi go ngabhfadh sí i bhfastós ina cuid plástair.

"Sula n-imeoidh tú, a Bhelinda, cén chaoi a bhfuil do dheartháir?"

"An comhla croí athá ag sileadh? Thíos seal, thuas seal!"

"Bhfuil comhla mar sin go dona, a Bhelinda?"

"Bhfuil comhla mar san go dona?" arsa Belinda. "Is measa droch-chomhla ná drochartaire!"

"Mar sin é?" arsa Aodh.

"Fear óg," arsa Belinda.

"Cén aois é?" arsa Aodh.

"Is cuma fé aois," arsa Belinda.

"Bhfuil sé sa Scéim ICP?" a d'fhiafraigh Aodh. "Bheadh 75% dhá thuarastal reatha le fáil aige. Ach gurb é an rud is measa faoin scéim sin nach féidir obair ar bith eile a bhfuil páighe rialtais ag dul dhi a dhéanamh!"

"Cé dúirt san leat?" arsa Belinda.

"Sílim gur léigh mé in áit eicínt é," arsa Aodh.

"Ná bac san! Ach canathaobh a dteastódh obair eile uaidh?" arsa Belinda.

"Go díreach!" arsa Aodh.

"Ach, ansan arís, do dhuine a bhí chomh gníomhach le mo dheartháir," arsa Belinda. "Ar feadh a shaoil go léir! Is mór an buille aige é!"

"Ar ndóigh!"

"Ní rabhamar ag súil in aon chor leis."

"Ar ndóigh!"

"Ní raibh aoibh ní b'fhearr riamh air."

"Ní raibh?"

"É lán fuinnimh. Ag dul go dtí cluichí. Tá a fhios agat féin an spéis mhór i gcluichí athá aige."

"Nach bhfeicinn thíos sa bpáirc é."

"Mar gur imir sé féin."

"Mar sin é?"

"Ó, bhí sé ina bháireoir mór!"

Ina bháireoir nó ina bháirseoir, dála a dheirfíre?

"D'imir sé don chontae!" arsa Belinda. "Ó, ag leibhéal ana-ard! Ó, bhí ana-cháil ar Romeo so againne!"

"Mar sin é?"

"Ó, bhí ana-chlú is cáil air!"

"Ceart go leor, a Bhelinda, d'fheicinn le camán é. D'fheicinn é ag *hopp*áil na liathróide ar bhois an chamáin."

"Bhíodh sé! Camán is liathróid! Ó, bhí sé i gcónaí ag imirt! Ag bualadh na liathróide in aghaidh bhinn an tí is eile!"

Christy Ring eile, caithfidh sé, nó Cú Chulainn fhéin, a thiomsaigh in aigne Aodha, faitíos de shíor orm gur isteach i mo bhéalsa a chuirfeadh sé an sliotar.

"É i gcónaí chomh sláintiúil. Le bradán fearna in abhainn sléibhe, a Aodh! Ní fhaca sé an taobh istigh d'ospidéal riamh, a Aodh, ach amháin nuair a bhí sé ar cuairt ansan. Ní raibh fabht nó arann riamh air, a Aodh!"

Faraor, a Bhelinda, arsa Aodh leis féin, go mbíonn an chéad uair ann!

"Ar a laghad ar bith, a Bhelinda, nár mhór an mhaith nár dhuine de na *creaking doors* seo a bhí ann? Nach ndearna buille ar bith maitheasa ina saol ach ag alpadh piollaí!"

"An rud beag tinnis so a tháinig air, a Aodh, nach dtabharfá suntas ar bith dó . . . "

"Nach in é é, a Bhelinda?"

"Go gceapfá nár ghá a dhéanamh, a Aodh, ach a dhul go dtí dochtúir agus cógas beag a fháil!"

"Tuigim!"

"Ó, ní thuigimid faic, a Aodh!"

"Ó, sin atá mé a rá, a Bhelinda, go dtuigim nach dtuigeann!"

"Mhol an dochtúir dó a dhul isteach go dtí an t-ospidéal chun go mbeadh x-ghathú aige. Ní raibh ann ach moladh."

"Tuigim!"

"Chuaigh Romeo bocht isteach agus nárbh í an donacht so a bhí air!"

"Dia idir muid is an anachain, a Bhelinda!"

"Romeo bocht," arsa Belinda, "dúradh leis go gcaithfeadh sé sceanairt a bheith aige!"

Bhíog an seantéarma "sceanairt" Aodh ar mhodh nach mbíogfadh "obráid". Ón bhfocal "scian" a thagann "sceanairt", ar sé leis féin. Nuair a luaitear "sceanach", go ndearna duine "sceanach", is praiseach mhór atá i gceist.

"Dúradh go gcaithfí é a chur ar dhrugaí, a Aodh. Ní maith liom drugaí!"

"Cén fáth, a Bhelinda?"

"'Cén fáth?' Inseoidh mise duit canathaobh. Bíonn *side effects* ag chaon chineál druga!"

"Ach," arsa Aodh.

"'Ach'?" arsa Belinda, "níl aon 'ach' ann! Ag chaon diail druga acu!"

"Ar dúrthas go gcuirfí ar *chemotherapy* é?" arsa Aodh.

"*Chemo*? Canathaobh a gcuirfí ar *chemo* é? Ar *chocktail* drugaí a chuirfear!"

"Ó, a dhiabhail!" arsa Aodh.

"D'fhear mar Romeo nach bhfaca aghaidh dochtúra ó rugadh é!" arsa Belinda.

Mura bhfaca, a Bhelinda, bí buíoch! Bí buíoch gur féidir leis éadan dochtúra a fheiceáil anois!

"Fear chomh gníomhach le Romeo murab ionann is leadaithe, a Aodh! Nár shuigh os comhair na teilifíse! É síoraí amuigh ag obair! Níor shaoirseacht go dtína chuid oibre, a Aodh . . . "

Ar chuala tú trácht ar an nGobán Saor, a Bhelinda? Bhuel, óna bhfuil tú ag rá níl d'oidhre ar an nGobán sin ach an Romeo seo agaibhse, bail ó Dhia is ó Mhuire air! Ag tógáil teampall is séipéal b'in mar a chaith an Gobán fíor a mhaitheasa, a Bhelinda!

"Ach, féach, ina dhiaidh san, gur tharla so dó!" arsa Belinda. "Thuigfeá dá mba chodaí é, a Aodh!"

Ach, de réir mar atá tú a rá, a Bhelinda, níorbh aon chodaí ná leathchodaí ná cuid de chodaí féin é an Romeo seo agaibhse ach é thuas ansin i bhfirmimintí na spéire ag cur barrshlachta ar spuaiceanna is ar thúir!

"Fear chomh slachtmhar, a Aodh!"

Óra, ná habair é, a Bhelinda! É chomh haclaí le Fionn Mac Cumhaill, a Bhelinda! Mar a deir tú, a Bhelinda, níor liúdramán, scraiste, sceartachán, ceolán ná eile é! Ach go n-abraíonn tú, a Bhelinda, nár ól ná nár chaith sé, bhuel, anois, a Bhelinda, b'fhéidir nárbh fhearrde é sin! B'fhéidir go mb'in é an diomar, a Bhelinda? Dhá n-óladh sé braon, taoscán maith poitín, d'fhágfaí é chomh tréan le torc, a déarfainn, a Bhelinda!

A luaichte is a shníomh an focal "torc" isteach in intinn

Aodha is ar Leitir Thoirc a smaoinigh sé. Tá Leitir Thoirc, a Bhelinda, ar an mbaile is aistreánaí in Éirinn ach í freisin ar an mbaile is sláintiúla óir ní gnáthuisce ná fíoruisce a shil riamh le sléim na leitreach sin ach uisce beatha – biotáille, a Bhelinda – bainne na heasóige! Ar ghabháltas Mháirtín Cheata seo agamsa atá sí sin, a Bhelinda. Is poitín atá ag dul le fánán óna coiricín sise síos go dtína bléin, Loch na hEascainne Báine atá faoina bun.

Ach an torc seo a luaitear san áitainm, a Bhelinda, de réir an tseanchais mhair sé go raibh aois Mhaoise aige. Agus tuige nach mairfeadh? Ag tochailt is ag tóch sa talamh, a Bhelinda, is ag ól sú na heornan ar a shástacht! Ar déanadh aon fhiach is seilg air? Ní raibh gadhar sa dúiche nár cuireadh ar a thóir! Gunnaí freisin, a Bhelinda, foghlaeirí fíochmhara lena raidhfilí! Miodaigh scine, tuanna is oird! Ach nár éirigh leo, a Bhelinda! A méar féin níor leag! É róshláintiúil, a Bhelinda, rófhuinniúil is rólúfar! A chonách sin orthu, a Bhelinda!

Fear chomh slachtmhar le do Romeosa, a Bhelinda, b'fhéidir é rómhaith don saol seo! Nach bhfuil sin ráite freisin? Go dtugann Dia iad seo, na daoine is fearr, abhaile go luath go dtína árás fhéin? Ó, mar a deir tú, a Bhelinda, an Romeo seo agatsa níorbh aon leidhce riamh é!

Gur chuir an focal "leidhce" cor eile i dtaibhreamh Aodha. Cibé cén fáth, thosaigh an focal sin ag princeam rinceam ina mheabhair. Leidhce! Leidhce! Céard go baileach is "leidhce" ann, a Bhelinda? Ara, *frig*, a Bhelinda, pé ar bith cén bhrí atá leis ní haon leidhce é Romeo! Ach é ar an té is neamhleidhciúla ar domhan, a chuisle!

Cibé cén fáth, ba é an jóicín leidhciúil faoin im a ling i dtobainne isteach i mblaosc Aodha.

"Ar chuala tú an jóicín faoin im, a Bhelinda? 'Ní inseoidh mé dhuit é mar go scaipfeá thart é!' B'in jóicín, a Bhelinda, a fuair mé i g*cracker* Nollag!"

"Tá tú ana-mhaith as a bheith ag fiafraí fé," arsa Belinda.

"Tuige fhéin nach ndéanfainn an méid sin?" arsa Aodh, lán stuaime.

"Cá bhfios," arsa Belinda, "nach mbuailfidh sibh cluiche gailf le chéile amach anseo?"

"Ó, má tá sé in ann galf a bhualadh, a Bhelinda!"

"Is bocht an té, a Aodh, nach mbeadh ábalta maide beag a luascadh!"

"Bhuel, buíochas le Dia!" arsa Aodh. "Míle buíochas le Dia! Am ar bith! M'anam, a Bhelinda, go múinfidh mise an *lavatory stance* dhó!"

Ach a Mhuire Mháthair is a Mháthair Mhic Dé agus na naoimh uilig mura n-imeoidh tú uaim go beo a Bhelinda bead níos measa ná an Chaitríona Pháidín sin: pléascfaidh mé siúráilte!

Tháinig Póilín amach sa halla go dtí é agus rinne comharthaíocht súl leis.

"Gabh mo leithscéal, a Bhelinda, tá glaoite ag Póilín orm!"

"Abair 'haló' le Póilín dom," arsa Belinda. "Tá tú ana-mhaith, a Aodh! Táim dáiríre anois, tá tú ana-mhaith!"

"Ar ndóigh, tá!" arsa Aodh.

"Thar aon duine eile anois, a Aodh!"

"*Sure*, a Bhclinda!"

Sure, a Bhelinda, tá mé thar cionn ar fad! Níl mo shamhail eile ar dhroim seo an domhain bhrocaigh, a Bhelinda! Sa gcruinne mhór frí chéile, a Bhelinda, ach go gcaithfidh mé imeacht. Tá aiféala orm, tá brón orm, tá cathú orm, is oth liom nó mar a deir tú féin, a Bhelinda: "tá *sorry* orm!"

"Rud amháin sula n-imeoidh tú," arsa Belinda, "caithfidh tú a theacht amach chun lóin liom lá éigin. Cinnte anois? Cár mhaith leat a dhul? *Alright*, fágaimis san go fóill ach ná fágaimis rófhada é. Sea, a Aodh, cloisim Póilín! Mise ag bailiú liom, láithreach bonn baol, as an áit mhallaithe so anois!"

De réir a chéile, go siosarnach siosmaideach, bhí daoine den fhoireann acadúil ag bogadh isteach go dtí N8. Bhí an tUachtarán agus leifteanant léi i láthair ansin cheana féin.

Bhreathnaigh sí go poiblí ar a huaireadóir. D'éirigh agus shiúil go dtí an rostram. Leag sí a cuid nótaí air sin, bhreathnaigh go poiblí ar a huaireadóir an athuair agus go muiníneach stuama ar fud na léachtlainne.

Lig sí do mheangadh beag maíochtáil ar a héadan.

"Is dóigh go bhfuil sé chomh maith againn tosú," ar sí, an meangadh geal ag maíochtáil tuilleadh. "Ní mian liom sibh a choimeád rófhada ó bhur gcuid oibre. Bhuel, a chomhghleacaithe, móra dhaoibh! Go raibh maith agaibh faoi a theacht. Tá a fhios agam go bhfuil go leor agaibh anso . . . "

Ag breathnú ina thimpeall, féachaint a raibh Balthazar i láthair, cé d'fheicfeadh Aodh de thimpiste amach tríd an bhfuinneog ach Eithne Ballance.

". . . nach maith libh cruinnithe, gur fearr libh a bheith ag *beaver*áil . . . "

Phreab Aodh, iontas air go mbainfeadh Máistreás na Coille, duine chomh pointeáilte léi, feidhm as focal chomh scaoilte sin ar Bhéarla dhá dtrian de.

". . . le taighde in bhur gcuid oifigí nó ar ndóigh ag gabháil do léachtaí sna ranganna ach cheap mé go raibh sé in am dúinn bualadh arís le chéile go háirithe anois ó tá oiread rudaí nua faoi lán seoil nó ar a laghad ar bith ag cur a gcuid géagán amach. Nó, ar a laghad ar bith, ag iarraidh san! Tá an Clár agaibh," ar sí, "cuireadh chughaibh ar an ríomhphost é agus tá súil agam go raibh deis agaibh roinnt machnaimh a dhéanamh air."

Sioscadh beag ón lucht éisteachta.

"Is é an chéad rud is mian liom a dhéanamh," arsa an tUachtarán, "ná comhghairdeas agus buíochas leo so a chaith oiread so ama agus dúthrachta, go rathúil tá áthas orm a rá, in iarracht maoin a fháil don choláiste faoin Scéim PB 10. Séard is maith liom, thar aon ní eile," ar sí, "gur i rannpháirtíocht le coláistí eile a cuireadh an iarracht so i dtoll a chéile: taighdeoirí ó sheacht gcinn d'institiúidí éagsúla ar fud na tíre, an coláiste so go céimiúil ina measc. Táim bródúil a rá go mbeidh oiread so maoine, os cionn milliún go leith euro . . . "

"Mura bhfuil ann ach an méidín sin!"

". . . le fáil ag an gcoláiste so le cuidiú leis, *inter alia*, chun dámhachtain dochtúireachta a acmhainniú móide íoc as ollamh iasachta . . . "

"Ollamh eile!"

". . . móide seimineáir agus ceardlanna a bhunú . . . "

"A Thiarcais!"

". . . móide . . . "

"Móide, móide!"

Rinne Balthazar sianaíl bheag gháire.

". . . scoileanna samhraidh móide traenáil . . . "

"An *discipline* atá i gceist aici?"

"Ba mhaith liom tagairt a dhéanamh do na scoláireachtaí *Fulflex*," arsa an tUachtarán. "Deiseanna iontacha iad so le haghaidh céimithe óga móide léachtóirí . . . "

"Bhuel, tá an focal 'móide' aici ar chaoi ar bith! Meas tú an bhfuil 'lúide' aici?"

"*Ludo*, b'fhéidir!"

"Na scoláireachtaí *Fulflex* so," arsa an tUachtarán, "tá siad ar na cláir idirnáisiúnta is gradamúla dá bhfuil fáil orthu. Ní roghnaítear ach na mic léinn is cáilithe, na léachtóirí is cáilithe, na hollúna is cáilithe . . . "

"Ó, a bhó, go deo!"

". . . na cáilíochtaí acadúla is airde. Ardchumas taighde. Bua na múinteoireachta. Ana-dheis go deo deo . . . "

"Go deo deo aríst ní raghad go Caiseal!"

". . . ag scoláirí an choláiste so, idir óg is chríonna, baint a bheith acu leis an Scéim Mhór Tharraingteach so atá ag leathnú os ár gcomhair. Cé mar dheis í d'óg is d'aosta – cé gur 'fásta' nó 'lánfhásta' seachas 'aosta' ba cheart dom a rá agus ní cruinn an réimír 'lán' a chur leis an aidiacht in aon chor – cleachtadh idirnáisiúnta a fháil ina ngoirt féin. Oibriú sna hollscoileanna is céimiúla i Meiriceá. Oibriú abuil na taighdeoirí is inniúla sa domhan . . . "

Ghoin na focail "abuil" agus "inniúil" aird Aodha.

"Na hollúna so againne abhus a bheith ag saothrú i bpáirt is in éineacht leis na hollúna móra thall . . . "

"*Forgive me but the place is crawling le* hollúna!"

". . . i Meiriceá. Meiriceá . . . "

"Is gráin liom Meiriceá!" arsa Balthazar. "Is fuath liom í!"

Stop an tUachtarán agus dhearc.

"Gabh mo leithscéal," ar sí, "ach ba mhór agam, le bhur dtoil, mura mbeadh daoine ag cogarnaíl."

Choinnigh Balthazar a chloigeann faoi, gan chorraí ná sméideadh súl féin a dhéanamh.

"Deis mhór don Ghaolainn agus don chultúr a théann léi í so," arsa an tUachtarán. "Deis le craobhscaoileadh a dhéanamh ar an teanga. Deis lena cur chun cinn i gcoláistí agus in ollscoileanna móra Mheiriceá . . . "

"Ó, a dhiabhail anocht, mar a déarfadh an seanfhear fadó!"

"Deis chun modhanna múinte nua teangan a fhoghlaim," arsa an tUachtarán. "Deis chun léachtóirí agus ollúna a mhalartú. Na hollúna a théann anonn agus na hollúna a thagann anall . . . "

"Anonn is anall, táimse le himeacht! Amach! Bhfuil cead agam a dhul amach ag an leithreas, a mháistreás?"

Ach gur athraigh Balthazar a intinn ansin óir thosaigh an tUachtarán ar phort nua.

"Cé go bhfuil coiste ann lena aghaidh so d'iarr bainisteoir an choiste san orm cúpla focal a rá faoin stáisiún raidió anso againn. Áis ana-thábhachtach é an raidió so, a chuireann go mór le saol an choláiste, ach go mbraitheann a éifeacht orainn go léir. Deis . . . "

"Ó, a dhiabhail anocht!"

". . . ana-mhór é an raidió lenár dteachtaireacht, lenár misean a chur os comhair pobail leathain . . . "

I dtobainne chuir Balthazar a lámh in airde.

"Gabh mo leithscéal," ar sé, "ach ar fhaitíos go ndéanfainn dearmad ar ball air, tríd an gcathaoir, cá'il téacs an mhisin sin le fáil?"

"Is féidir linn an t-ábhar san a phlé ar ball . . . " arsa an tUachtarán.

"Bhuel, tá 'ball' an duine againn ar aon nós!" arsa Balthazar mós ard agus rinne daoine ina thimpeall gáire. Daoine eile ansin d'fhiafraíodar dá chéile céard a dúirt Balthazar agus déanadh tuilleadh gáire.

"Caithfidh gur *shemale* isc!" arsa Balthazar i gcogar, ach nuair a dúirt Gearóid "maith an fear" ba é a dúirt Balthazar ar ais leis nár mhóide ar aon chaoi go mba leis-sean ceachtar acu.

Ar bhrúcht d'fhuadar agus de shioscadh, mhaígh meangadh ar éadan an Uachtaráin féin cé nár chuala sí go baileach na deilíní as ar bhorr an raic.

"Leanaimis ar aghaidh, le bhur dtoil," ar sí go stuama.

"Ar baillín!" arsa Balthazar le straoisín. "Ball ar bhall nó baillín ar bhaillín!" ar sé.

Nuair a tharraing sin bolg-gháire d'impigh an tUachtarán go mbeadh ciúnas.

"Ní mian liom sibh a choimeád rófhada," ar sí. "An raidió," ar sí, "bhíomar ag caint ar an stáisiún raidió so againn féin agus conas mar is féidir linn tairbhe a bhaint as . . . "

"Conús mar?" arsa Balthazar.

"Tá maoiniú le fáil as cláir fáisnéise a fhorbairt," arsa an tUachtarán. "Fearacht scéimeanna *Fulflex*, a rabhamar ag caint orthu ar ball . . . "

De thurraic tharla pléasc eile gháire.

"Seo againn an 'ball' arís! *The ball is in your court now!*"

". . . is féidir cláir a dhéanamh faoin teanga Ghaolainne, faoi ghnéithe d'oidhreacht na tíre cosúil le stair, ailtireacht, an timpeallacht, béaloideas, oiread so eile," arsa an tUachtarán. "Tá maoiniú le fáil ach an obair a dhéanamh. Cuirtear tograí maithe chun cinn agus oibrítear amach go maith iad. Má tá plean ar bith ag aon duine labhraíodh sé nó sí leis an mbainisteoir. Fuarthas deontais fhiala anuraidh as cláir faoin mbaint a bhí ag an gcoláiste so le tograí forbartha tríú domhan."

Leis sin bhreathnaigh an tUachtarán suas ar fud na léachtlainne agus rinne sí a buíochas a ghabháil. Ach, de léim, gur chuimhnigh sí ar ábhar eile.

"Mo dhearúd!" ar sí. "Pointe beag eile ar iarradh orm tagairt a dhéanamh dó," ar sí, "a rabhamar ag cur is ag cúiteamh faoi cheana agus sin cúrsaí sábháilteachta. Le gairid ceannaíodh fearas nua le déileáil le dóiteán agus go luath déanfar cúrsaí nua a reachtáil chun traenáil a chur ar bhreis daoine faoi conas an fearas so a úsáid."

"An conús sin ar ais aríst!" arsa Balthazar.

"Cé dó an cúrsa?" a d'iarr Gearóid a raibh flosc áirid air.

"Dhuitse, deile? Coláiste *equal opportunities* é seo!" arsa Balthazar.

"Do chuile fhostaí sa choláiste," arsa an tUachtarán le meangadh suáilceach. "Do chuile fhostaí gur mian leis nó léi an cúrsa a dhéanamh," ar sí, an meangadh i gcónaí uirthi. "Chun nach ndófar aon duine ina luaith!" ar sí ansin go spraíúil. "Bhuel, mura bhfuil aon ní eile," ar sí, "mura bhfuil aon cheist."

Chuir Balthazar a lámh in airde agus chuir an tUachtarán í féin i bhfearas, ach gur dhúirt Balthazar ansin nach mbacfadh sé leis.

"Abair leat," ar sí.

"Ní bhacfad! Ní bhacfad!" arsa Balthazar. "Ar ceannaíodh aon *defibrillator*?" ar sé ansin go sciobtha.

"Ceist mhaith!" arsa duine éigin.

De dhoirte dhairte bhí Balthazar ar a chosa arís.

"Rud is tábhachtaí fós," ar sé, "agus tá súil agam nach miste go luaim anseo é, go bhfuil súil agam go mbeidh chuile dhuine i láthair ag an gcéad chruinniú eile ceardchumainn ar faoi *Benchmarking* a bheas sé. Tá a fhios agam," a deir sé, "go bhfuil daoine in ísle brí faoi seo agus tuige nach mbeadh? Tá an scéal seo náireach!"

Ag an bpointe seo rinne an tUachtarán a leithscéal a ghabháil, ag rá ós rud é nár bhain an scéal léi go dtéaltódh sí féin chun bealaigh, go ciúin.

"Nílimse ag cur aon ruaig ort," arsa Balthazar, "ach, i gcead dhuit, ní tú nó na huachtaráin eile is measa atá tagtha as!"

Lig sise do mheangadh geal eile maíochtáil ar a héadan.

"Tá an scéal seo náireach!" a d'fhógair Balthazar arís.

"Balthazar ina chathaoirleach i gcónaí," arsa duine éigin. "É tamall anois ó d'fhreastail mé ar aon chruinniú!"

"Ná mise!" arsa an té eile le siota beag gáire.

"Sssssh!" arsa an tríú duine.

"Tá an Bord Sheirbhís Phoiblí so um *Bhenchmarking* tar éis a fhógairt ina thuarascáil oifigiúil inné nach molfar aon ardú tuarastail do léachtóirí ollscoile," arsa an cathaoirleach. "Tá ardú molta d'uachtaráin, agus ní ag caitheamh anuas orthu sin atá mé, ach go bhfuaireadarsan ardú mór le gairid!"

"Fuaireadar idir fiche agus tríocha faoin gcéad d'ardú tamall gearr ó shin!" arsa duine éigin.

Lig an slua osna iontais as féin.

"Déanaimis comhghairdeas leo seachas iad a cháineadh," arsa an té eile sin.

"Ach . . ." arsa an cathaoirleach.

"Ach go bhfuil an t-ach sin ann!" arsa scata.

"Tá!" arsa an cathaoirleach.

"Bímis cneasta!" arsa an té eile sin.

Phléasc Balthazar le fearg.

"*Nice guys* muide," ar sé, "géillimis do chuile shórt! *Nice guys*, siúráilte!"

"Tuigim díomá a bheith ar dhaoine," arsa an té eile sin, "ach, bímis praiticiúil, ar a laghad ar bith tá poist bhuana againn!"

Láithreach bonn baol spreag sin callán.

"Níl! Níl post buan agamsa! Conradh atá agamsa! Conradh trí bliana atá agamsa! Gan agamsa ach conradh bliana! Agus a leath sin imithe cheana féin!"

"Tuigim! Gabh mo leithscéal! Tá brón orm! Tá mé *sorry*, mar a deir an ceann eile! 'Mair, a chapaill, agus gheobhair féar!' Bhuel, mhair, agus níl an broimfhéar fhéin á fháil ag cuid againn! *Up the fairy mountain, down the fairy glen!* Ach b'fhéidir nach é seo an áit is feiliúnaí le haghaidh na díospóireachta seo, ar ndóigh, ní hé, ach bíodh sibh ar fad i láthair gan teip ag an gcruinniú!"

A thúisce is a chríochnaigh Balthazar bhí Melchior ar a chosa.

"Táimse freisin ag tapú deise," ar sé, "óir beidh sraith nua léachtaí ar chúrsaí diagachta ag tosú faoi cheann seachtaine. Seacht gcinn de léachtaí ina bpléifidh saineolaithe gnéithe difriúla. Sé an tOllamh de Bhulbh . . . "

"Wuff, wuff!"

"Cuirfidh mé an bhileog so in airde ar dhoras m'oifige, athá in aice an tsáipéil!"

"Níl de *two pence halfpenny worth* anso agamsa, ach go sábháilfidh sé ríomhphost orm," arsa Ceann Roinn an Bhéarla, a thúisce is a bhí an Moinsíneoir meathchríochnaithe, "cé gur scéal mór ina shlí féinig é, ach comhghairdeas a dhéanamh le hÁdhamh Mac an Rí, an scoláire óg anso inár measc. Is é an deascéal gur chosain Ádhamh a thráchtas dochtúireachta arú inné agus gur dochtúir anois é. Iarmhac léinn de chuid an choláiste so é Ádhamh. Is anso, i Roinn an Bhéarla, a rinne Ádhamh a bhunchéim BA, agus a iarchéim MA, ach gur faoin Ollamh Hull, in Ollscoil Hull mar a tharlaíonn sé, a rinne sé an saothrú is déanaí. Tá an tOllamh Hull ar na saineolaithe is iomráití sa chruinne ina ghort féinig. Léamh *deconstructive* ar théacs . . . "

D'éirigh daoine as éadan a chéile gur thugadar faoi na doirse.

"Caithfeadsa a dhul ag an leithreas!"

Chuaigh Caspar sna sála air.

Ba é a chomhrá le hEithne Ballance a chuir Muireann ar ais arís chomh tréan seo i gceann Aodha, an chaoi a mbíodh sí ar feadh blianta ag stócáil i gcoinne a bainise, ar nós circe i mbun nide. Réiteach sin a nide ar siúl aici go fiú i bhfad sula ndeachaigh sí go dtí an Astráil. Go deimhin sular casadh ar Mhaolra ar chor ar bith í! Cuirí dá dtabhairt aici, agus á dtarraingt siar arís! É féin díbrithe go minic, cé go gcaithfeadh sé an téiléireacht a íoc! Ba chuimhneach leis ag rá leis na haíonna le linn a óráide go raibh acu glacadh leis mar ádh nó mar chrann mí-ádha iad a bheith i láthair agus cur is cúiteamh a dhéanamh cé mar a bheadh dá mba é "inné nó amáireach seachas inniu" a bhí an bhainis dá ceiliúradh!

An eachtra ba chaoine faoina iníon ar chuimhneach le hAodh tharla sin ina girseachín di nuair a cuireadh isteach ar chomórtas véarsaíochta aonair í. Na mílte istigh air chuaigh an comórtas ar aghaidh ar feadh na síoraíochta!

Faoi dheireadh, ámh, sheas an moltóir suas, shearr a ghuaillí, agus dúirt go raibh sé leis na torthaí a fhógairt. É ag tosú leo seo a raibh moladh speisialta tuillte acu. Na duaiseanna móra ansin. "An tríú háit . . . " Bhí sé ar thob an dara háit a fhógairt nuair a chlaon Muireann chuige agus ar sí, "Dheaide, déarfainn go bhfuil mé rómhaith don dara háit ar aon chaoi!" Bhí sin! Agus bhí sí rómhaith freisin don chéad áit!

A fhiáine is a bhí Muireann ina déagóir di níor spéis léi tada ach comhluadar fir! Ach gur éirigh léi ina dhiaidh sin áit i gcoláiste ollscoile a bhaint amach. É féin is Póilín chomh sásta faoi sin. Ó, an faoiseamh a fuaireadar! Muireann ag imeacht ó bhaile, ag fógairt chomh lúcháireach sin nach bhfeicfidís ná nach gcloisfidís go ceann i bhfad arís uaithi!

Ach nárbh fhada gur chuala, mar bhí baghcat le déanamh ar léachtaí agus bhí airgead uaithi!

Níorbh fhada go rabhthas ag bagairt baghcat eile. Beatha níos fearr sa gceaintín a bhíothas a lorg an uair seo agus uaireanta óil níos faide sa mbeár. Bhí airgead uaithi!

Comhdháil na n-easpag san *aula maxima* ansin! Muireann ag glaoch abhaile, lán mustair is mórtais, go raibh sí féin roghnaithe mar dhuine de na mic léinn a bhí le bheith amuigh ag an ngeata ag agóid, ag béicíl maslaí leis na heaspaig ar a mbealach isteach dhóibh. Bhí airgead ag teastáil go géar!

Breis airgid ag teastáil faoi dheifir faoi go raibh na mic léinn le dul ag máirseáil ar Theach Laighean. Cén cuspóir a bhí leis an máirseáil? Ba é a d'fhreagair Muireann, go míchéadfach, nach raibh a fhios aici agus go mba chuma léi. Ach go raibh airgead de dhíth uirthi. Cá raibh Teach Laighean? Cárbh fhios dise? Ach go mba dhóichí, a deir sí, go bhfaighidís amach nuair a bheidís ansin. An t-airgead a sheoladh ar aghaidh go beo!

Nuair a d'inis Aodh na scéilíní sin d'Eithne ba é a dúirt sí gur cheap sí go rabhadar go hálainn. "*It's so sweet!*" a deir sí. "*A typical student!*" "Níl a fhios agam faoi '*typical*'!" a dúirt sé féin. "Nuair a smaoiním ar an ngirseachín san a bhíodh ag teacht amach chugham!" arsa Eithne. "Chím fós chomh glé san í, sinn istigh sa *tackroom*!"

Cian is cumha ag leathnú ar shúile Eithne. "Bhuel, bhuel, bhuel, í pósta anois agus beirt ghasúr aici, ní féidir!"

"Agus a shásta is atá sí anois mar mháthair, a bhuí le Dia!"

Eithne féin, í beagnach críochnaithe den dara huair! Cé chreidfeadh ionann is ceithre bliana caite aici ina saol nua mar iníon léinn lánfhásta? Ach gurbh é ba mheasa, a dúirt Eithne, "nach bhfuil a fhios agam beo cad a dhéanfaidh mé ina dhiaidh so." Cén sórt poist ba mhaith léi? Níorbh fheasach di. "Tá sé *scary*!" ar sí. "Mo chéim beagnach faighte agam ach mé, ar bhealaí, oiread ar an bhfaraor géar is a bhí mé riamh!"

Ba é a dúirt sí go mb'fhéidir go ndéanfadh sí céim mháistir, maolgháire beag ag leathnú ar a héadan. "Céim mháistir," ar sí, "mar a dhéanann chuile fhánaí!" "*Life is strange, isn't it?*" ar sí. "*It sure is! It sure as hell is!*"

Nuair a luaigh Aodh a hionad marcaíochta le hEithne ba é a dúirt sí leis stopadh; go mb'éigean di iarracht a dhéanamh chuile lá gan cuimhneamh ar an seal sin dá saol. "Cé nach mbeinn gan an tréimhse san a bheith agam!" ar sí ansin. "Is cinnte, a Aodh, go n-airím an saol san uaim!" Agus dúirt Aodh gur airigh sé féin a hionad uaidh freisin agus nárbh aon mhaitheas a bheith á shéanadh!

"Murach thusa, a Eithne, ní móide go mbeinnse ag marcaíocht. Ní móide go mbeadh tugtha agam faoin marcaíocht ariamh!"

An meangadh a rinne Eithne ina leith bhraith Aodh go mba mheangadh suáilceach é, agus nuair a leag sí a deasóg ar a ghlúin chlé bhorr meall ceana ina chliabhrach. "Tá sé chomh maith agam imeacht agus rud éigin a dhéanamh!" ar sí.

"Mé fhéin amhlaidh," ar seisean, "ach go bhfuilim le suí anseo ar feadh achairín go bhfaighidh mé spléachadh ar an bpáipéar!"

"An bhfeicfidh mé ag an léacht diagachta sa Chlub tú?" a d'fhiafraigh Eithne.

Bhreathnaigh Aodh ina diaidh is í ag teacht uaidh. Go tobann buaileadh bleid air.

"Gabh mo leithscéal, an tusa Aodh Ó Neachtáin?"

"Bhuel, tá tú beagnach leathcheart!" arsa Aodh.

"An múineann tusa *Cré na Cille*?"

Mhaígh straois ar éadan Aodha.

"Nach bhfuil sé ana-dheacair?" arsa an iníon léinn.

"An bhfreastalaíonn tú ar na léachtaí?" arsa Aodh.

"Ó, freastalaím!" ar sí. "Ach sílim go bhfuil sé ana-dheacair!"

"An gceapfá?" arsa Aodh.

"Tá sé ana-dheacair ar fad! Bhfuil aon Nótaí le fáil?" ar sí.

"Nach dtugaimse Nótaí?" arsa Aodh.

"Ó, tá a fhios agam ach sa leabharlann, an bhfuil aon Nótaí . . . ?" ar sí.

"Nár thugas liosta de leabhra tagartha dhaoibh?" arsa Aodh.

"Thug, ach . . . !" ar sí.

"Ach? Ach?" arsa Aodh ag spochadh aisti.

"Ach go bhfuil na leabhair san ana-dheacair!" ar sí.

"Créatúr!" arsa Aodh, é ag breathnú sna súile uirthi.

Leath gáire ar a éadan.

"Breathnaigh, a stór, glaoigh isteach ag m'oifig ar ball."

"Cá bhfuil d'oifig?" ar sí.

Ní hí *Cré na Cille* amháin atá deacair, arsa Aodh leis féin, ach an saol frí chéile. Eithne Ballance, ar sé, í os cionn an dá scór bliain agus go mb'éigean di tabhairt faoi bhealach éiginnte nua. An aisling mhór agus an dóchas mór a bhí ina brollach nuair a thosaigh sí amach an tráth údaí nuair a thug a hathair an deis sin dá iníon óg, an aisling sin bhí sí briste ina smidiríní. An cnocán aerach, an seanteach mór, na stáblaí, an t-airéine, bhíodar ina luí mar bhruscar faoi mhótarbhealach. Na capaill, an peata muice, bhíodar díolta. An coileach feá a thagadh isteach ón eastát mór i ndeas di, ba é ba dhóichí gur lámhachadh le gunna é. An Doberman, thug sí léi é sin.

Geit bheag eile á baint as Aodh nuair a bhuail Alastar bleid i dtobainne air.

"Nach fánach an áit a bhfaighfeá gliomach?" a bhí ráite aige.

"Ó, a Chorcaígh, conas taoi?" arsa Aodh. "Nach fánach an áit a bhfaighfeá ollamh? Cé mar atá an ollúnacht ag réiteach leat, a Alastair?"

"Á, ná bac san!" arsa Alastar.

"Is cinnte ar chaoi ar bith, a Alastair, go mbreathnaíonn tú faoi bhláth!"

"Gura maith agat, a Aodh!"

"Is dóigh nach mbíonn tada le déanamh anois agat, a Alastair, chuile shórt fágtha faoi t'íochtaráin, agus a chonách sin ort!"

"Faraor, nach fíor duit é, a Aodh!"

"Nach le haghaidh *services rendered*, mar a déarfá, a tugadh an onóir dhuit?" arsa Aodh, cé go raibh sé den tuairim nár mhórán *services* a bhí *render*áilte ag an bhfear céanna seachas a ghliceas.

"Amanta ní thuigim canathaobh ar ghlac mé leis in aon chor!"

"Tuige nach nglacfá, a Alastair? Ach is annamh a chastar ar a chéile feasta muid!"

"Nach trua san?"

"Thú ag coinneáil *low profile* ó bhuail tú an sprioc!"

Rud ab annamh, shuigh Alastar síos le hais Aodha ach dheamhan a raibh smid ar bith ansin as seachas smeachadh beola. Nach tú an crochadóir céanna i gcónaí, arsa Aodh ina intinn.

"Onóir mhór, a Alastair!"

"Níl a fhios agam an dtabharfainn onóir air, a Aodh!"

"Ó, *sans doute*, *sans doute*, mar a déarfá fhéin, a Alastair!"

Labhraíodar ansin faoin gceaintín, iad araon ag aontú go

mba dheas an áit é an ceaintín le hais sheomra na foirne le haghaidh príobháideachais, le dreas beag marana nó comhrá a dhéanamh ann ainneoin challán an tslua óig. Iad araon ag rá nár mhinic a thapaíodar an ceaintín lena aghaidh seo ach go ndéanfaidís níos minice feasta é. Iad araon ag rá go mba dheas imeacht ó áit go chéile, gur chruthaigh sé nuachas. Mura mbeadh ann ach an páipéar a léamh, mar amanta ina gcuid oifigí níor thugadar thar spléachadh fánach ar an bpáipéar agus go minic gur fhágadar é gan a léamh ar chor ar bith, go dtí an tráthnóna, b'fhéidir, nuair a bhíodar sa bhaile agus faoi sin nár nuaíocht í nuaíocht an nuachtáin níos mó faoi go mbeadh na seanscéalta céanna craolta ar an raidió chomh minic sin agus ar an teilifís chomh maith céanna, nó go mbeidís cloiste ó chomhghleacaí i seomra na foirne nó go fánach ar an siúltán. Pé ar bith é, go minic, níor mhórán a bhí sna scéalta.

Ach ba dheas an nuaíocht a léamh go luath agus bhí iriseoirí áirithe ann a raibh stíl deas scríbhneoireachta acu ar gheall a gcuid píosaí le litríocht.

"Murach sin ní cheannóinnse an páipéar ar chor ar bith," arsa Aodh.

"Mise mar an gcéanna!" arsa Alastar.

"Agus ní cheannóinn é murach gur féidir é a cheannach ar leathphraghas sa siopa anseo," arsa Aodh.

"Mise mar an gcéanna!" arsa Alastar.

"Níorbh fhiú é a cheannach!" arsa Aodh.

"Tagaim leat!" arsa Alastar.

"Gach lá ar chaoi ar bith," arsa Aodh.

"Go díreach!" arsa Alastar.

"Dé Luain le haghaidh an spóirt," arsa Aodh.

"Ceannaímse ar an Máirt é mar go mbíonn alt as Gaolainn ann. Murach san . . . !" arsa Alastar.

"Agus is maith liom an forlíonadh ar chúrsaí sláinte an lá céanna," arsa Aodh. "Ach, a Alastair, bail ó Dhia ort, tá tusa ró-óg dhó sin!"

"Nílim ná é, a Aodh! Léimse na fógraí báis!"

"Bhuel, ar chaoi eicínt, sin colún nár bhac mise ariamh leis," arsa Aodh, "ar fhaitíos, mar a deir an ceann eile, go bhfeicfinn fógra mo bháis fhéin! Ach tá aithne agam ar dhaoine arb é an colún sin an chéad chloch ar a bpaidrín acu chuile mhaidin bheo!"

"Ní hé go mbíonn oiread san airce ormsa ina leith," arsa Alastar.

"Ó, tá's agam!" arsa Aodh.

"Ar thugais cuairt siar ar do sheanchara sna cnoic le déanaí?" arsa Alastar. "Bhfuairis do bhuidéal poitín uaidh?"

"Agus ding eile i mo charr!" arsa Aodh.

"Is cuimhin liom tú ag cur síos ar an gcéad chuairt a thugais air," arsa Alastar le siota beag gáire. "An cur síos a dheinis ar an mbóithrín cam caol *forestry*, dheinis ana-mhaith é. Na sclaigeanna! An díog le hais an mhóinín! An corrchapaillín anso is ansúd, an corrghamhain, an chorrchaora, agus gur dhúirt tú i d'intinn: *Even the blacks of Africa wouldn't live in a place like this!*"

Aodh féin ag déanamh straoisíola ansin. An chéad chuairt sin ba chuimhneach leis a rá leis féin dearmad a bheith déanta ag Seán Mac Giollarnáth nuair a scríobh sé go mba é Gleann Carbaid an áit b'iargúlta i gConamara mar go raibh áit díos iargúlta aríst aimsithe aigesean. An drochbhóithrín *forestry*, siar is soir idir na sclaigeanna, deich míle san uair ar a mhéid ar feadh an bhealaigh. Súil le Dia aige nach bpléascfaí aon *spring*, nach dtollfaí aon bhonn. É ag rá leis féin, mar a mheabhraigh Alastar, "*Even the blacks of Africa wouldn't live in a place like this!*"

Faoi dheireadh is faoi dheoidh an teach beag bán á fheiceáil agam siar amach sna cnoic, *shank's mare* ansin. Mé ag páirceáil mo chairr ar cholbha an bhóithrín agus súil agam go bhfeicfí é – an carr strainséartha – soir ón teach le nach dtiocfainn aniar aduaidh orthu ach mé ó chuir mé an dua seo ar fad orm féin meáite ar cheamara agus gléas taifeadta a chrochadh isteach liom.

Mé ag sciorradh sa gcriathrach. Ar ball garranta beaga bána a raibh moghlaeirí móra cloch iontu á bhfeiceáil agam i ndeas don teach a gcuid claíocha chomh cam le hadharc reithe mar a déarfadh lucht an Bhéarla agus bhí sin i ngarraí acu reithe mothallach adharcach móide cúpla ceanna caorach móide scata géabha moghlaeirí móra cloch aníos as an úir a bhí sa teach féin ach mairtéal a bheith eatarthu agus aol geal orthu. Seachas na caoirigh agus na géabha níor léir aon bheocht eile duine ná deoraí tafann ó ghadhar ná deatach as an simléirín. Arbh amhlaidh go raibh Máirtín Cheata as baile nó amuigh ar an sliabh ag buachailleacht nó sin ar an bportach ach an tsean*lady* cá mbeadh sise? De thurraic fear mór á léiriú féin in airde ar charraig mhór le hais an tí dheamhan a bhfaca nó ar chuala mé ag teacht ann é ach é de dhoirte dhairte ansin romham thuas ar an gcarraig mar a deirim feistithe i *wellingtons* dorcha seaicéad agus léine a raibh a barr scaoilte caipín olna ar a cheann é ag dearcadh sách fiáin sall is abhus cianamharcáin ina chiotóg. "Dia dhuit!" a bheannaigh mé dhó. "Dia is Muire dhuit!" a d'fhreagair seisean shuaimhnigh an Ghaeilge é d'inis mé m'ainm dhó agus cérbh as mé agus an fáth go rabhas thart agus d'fhiafraigh mé ar mhiste dhá mbuailfinn isteach agus d'fhreagair sé nár mhiste spáin sé bearna i gclaí na sráide dom agus nuair a chroitheamar lámha thug mé suntas don dearnain mhór chrua a bhí aige é ag siúl chun tosaigh orm gur oscail sé an doras a raibh dath dearg air doras mór agus doras beag nuair a osclaíodh an doras mór d'éalaigh púir dheataigh amach bhí an chisteanach lán deataigh gan dé ar bith solais inti cé is moite den mheathsholas a bhí anois isteach an doras agus trí fhuinneoigín bhídeach. Tairgeadh cathaoir dom nochtadh seanbhean ina suí go socair sa gclúid tlú ina láimh í gléasta i ngúna fada síos go hurlár a cuid gruaige ceangailte i gcocán ar chúl a cinn bheannaigh mé di agus d'fhreagair sí mo bheannacht ansin d'ardaigh sí clár a bhí os cionn na tine agus nochtadh gríosacha dearga chaith an fear cúpla fód móna isteach os cionn na gríosaí "tá an lá go deas" arsa mise agus d'fhreagraíodar araon go raibh "tá an lá go deas siúráilte míle buíochas le Dia" arsa an fear ag tógáil buidéal pórtair ón drisiúr gur bhain sé an claibín de agus thug dom é bhain an claibín den dara buidéal agus leag ar an urlár le m'ais é níor ól sé féin aon deoir ach é ag corraí ar fud na cisteanaí shuigh sé sheas sé chuir sé tuilleadh móna ar an tine dhún sé amach an doras beag é féin is a mháthair ag freagairt pé smideanna cainte a bhí mise a chur orthu an fear mar éan a bhí curtha dhá bhuille. A thúisce is a bhí an darna buidéal leanna tógtha i mo ghlaic agam baineadh an claibín den tríú buidéal sa gcaoi is go mb'éigean dom a rá leo go mbeinn óltach ní túisce sin ná go raibh túlán uisce crochta os cionn na tine ag an bhfear agus gur thosaigh sé ar an mboirdín a réiteach.

"An bhfuairis aon nath nua cainte uaidh?" a d'fhiafraigh Alastar.

"'Níl ceird sa domhan nach mbíonn pointe cneámhaireachta ag briseadh thríd!' 'An rud a mhill an mhuic ní leigheasfaidh an banbh é!' 'Sid é an buille a mharaigh an mhuic!' Ach gur seancheann é sin! Dheamhan muic a mharaítear anois ach is cuimhneach liomsa m'athair fhéin ag marú muc!"

"Mise mar an gcéanna!" arsa Alastar.

"Ní féidir?" arsa Aodh.

"Is féidir!" arsa Alastar.

"Buille oird sa gcloigeann," arsa Aodh, "an scian a oibriú láithreach ar an scornach!"

"Sinne mar an gcéanna!" arsa Alastar.

"Báisín faoin scornach d'fhonn an fhuil a cheapadh," arsa Aodh, "uisce bruite ansin agus muid ar fad le rásúir nó sceana géara ar an nguaire!"

"Sinne mar an gcéanna!" arsa Alastar. "Ar léis ríomhphost Mháistreás na Coille?"

"Faoin gcruinniú?" arsa Aodh. "Ní maith liom cruinnithe!"

"Mise mar an gcéanna!" arsa Alastar.

Alastar ag cur goicí imeachta ansin air féin.

"Mura n-imímid ní dóigh go maróimid aon mhuc!" ar sé.

D'aon turas mhoilligh Aodh féachaint an ngluaisfeadh Alastar chun tosaigh air. An tseafóid amaideach seo arís eile, ar sé leis féin, nuair nach ndearna Alastar ariamh é ní móide go ndéanfaidh sé anois é agus é ina ollamh.

Chuir Aodh roimhe go malltriallach, Alastar ag coisíocht go malltriallach ina dhiaidh. Ag dul amach an doras, ar son na diabhlaíochta, theann Aodh siar go tobann.

"*Aprés toi, professeur!*" ar sé go magúil, é ag stiúradh Alastair ar aghaidh le comhartha dá láimh.

"*Mais, non, aprés toi, monsieur!*" arsa Alastar, le nod modhúil dá chloigeann.

A cosa in airde ar chathaoir, nuachtán an lae os a comhair, cupán caife ar a deasc, monabhar fann mac léinn taobh amuigh – ar bhall na huaire seo b'éard ab áil le Belinda solas a hoifige a mhúchadh, an eochair a chasadh sa doras, síneadh siar ar a tolg agus dreas codlata a bheith aici.

An raibh rang ar bith inniu aici? Chuir sí uirthi a spéacláirí fadradhairc agus chonaic sí uaithi ar a clár fógraí nach mbeadh de thrioblóid aici ach léacht amháin, an léacht sin ar a trí tráthnóna. A bhuí le Dia ní raibh ceardlann ar bith. Ar eagla go ligfeadh sí an léacht sin i ndearmad leag sí nóta fúithi ar an urlár le hais an dorais.

Bhí sí sásta ansin go raibh cúrsaí an lae in eagar aici.

D'ardaigh sí an nuachtán chuici féin arís agus chuaigh faoi dhéin na bhfógraí báis. Níor mhóide go raibh duine ar bith a bhainfeadh léi féin básaithe arae bheadh cloiste aici faoi. Duine ar bith eile ba é ba dhóichí go bhféadfadh sí leithscéal a bheith aici. Níorbh é an nuachtán a bhí ina lámha an nuachtán ab fhearr fógraí báis, ámh. B'fhéidir faoi thráthnóna go mbeadh fonn sochraide ní b'fhearr uirthi.

Go dtí leathanaigh na bhfógraí poist a chuaigh sí ansin. "Ollúnacht le Gaeilge." Bhí iarratais á lorg ag Ollscoil Ma Mademoiselle sna Stáit le haghaidh poist ollaimh chúnta. B'in post nach raibh ina coláiste féin ainneoin na n-athruithe nua go léir. Ar bhealach b'ait, dar léi, nach gcruthófaí poist chúnta arae na hathruithe nua seo go léir ba iarracht iad ar an institiúid acu féin a thabhairt bord ar bhord leis na hinstitiúidí ardléinn eile – anuas ar ardú gradaim a thabhairt d'oiread ball foirne is a d'fhéadfaí ar ndóigh. Ar mhar a chéile "cúnta" agus "leas"?

Post lánaimseartha taighde agus teagaisc a bhí i gceist i Ma Mademoiselle. An té a cheapfaí bheadh air nó uirthi Gaolainn, idir theanga agus litríocht, a mhúineadh do na réimsí mac léinn go léir. Idir mhic léinn bhunchéime agus iarchéime, mar aon le taighde a dhéanamh di nó dó féin i réimse éigin de léann na Gaolainne.

Bhí Belinda ag déanamh iontais an mbeadh spéis aici sa phost seo. An-chuid de na poist seo i gcéin ba phoist iad do scoláirí a bhí éirithe as a bpost in Éirinn, a d'éirigh as go luath nó a bhí ar tí éirí as, nó sin amanna, scoláirí óga. Chuimhnigh Belinda láithreach ar ollúna abhus a chuaigh anonn, a chuaigh amach ar pinsean luath d'acht agus d'áirithe chun cúpla bliain a chaitheamh thar sáile. "Cuirfear fáilte roimh iarrthóirí a bhfuil céim dhochtúireachta acu nó atá ag brath ar chéim dhochtúireachta a chríochnú go luath." Bhí an chosúlacht ar an méid san go gcuirfí iarrthóirí óga san áireamh ar chaoi ar bith. "Cuirtear CV gearr móide trí theistiméireacht ar aghaidh."

Cén caighdeán Gaolainne a bheadh ag na mic léinn so i Meiriceá? Ar Ghaolainn *ab initio* a chaithfí a mhúineadh? Dá mba í conas a d'fhéadfaí litríocht a mhúineadh? Ach na mic léinn so i gcéin, iad so a roghnódh teanga mar an nGaolainn, bheadh éirim ar leith acu, agus bheidís díograiseach; bhí san feicthe acu féin abhus, daoine a tháinig anall agus a thug faoin nGaolainn *ab initio* tóraíocht creidiúintí, rinneadar éacht.

Ar aon nós nár chuma? Cad a bheadh ann ach post? Leithscéal! Leithscéal chun a dhul thar sáile agus go mbeadh sé le rá ag duine gur mhúin sé nó gurbh ollamh é in ollscoil thall.

B'fhiú machnamh air, arsa Belinda ina hintinn. B'fhiú, b'fhéidir, a dhul amach ar luathphinsean. Nár chleite ina hata é, nár chloch sa mhuinchille in aghaidh Mhaor an Gharráin é? Dá mbeadh sí ag crochadh a seolta ón gcoláiste suarach so abhus, í ceaptha ina hollamh i Ma Mademoiselle, nár mhór an scéal é?

Bídís ionraic, ní bheadh sa choláiste so abhus ach coláiste beag – go ceann i bhfad ar aon chaoi ainneoin na n-athruithe nua go léir – má bhíothas ag tabhairt "ollscoil" féin uirthi.

"Trí theistiméireacht." Cé uaidh a bhfaigheadh sí na teistiméireachtaí san? Bheifí ag súil, is dóigh, go mbeadh ceann óna Ceann Roinne ach ní éileodh sí ceann uaidhsean ar ór ná ar airgead. Ó Mhaor an Gharráin? Cinnte thabharfadh an fear céanna ardmholadh di, ní fhágfadh sé gan fuíoll molta uirthi, ach an sásamh a bheadh aige, an bastard bradach, mura bhfaigheadh sí an ceapachán nua. Ó, a Mhuire Mháthair, dá mbeadh uirthi a bheith ag éisteacht leis-sean ag déanamh comhbhróin léi! Comhbhrón na nathrach agus a *fangs* nimheanta go gealgháireach faoi réir!

D'imigh Belinda ón gcuid sin den pháipéar agus thug faoi alt ar an hómaighnéasacht. An Vatacáin ag cáineadh na hómaighnéasachta. Ag rá go raibh sí mínádúrtha. Ach go raibh an Vatacáin in aghaidh na frithghiniúna freisin, ag rá go raibh sí san freisin mínádúrtha. Agus, ar ndóigh, bhí. Go mbainfí úsáid as coiscín – giota rubair – is cinnte go raibh san mínádúrtha, níos mínádúrtha ná an hómaighnéasacht. Ach arbh ionann san is go raibh sé mícheart nó, lena chur ar shlí eile, ar cheart an giota rubair san a úsáid?

An raibh an hómaighnéasacht mícheart? Olc, mímhorálta, cibé cad faoi mhínádúrtha? Ar pheaca í? Cad ba pheaca ann? Ar ghníomh cultúir nó gníomh faisin é an peaca? Bhí an hómaighnéasacht contráilte le dlí Dé dar leis an Vatacáin, ach cén dochar a bhí sí a dhéanamh? Cad a bhí inti ach gníomh grá idir beirt den aon inscne? An scrios, an sléacht, an céasadh, a bhí Meiriceá a dhéanamh san Iaráic, nár mhó dochar a bhí ann, nár mhó de pheaca é? Cad a bhí an Vatacáin a dhéanamh faoin gcéasadh peacúil san? Is é an trioblóid faoin Vatacáin, arsa Belinda léi féin, nach bhfuil faic ar a haire ach an céasadh a fuair Críost ar an gCrois. Ach, ar ndóigh, gurb é an céasadh san bun agus barr na Críostaíochta. Agus gur éirigh Sé an treas lá ó mharbh.

Ar aghaidh léi go dtí scéal mór eile: díobháil ghnéis ar leanaí. Bhuel, anois, ar sí léi féin, so é an gníomh anacrach.

Triúr as gach cúigear idir cúig bliana déag agus seacht mbliana déag d'aois ag ól deoch mheisciúil de réir suirbhé a deineadh. Ocht gcinn an gnáthmheán deochanna a ólann daoine óga má tá siad le "oíche mhaith" a bheith acu. Ceithre bliana déag an ghnáthaois ag ógáin tosú ag caitheamh tobac. Os cionn daichead faoin gcéad d'ógánaigh idir cúig bliana déag agus ceithre bliana fichead bhí drugaí mídhleathacha tógtha acu.

Cá bhfuaireadar an t-airgead? Ocht gcinn de dheochanna, os cionn ceithre euro an deoch, b'ionann san is ceithre euro fichead. Agus, ar ndóigh, níorbh in amháin é arae b'ionann is cinnte go ndeachadar chuig Supermac's nó Tigh McDonald ina dhiaidh san. Iad ag fual is ag aiseag ar an tsráid. Daoine acu, cailíní chomh maith le buachaillí, ag titim i bhfanntais ina gcuid fuail féin. Bhíodar feicthe aici féin: ag doirteadh amach ar meisce as club, gléasta ina gcuid *jeans* is sála arda nó i mionsciortaí giortacha, a n-imleacáin is craiceann a mbrollach ar thaispeáint, a bhfolt fada gruaige éirithe straoilleach, iad súgach, lag lúbach.

Le caiteachas an óil agus na stíle so conas a bheadh an t-airgead acu le téacsleabhair a cheannach? Conas a d'fhéadfaidís a bheith i láthair ag ranganna nó ag léachtaí mar go mb'éigean dóibh obair pháirtaimseartha a fháil chun go bhféadfaidís a dhul ag ragairne? Cén t-ionadh go mb'éigean do léachtóirí rolla a ghlaoch agus céatadán áirithe marcanna a bhronnadh ar thinreamh?

Bhí cosc ar chaitheamh tobac i dtábhairní agus bhí cosc air ar fud an choláiste ach níor chuir san stop ar mhic léinn tobac a chaitheamh. Sheasadar lasmuigh. Sheasaidís ina gcomhthaláin lasmuigh dá hoifig féin go dtí gur chuir sí an ruaig orthu. Deatach a gcuid tobac ag síothlú isteach a fuinneog agus é á shú isteach ina scámhóga aici féin. A leithéid d'éadan is a bhí acu go mbídís ag stracfhéachaint isteach go fáilí uirthi agus púir dheataigh á scaoileadh acu amach as a mbéal nó anuas a srón. Iad ag casadh thart ansan ag scaothaireacht gháire lena chéile. Ar cheapadar gur óinseach a bhí inti? Ach, *by dad*, ní raibh sise i bhfad ag cur múinidh agus siúil orthu!

Ach go mbíodh a comhghleacaithe féin chomh dona céanna. Oiread so acu ag caitheamh toitíní istigh i seomra na foirne nach bhféadfá cupán caife a ól gan a gcuid toite a shlogadh in éineacht. Nuair a deineadh gearán díbríodh iad go dtí barr an tseomra ach ar ndóigh níor chosc san a gcuid salachair ó theagmháil leis an gcuid eile. Iad thuas ag barr an tseomra oiread san acu ag stolladh tobac in éineacht ar a ndícheall agus a gcuid smúite ina néal scamaill ag síothlú síos ar fud an tseomra ar nós toite as monarchain.

Díbríodh ansan go dtí seomra ar leith iad. Ach, buíochas le Dia, gur díbríodh as san arís iad. Nó arbh fhearr iad a fhágáil i dtoll a chéile san áit san ná mar a tharla? Mar gurbh éard a tharla gur bhailíodar lasmuigh faoin aer iad ansan mar cheataí ar dhaoine eile. Tógadh *gazebo* dóibh a bhféadfaidís a dhul isteach ann ach ní dheachaigh faoi go raibh sé rófhuar, a dúradar arae, de réir rialacha, ní fhéadfaí aon ghloine a chur i bhfuinneoga na tógála san.

Féinmharú i measc na sean. Ba é so anois feiniméan nua. Seanfhir faoin tuath ba orthu so is mó a ghoill an cosc ar tobac. Agus thar aon ní eile an cosc ar ól. Nuair a chuadar so chuig teach ósta faoi chontráth an tráthnóna chun cúpla piúnt a bheith acu agus lena chois san toitín nó píopa tobac a chaitheamh cé mar shrian ar a saol ba ea na dlíthe nua so? Cé nár mhórán acu ar na saolta déanacha a bhí ag caitheamh píopa bhí an corrdhuine. Ina seasamh thuas ag an gcuntar nó luite isteach air i ndáil comhrá lena chéile. Nó sin ina suí i mbun an tseomra ar fhorma.

Ach gur cuireadh athrú air san de bharr so súd, na diabhail bhochta má bhí lán píopa de thobac anois uathu nó an toitín fánach bhí orthu an doras agus an clós a thabhairt orthu féin fuacht nó fearthainn. Agus má bhíodar lena seanghliogramán de charr a thiomáint abhaile ní fhéadfaidís thar piúnt a ól aon phiúnt suarach amháin agus bhíodar thar an *limit* b'in é an dlí aon phiúnt suarach amháin!

Agus bhí oifigí poist á ndúnadh agus veain an phoist ag ruathar ó áit go háit faoi dheabhadh na seandiabhail bhochta so a bhí ina gcónaí leo féin ar an uaigneas. Cad a bhí le déanamh acu? Conas a chasfaidís ar aon duine ar feadh an lae ar feadh na seachtaine? An seanfhear san ar an uaigneas a mbíonn Aodh ar chorrchuairt chuige cé mar a bhí aigesean?

Go gcuirfeadh an seandream so le chéile go roinnfidís carranna go séanfadh duine amháin acu an t-ól – bhí an chomhairle san seafóideach! Go bhfostóidís tacsaí bhí an moladh san chomh seafóideach céanna! Agus an moladh eile so go n-oibreodh an t-óstóir féin mar fhear tacsaí agus go dtabharfadh sé iomlacht abhaile don seandream go léir faoi dheireadh na hoíche ní raibh ciall nó réasún leis!

Níorbh aon fhaoiseamh nó fuascailt ar an bhfadhb an t-aicsean san! An t-óstóir bocht bheadh a sheacht ndíol oibre déanta aige teacht dheireadh na hoíche seachas uaireanta an chloig eile a chaitheamh ag dul suas síos siar is aniar bóithríní. Agus an jab san dainséarach freisin. Ar cheann de na cúlbhóithríní dorcha sclaigeacha san cá bhfios cé a bheadh ag faire creiche ag faire chun ionsaí a dhéanamh mura mbeadh ann ach go dtuilfeadh sé i gceann duine cleas nó bob a bhualadh?

Ar chuma ar bith níor dhuine mar san é an seanbhaitsiléir tuaithe ar dhuine neamhspleách é má ba aonarán féin. Níor chomaoin mar san a bhí uaidh ach teacht agus imeacht ar a shaorchonlán féin.

Bhí iachall á chur ar na seanbhaitsiléirí so fanúint sa bhaile, gan de chomhluadar acu ach a madra agus an tine agus an raidió agus an teilifís, b'fhéidir. Géimneach bó agus seitreach capaill, b'fhéidir. Má bhí an méid san féin. Cén t-ionadh go raibh seanbhaitsiléirí den chineál so ag machnamh ar lámh a chur ina mbás féin?

De réir mar a chuaigh daoine in aois go háirithe i gcás gur sheanbhaitsiléirí iad chailleadar a gcuid féinmheasa. Na tréithe a bhí iontu i bhfíor a maitheasa dóibh deineadh dearúd orthu fiú amháin iad féin dheineadar dearúd orthu. Mórán acu níor dhaoine deisbhéalacha iad ach socair ciúin dínitiúil. B'fhíor a bhí ráite go raibh fir, go háirithe seanfhir, go dona ag cur a gcuid mothúchán in iúl.

De réir thuairiscí na ngardaí i gcásanna féinmharaithe ba mhinic ag ógáin nótaí a scríobh ag insteacht canathaobh a dheineadar an beart a dheineadar ach i dtaca le seandaoine de is minice ná a mhalairt nach mbeidís ábalta nóta mar san a bhreacadh. An duine óg is minic é ag léiriú grá agus buíochais ach an seanduine is iad fadhbanna an uaignis agus an aonaránachais is troime a luíonn air. An saorthaisteal a bhí ag dul anois dóibh so a bhí os cionn seasca is a sé cén mhaitheas a bhí ann nuair a bhí tú na mílte slí ó bhus nó ó thraein?

Chuirfeadh sí glaoch ar Aodh.

"Hi, Bhelinda, goidé mar athá?"

"Go maith, go raibh maith agat!" arsa Belinda. "Oiread san scéalta uafáis ar an nuachtán inniu ní dhéanfadh sé maitheas do dhuine ar bith!"

"Nach in mar a bhíonn chuile lá?" arsa Aodh.

"Ach gur measa ar maidin é ná lá ar bith, feicim!" arsa Belinda. "Díobháil ghnéis ar leanaí, féinmharuithe, cosc ar tobac, cosc ar ól, cosc ar gach aon saghas ruda, cé nach aon díobháil, b'fhéidir, roinnt de na coisc so ach sílim uaireanta an saol a bheith dulta i ndonacht!"

"Dtigh diabhail!" arsa Aodh.

"Dar an scéal, a Aodh, an bhfaca tú an fógra faoin bpost ollúnachta in Ollscoil Ma Mademoiselle?"

"Chonaiceas! Ollúna san áit sin freisin!" arsa Aodh. "Breathnaigh, a chailín, ní muide anseo amháin a thugann ollúna orainn fhéin! Nó daoine againn ar chaoi ar bith!"

"Cé nach raibh anso ach ollúnacht chúnta," arsa Belinda.

"Á, *sure*, mura raibh ann ach leathollamh?" arsa Aodh.

"An mbeadh aon spéis agatsa anois i bpost mar san?" arsa Belinda.

"Ní bheadh!" arsa Aodh.

"Canathaobh?" arsa Belinda.

"Ara, níl a fhios agam!" arsa Aodh. "Dháiríre píre níor thugas mórán airde air, níor léigh mé go cúramach é . . . "

"Is féidir cur isteach air so, sílim, nuair atá duine éirithe as abhus!" arsa Belinda.

"Ó, an féidir?" arsa Aodh.

"Nach mbeadh sé go deas bliain, nó cúpla bliain, a chaitheamh thar sáile?" arsa Belinda.

"Ó, ar ndóigh, bheadh! Bheadh siúráilte! Ba dheas oiread is lá fhéin ón áit mhallaithe seo, mar a déarfadh Balthazar!" arsa Aodh.

"Tá poist bhabhtála freisin á dtairiscint!" arsa Belinda.

"Bhfuil? Níor thugas sin faoi deara!" arsa Aodh. "Ó, ar ndóigh, J. P. agus Ken agus an dream eachtrannach sin ar fad!"

"Nuair a smaoiníonn tú air, nár dheas a dhul, an bheirt againn?" arsa Belinda.

"Ó, bheadh sé sin thar cionn, siúráilte! Ach tá mise róshean, a Bhelinda!"

"Níl ná é, a Aodh! Anois an t-am! Tá do chlann fásta! Dar an scéal conas athá Muireann?"

"Thar cionn, míle buíochas le Dia!"

"Agus Maolra?" arsa Belinda. "Nach Maolra an t-ainm atá ar fhear Mhuireann?"

"Maolra, tá an ceart agat, thar cionn!" arsa Aodh.

"Beirt gharsún?" arsa Belinda. "Cad is aois don dara duine? Buachaill nó cailín? Cad is ainm di? Go hálainn go léir! Ar inis tú féin nó éinín dom iad ag scaradh? Ó, nach mé atá fiosrach, a Aodh, ná bac! Nuair nár scaradar tar éis na bliana san san Astráil, a Aodh, is maith an teist í. Tá aithne agamsa ar ana-chuid daoine óga, a Aodh, a scar mar san. A bhí spréachta ar a chéile go dtí san! Ach ag filleadh ar an scéal eile, a Aodh, an gceapann tú go mbeadh spéis ar bith ag Maor an Gharráin so againne tabhairt faoi Mha Mademoiselle?"

Rinne Aodh smuta gáire.

"Braitheann sé ar an *mademoiselle*, b'fhéidir dhá mba *hole in one* chneasta í!" ar sé le spraoi. "Ní dóigh liom é, a Bhelinda!"

"Ní dóigh liomsa ach oiread é!" arsa Belinda. "Nach é an trua é?"

"Eisean ag súil go mbeidh sé ina ollamh go luath amach anseo," arsa Aodh, "agus beidh! Agus lena cheart a thabhairt dhó tuige nach mbeadh, nach ceann roinne le fada é? Beidh seisean ina leasuachtarán fós, fan go bhfeice tú! Agus ina uachtarán, b'fhéidir, má chliseann ar Mhelchior!"

"Ach nach bhfuil an chéim dhochtúireachta aige," arsa Belinda, aiféala uirthi mar dhea. "Ach an tslí go mbíonn sé ag tláithínteacht leis na húdaráis agus ag brú rudaí ar aghaidh, fíor duit, a Aodh!"

"An cúrsa nua máistreachta seo . . . " arsa Aodh.

"Ó, ná luaigh an cúrsa san liom!" arsa Belinda.

"Agus an chaoi a mbíonn sé ag iarraidh mic léinn a mhealladh tosú ar dhochtúireachtaí," arsa Aodh.

"Agus gan ceann aige féin ná aon cheapadh aige tabhairt fúithi! Ach is ansan atá an t-airgead, ar ndóigh!" arsa Belinda.

"'Is ansin atá an t-airgead!'" arsa Aodh ina diaidh. "Maoin a tharraingt isteach! Maoin a tharraingt isteach!" ar sé arís. "Maoin a tharraingt isteach! Ach deireann tusa nach mbeidh baint ná páirt agatsa leis an gcúrsa nua MA seo?"

"Ná ní bheidh, geallaimse duit!" arsa Belinda.

Sin á rá anois agat, a chailleach, arsa Aodh leis féin, agus tú ag áiteamh ar dhaoine eile gan aon bhaint, ach geallaimse dhuit go mbeidh tú sáite ann! Thar aon duine eile!

"A Aodh, bhí sé ag rith liom le déanaí go mbeadh ábhar breá tráchtais MA, nó PhD féin, sa seanfhear sin agatsa thiar sna sléibhte go mbíonn tú ag fáil seanfhocal agus poitín uaidh. Conas athá sé?"

"Máirtín Cheata? Sláinte an bhradáin!"

Céard a léimfeadh isteach i dtaibhreamh Aodha de sciotán ach an abhainn le hais theach Mháirtín agus an chaoi a mbíodh sí fadó ag cur thar maoil le bradáin de réir an tseanchais. É ráite ag Máirtín go siúlfá orthu, cinn mhóra, go mbídís cruinnithe ag an gcorainn sula rachaidís níos faide suas le sceitheadh.

An ríog ríméid a bhuail Aodh an chéad uair nuair a chuala sé Máirtín ag cur síos ar an seó sin! Imirce an *wildebeest* i gCéinia na hAfraice a meabhraíodh dó. Ríoganna aiféala riamh ó shin nár mhóide go bhfeicfí an seó sin go brách arís agus nár mhóide dá bhrí sin go mbeadh sé go brách abuil Máirtín ag póitseáil bradán, Máirtín lena mhála lán éisc ar a dhroim!

A bheith i gcomhluadar Mháirtín is é ag crochadh a chuid buidéal poitín go dtí síbín, b'in cleachtadh eile ba mhaith le hAodh. Ach dáiríre píre go mba mhó a raibh ré na síbíní thart ná ré na mbradán! É ráite ag Máirtín go mbíodh sé ag éisteacht leis na bradáin ag sceitheadh. Istigh ina chisteanach dhó nó ag luí ar a leaba san oíche chloiseadh sé iad ag gearradh claiseanna sa ngaineamh lena gcuid eireaball. A gcuid uibheacha á sceitheadh ansin acu. An fireannach le hais an bhaineannaigh ag spraeáil na n-uibheacha i gcomhuain lena mbreith.

"Sláinte an bhradáin agat fhéin, a Bhelinda?"

"Mo shláintesa? Ní rabhas níos fearr riamh, a Aodh!"

"Cén chaoi a bhfuil do dheartháir?"

"Romeo? Thar barr!"

"Cén chaoi a bhfuil an galf ag dul ar aghaidh leis?"

"Iomáint! Is í an iomáint is maith leis!"

"Ó, tá's agam sin ach . . . "

"Ná luaigh galf le Romeo! Cluiche Gallda! Cheap sé riamh nár imir galf ach liúdramáin! Agus seanóirí! 'Daoine díomhaoineacha,' mar a déarfadh sé. Ach cogar, a Aodh," agus bhí a guth íslithe ag Belinda, "ar chuala tusa bean a bheith ag Maor an Gharráin?"

"Níor chualas! Scéal ná scuan!"

"Duine éigin a dúirt liom go bhfacthas ar Bhóthar na nDuganna é le bean!"

Phléasc Aodh amach ag gáire.

"Há, há, há! *Paddy Clarke, how are you*? Bheadh ceanna deasa le fáil ansin *alright*! Breathnaigh, a Bhelinda, má tá sé lena dhéanamh ar chor ar bith déanadh sé go cóiriúil é! Há, há, há! Ar a mbealach go dtí an tÓstán Clarion, ab ea?"

“Ó, níl a fhios agam,” arsa Belinda, a guth íseal i gcónaí, “b’fhéidir nach raibh ann ach iomrall aithne!”

“B’fhéidir, ar ndóigh, gur ar Facebook a fuair sé í!” arsa Aodh. “Bhfuil a fhios agat gur léigh mé an lá cheana go bhfuil suas le caoga seacht milliún úsáideoir gníomhach cláraithe le Facebook? Iad ag líonrú ar fud na cruinne lena chéile, ag malartú pictiúirí is eile!”

“Pé ar bith é,” arsa Belinda, “cogar, mar a déarfá féinig, an dtiocfá amach chun lóin liom lá éigin?”

“Ba bhreá liom!” arsa Aodh. “Agus, *by dad*, a Bhelinda, déanfaidh an bheirt againn píosa breá cúlchainte is athiomrá! Nó an sciolladóireacht a bhí agam a rá? Nó feannadh? Nó scóladh?”

“Ní hin é ar chor ar bith,” arsa Belinda, “ach cár mhaith leat a dhul? Cá dtéann tú féin agus Póilín?”

“Ní théann muid áit ar bith!”

“Ná bac san! Cá dtéann sibh?”

“Mar a d’inis mé cheana dhuit, go dtí Tom’s Take-Away nó go dtí Paddy’s Plaice, i gcoinne crúibíní b’fhéidir!”

Chuir Belinda strainc uirthi féin.

“Gabhaimis go dtí an Wokking más ea!” arsa Aodh.

“Tá mórán bialann aduain sa chathair so anois,” arsa Belinda. “Ní hamháin bialanna Síneacha nó bialanna Indiacha ach tá ceann Gréagach . . . ”

“Gabhaimis go dtí an bhialann Ghréagach más ea!” arsa Aodh. “An labhartar Gréigis ansin? D’fhoghlaim mé Gréigis sa meánscoil.”

“Gréigis Chlasaiceach a d’fhoghlaim tusa,” arsa Belinda.

“Ó, ab ea?” arsa Aodh. “Tá cineál grá agam don Ghréig ariamh ó shin.”

“Seans nach bhfuil oiread is Gréagach ag obair sa bhialann,” arsa Belinda, “ach go gcóirítear an bia i stíl na Gréige.”

“Thar barr!” arsa Aodh.

“Tá bialann *Thai* . . . ” arsa Belinda.

“Ó, má tá!” arsa Aodh.

"Agus bialann Fhrancach . . . " arsa Belinda.

"Ó, diabhal a fhios agam fúithi sin!" arsa Aodh. "*Merde!*"

Plód francach a chonaic Aodh láithreach agus ní maraithe ar chor ar bith a bhíodar mar a bhí ráite faoi na bialanna Síneacha ach isteach is amach sna stácaí arbhair san iothlainn sa bhaile acu féin fadó. Chonaic sé a gcuid poll, a gcuid conairí, agus a gcuid neadracha. Na driseacha – an moll mór driseacha is sceach – ar caitheadh a lán ama á gcur faoi bhun na stácaí dheamhan cosc ar bith ar na francaigh a bhí iontu. Aird nó suim dá laghad níor tugadh. Comharsana eile ar *stilts* arda cloch seachas ar dhriseacha a tógadh na stácaí ach ainneoin na *stilt*eanna sin féin d'éirigh leis na francaigh a gcuid éadála a bhaint amach.

"Sí an bhialann Seapánach an bhialann is nuaí orthu go léir," arsa Belinda. "Ar chuala tú trácht riamh ar chócaireacht *Teppanyaki*? Sé is ciall den fhocal san, ar dhá fhocal dáiríre é – *teppan* agus *yaki* – ná gur ar phláta mór de chruach thiubh a dhéantar an chócaireacht. Is ionann *teppan* agus pláta agus is ionann *yaki* agus *stir-frying*. An ólann tú fíon?"

"A Bhelinda, a stór, mar a bhíodh ráite sa tseanaimsir d'ólfainnse an chrois d'asal aníos as *wellington* i bportach!"

"Beidh tú ábalta an bia a fheiscint á chócaireáil," arsa Belinda. "Is féidir an cruachphláta a chrochadh thart."

Bhris rabharta gáire ar Aodh.

"An ndúirt mé rud éigin?" arsa Belinda.

"Níor dhúirt! Níl ann ach gur chuir an focal 'crochadh' ag smaoineamh mé!" arsa Aodh. "Is minic an focal 'crochadóir' in úsáid againn!"

"Dáiríre is uaitse a d'fhoghlaim mise an focal san," arsa Belinda, "an míniú áirithe san atá agaibhse thiar leis. Tá brón orm, a Aodh, 'a iompar' ba chóir dom a rá."

"Ná bíodh brón, aiféala ná mairg ar bith ort, a Bhelinda, tá 'iompróir' nó 'iompúchán' chuile phioc chomh maith leis! Agus, a Bhelinda, a ghrá, *by dad*, déanfaidh muid crochadh chomh maith le iompar sa mbialann Seapánach seo agatsa!"

"Ó, ní liomsa in aon chor í," arsa Belinda.

"Tabharfaidh muide slogadh na lachan don *teppanyaki* sin, a Bhelinda! Cé, ar ndóigh, an saol atá anois ann, is ealaín í an *dining out* seo! Céad slán leis an tráth nach mbíodh i mbéile ach cothú. Agus gur tugadh 'slogadh na lachan' air le go bhféadfaí deifriú ar aghaidh go dtí an chéad bheart eile oibre! Bhí seanfhear sa mbaile nach mbainfeadh a chaipín dá chloigeann tráth ar bith a ndeachaigh sé isteach ag ithe mar gur mheas sé go n-ídeofaí an iomarca ama á chur ar ais arís. Ba é a deireadh sé, 'Nach é an truaí é go gcaitheann muid ithe ar chor ar bith?'!"

"Tá an *teppanyaki* ar fheabhas i gcomhair vitimíní!" arsa Belinda. "Vitimíní A-K!"

"Ó, a dhiabhail, a Bhelinda, ní raibh a fhios agam oiread sin cineálacha vitimíní ann!"

"Ó, tá!" arsa Belinda. "Tá vitimín A go maith i gcomhair na súl. I gcomhair na gcnámh agus don *immune system*."

"Mar sin é?" arsa Aodh.

"Tá vitimín B go maith i gcomhair na fola. Vitimín C i gcomhair ceimicí sa cholainn. Vitimín D go maith mar chosc ar ailse agus go maith i gcomhair na gcnámh freisin. Vitimín E . . . "

"Ó, a dhiabhail, a Bhelinda, diabhal a fhios agam cén chaoi ar mhair muid ar chor ar bith fadó!"

"Bhíomar á dtógáil i ngan fhios dúinn féinig!" arsa Belinda.

"Buíochas le Dia!" arsa Aodh. "Dhá mbeadh orainn a bheith ag cuimhneamh orthu agus á gcomhaireamh, diabhal a fhios agam céard a dhéanfadh muid?"

"Vitimín E i gcomhair na gceall," arsa Belinda. "Agus ó táim ag cur síos orthu nach bhfuil sé chomh maith agam K a lua freisin? Vitimín K i gcomhair na fola freisin. Í go maith i gcomhair *clotting*. Agus tá sé san ana-thábhachtach, go ndéanfadh fuil téachtadh. Mar a mholtar: ith suas do chuid bileog glas, do chuid grán arbhair . . . "

"Nach diabhlaí an chaoi é, a Bhelinda, nach bhfuil ann ach soicindí ó shin go rabhas ag cuimhneamh siar ar na stácaí arbhair a bhíodh againn fhéin san iothlainn agus an chaoi a mbíodh na francaigh . . . "

"... do chuid grán arbhair ..." arsa Belinda arís.

Málaí arbhair, arsa Aodh ina intinn, é de léim ar ais arís ar bhóithrín a smaointe féin, málaí arbhair á dtarlú chun muilinn againn sa gcarr capaill suas bóithrín Chill Eagúla míle bealaigh. Teach dhá urlár ceann slinne a bhí ag an muilleoir bláthanna *hydrangea* sa ngairdín os a chomhair; níor ghá glaoch ar chor ar bith ar an muilleoir óir chloiseadh sé an carr. B'fhéidir gur thoir sa muileann cheana féin a bheadh sé, fear a raibh ruainne beag cruite air bríste ceanneasna báinín bán píopa ina bhéal caipín speiceach ar a chloigeann an dea-aoibh i gcónaí air chuirfí roth mór an mhuilinn ag casadh mura mbeadh sé ag casadh cheana agus dhoirtfeadh an muilleoir an grán isteach sa dabhach na clocha brón ag canrán is ag meilt. Stól ard ag an muilleoir agus bheadh sé ina shuí air sin ag comhrá nó b'fhéidir go dtosódh sé ar amhrán an grán á thiontú ina chaiscín, an caiscín ag titim isteach i mála.

"Do chuid grán arbhair," arsa Belinda arís eile, "agus *soya beans*! Ach go gcaithfidh duine a bheith cúramach, mar an iomarca de Vitimín K go bhféadfadh sí cur isteach ar an bhfuil, an fhuil a thanú rómhór ..."

"Bhuel, a Bhelinda," arsa Aodh, ag dúiseacht as a thaibhreamh smaointe, "níl dabht ar bith ach gur mianach eolais thusa, bail ó Dhia is ó Mhuire ort!"

"Ná bac san!" arsa Belinda. "Ach má tá duine ar chógas leighis, ar *warfarin*, cuir i gcás, ní mór dó a bheith cúramach! Ní mór an t-eolas ceart a bheith ag duine!"

"Ó, bhuel, níl dabht ar bith ach go bhfuil sin agatsa, a Bhelinda! *Sans doute*, mar a déarfadh an tOllamh Alastar!"

Páipéar na maidine á bharrléamh aige, thug Maor an Gharráin suntas don alt ar chomórtas Rós Thrá Lí. Ainneoin an phictiúir a bhí ag dul leis – an Taoiseach i lár slua ógbhan – dheamhan a dtabharfadh an Maor thar stracspléachadh ar an mír nuaíochta sin aon am eile. Ach thug sé suntas dó an mhaidin seo, mar, le roinnt laethanta, bhí spruschaint ar siúl sa choláiste faoin gcomórtas céanna. Seo iad anois, na mná óga áille – an bheirt is tríocha acu ó cheairn éagsúla den domhan – a bheadh in iomaíocht sa chomórtas ó dheas, bhíodar bailithe i mBaile Átha Cliath. An *photocall* seo anois mar chéad dreas poiblíochta dóibh féin, don chomórtas, do thír na hÉireann agus, ar ndóigh, do Thaoiseach na tíre.

Ba é an Taoiseach an t-aon fhear ina measc. É suntasach chun tosaigh. Culaith dhorcha air, léine gheal agus carbhat níos gile. Straoisín ar a éadan. Ar athraigh an Taoiseach a fheisteas éadaigh nó a sheanstraoisín riamh? An leamhstraoisín arbh annamh lúcháir ar bith inti ach tuirse! B'fhéidir gur ceas atá ar an gcréatúr tar éis na hoíche ina *harem*, arsa an Maor mar mhagadh agus thosaigh sé féin ansin ar a rogha ógmhná a phiocadh amach.

Níor chosúil an Taoiseach beag so, áfach, le Taoiseach a mbeadh *harem* aige. Nó gur *harem* a chéad chloch ar a phaidrín. Bhí ceanna de na mná na horlaí os a chionn. Cé nár mhóide gurbh é san ach oiread fáth na leimhe ina straoisín. Mar a déarfadh an té a déarfadh bhí a dhóthain seachas sála arda ar a intinn ag an Taoiseach!

Dualgas! Dualgas ba ea an *photo shoot* so, dualgas nach mbeadh sé dá uireasa! Ar dhualgais, ar phoiblíocht, mar so a bhí saolré polaitcora ag brath.

De léim priocadh smaointe Mhaor an Gharráin nó go ndeachaigh siad ar chonair eile ar fad. An spruschaint úd faoi Thrá Lí agus faoi chomórtas na gcailíní áille ansan – a bhí ar fud an choláiste le seachtainí – nár chuir sé spéis ar bith i gcaitheamh an ama inti agus a cheap sé a bheith thart faoi so bhí suim mhór de dhoirte dhairte aige inti arae bhí iníon léinn dá gcuid féinig sa choláiste san iomaíocht a raibh an Ghaolainn mar ábhar acadúil aici. Nár cheart tacaíocht a thabhairt di? Ach cérbh í? Níor aithin sé ón bpictiúr so í ach ba chuimhin leis go raibh póstaeir lena pictiúr in airde ar na siúltáin le fada. Rinne sé smaoineamh an rabhadar in airde fós? Cén t-ainm é so a bhí uirthi? Nárbh ait nár chuir sé spéis inti? Nárbh ait nár chuir aon bhall den Roinn spéis inti? Chomh fada lena chuimhne ba ainm blátha a hainm. Ach nár Bhláithín é. Nó Nóinín. Nó Sabhaircín. Nó Lus an Chrom Cinn. Chomh fada lena thuairim níorbh ainm Gaolainne a bhí ann. Violet, Azelea, Wisteria? Camellia? Níor Chamilla é ar aon nós óir b'in í bean nua an Phrionsa Séarlas i Sasana agus ní bheadh seans ar bith ag aon chréatúr i dTrá Lí ina haghaidh siúd!

I dtobainne bhí an Maor i dtiún leis na hainmneacha ceolmhara seo cé gur ag magadh fúthu agus ag tromaíocht orthu a bhíodh sé go minic le blianta. Ag tromaíocht faoin gcaoi sheafóideach, mar a mheas sé, ar na saolta deireanacha seo, ar bhaist tuismitheoirí a gcuid garsún: ainmneacha a sinsear agus na naomh a bheith caite i dtraipisí acu de réir cosúlachta agus ré na réaltaí a bheith in uachtar. Ach, mo dhearúd agus mo chuimhne, a dúirt sé de thoirt leis féin, le gairid tá casadh beag ag teacht ar an roth, tá daoine ag filleadh ar na seanainmneacha: Jeaic, Maidhc, Páid, agus mar san de.

Ach gurbh iad ainmneacha na mban a bhí imithe thar corc go léir!

Dáiríre píre cén díobháil san má bhí féin? Nach mbíodh sé féin fadó i ngrá le cailíní a raibh ainmneacha neamhchoitianta orthu? Pamela, Amanda, Samantha, Jacinta, Shirley, Jenny, Wendy, Corinne, Simone. A bhformhór nár bhuail sé bleid riamh orthu teann cúthaile. A Mhuire Mháthair bhíodh sé ana-chúthail, cé nár creideadh san anois, cé go bunúsach bhí sé cúthail i gcónaí. An blosc so aige ní raibh i gcuid mhaith de ach cur i gcéill.

Ba í Pamela an té ab ansa uilig leis cé nár labhair sé riamh léi. Í ag siúl amach le fear eile arbh fhear mór sa choláiste é an coláiste ollscoile inar dhein sé a chéim. Sloinne dúbailte ar an bhfear san, é ard, teann, slachtmhar. Slachtmhar i gcolainn, ina fholt gruaige, ina fheisteas éadaigh. É ina fhear gaisce sa chumann díospóireachta, sa cheardchumann, ar an bpáirc imeartha.

Canathaobh ar thaitin an t-ainm Wendy leis? Ní raibh a fhios aige go háirithe toisc gur cheap sé an chéad uair gur mar Windy a litríodh é! Agus ar chaoi éigin gurbh in iad na tréithe a shamhlaigh sé léi: gaoth, stoirmeacha, drochshíon! Thug sé gean di bhí sé ag ceapadh toisc í a bheith mór le Jenny, ar chailín beag í siúd. Cailín beag caol a raibh sróinín gheancach uirthi, fabhraí súl a bhí feiceálach, gruaig fhada fhionn agus colpaí dea-dhéanta, móide bróga a raibh sála arda orthu.

Rinne an Maor meangadh suáilceach dó féin agus é ag cuimhneamh siar ar Jenny agus an chúis, nó na cúiseanna, gur thug sé suntas di: a sróinín, a cuid colpaí, agus an torann ard a rinne sála a bróg ar na leacracha.

Corinne ansan! Gur cheap sé ar feadh i bhfad gur Cora a bhí uirthi. Chaith sé bliain i ndomhanghrá léise! Agus, ach oiread le Pamela, níor labhair sé riamh léi cé go mbíodh sé ag samhlú gurbh í a chailínsean í, óir murab ionann is Pamela, níor léir aon chomrádaí seasta fir a bheith ag Corinne.

Folt gruaige ciardhubh, fada, a bhí ag Corinne. Móide malaí agus fabhraí ciardhubha. Agus bhí dath a cnis crón. Dúradh gurbh as Ceylon di cé nár sin ach Sri Lanka a tugadh anois ar an áit úd. Ceylon, oileán mór, ar dhéanamh deoir lachta, ó dheas den Ind. Théadh sé go dtí an léarscáil ag féachaint uirthi agus ag samhlú dó féin go dtabharfadh sé cuairt uirthi lá éigin níos faide anonn. I dteannta Chorinne féin, b'fhéidir.

Cinnte dearfa, ba dheise leis an t-ainm Corinne ná Cora! Agus ba dheise leis an t-ainm Ceylon ná Sri Lanka! Nuair a shiúil Corinne ar fud an choláiste ollscoile, nuair a chuaigh sí chuig léachtaí, nuair a chuaigh sí lena cairde go dtí an siopa ag ól caife, chuir chuile ghoic is aistíl aici faoi gheasa é!

Céad slán leis na laethanta san! Níor mhóide ar chuma ar bith gurbh aon ainm acu san a bhí ag an gcailín Gaelach so acu féin sa choláiste mar dá mba ea níor bhaol ar bith nach gcuimhneodh sé air. Nár chuí dá mba Rós nó Róisín a bheadh uirthi? Ach níorbh ea. Chaithfeadh sé bualadh síos an siúltán, ar an bpointe, go bhfeicfeadh sé. Agus chaithfeadh sé a dhul caol díreach go dtí seomra na foirne óir bhí tuairim aige go raibh bus go Trá Lí á eagrú ag dream éigin agus go raibh bileog in airde laistigh den doras ar a bhféadfaí ainmneacha a scríobh. Bhí rud éigin ag rá leis gur airigh sé go raibh *odds* a dó in aghaidh a haon ag Paddy Power ar an gcailín so acu féin, gurbh í rogha na coitiantachta í cé nár nath é san, "rogha na coitiantachta", a thaitin leis. Nach mbeadh sé go hiontach gurbh aici a bheadh an bua?

Iontach, iontach go léir, arsa an Maor leis féin agus é ag scuabadh leis, agus é ag fiafraí de féin an mó blianta ó d'fhéach sé ar an gcomórtas céanna ar an teilifís? Ar an gcúis chéanna is nár fhéach sé ar na cláir *Big Brother*, *You're a Star* nó na *celebrities* so go léir! Ach níor mhar a chéile iad, níor mhar a chéile comórtas an Róis agus na cinn sheafóideacha eile san.

Ba í an chúis nár fhéach sé ar Chomórtas an Róis ná go síleadh sé gur chailíní "deasa" a chuir isteach air, cailíní mánla a raibh soineantacht áirithe ag gabháil dóibh, nach mbíodh cead acu a bheith pósta go raibh orthu a bheith ina maighdeana. Ach má bhí féin cén díobháil a bhí ansan? Cé go raibh tuairim aige go raibh an riail san athraithe le blianta beaga.

Ní bhíodh cead ach oiread ag cailíní so Thrá Lí bicíní a chaitheamh agus chomh fada lena thuairim bhí an riail san i bhfeidhm fós. Ach arís ar ais cén díobháil a bhí ansan – níor chomórtas le haghaidh *sex objects* a bhí ann. Comórtas pearsantachta is tallainne seachas comórtas craicinn. Ógmhná folláine athá ábalta ar rince, ar phort a chasadh, b'fhéidir, nó dán a chumadh is a aithris. *Jig*eanna, feadóga, veidhlíní, filíocht, róiseanna, seacláidí, nach iontach é so go léir an saol athá anois ann? Iontach! Iontach! "Iontach" mar dheilín aige agus é ag scuabadh leis i dtreo sheomra na foirne.

An Cumann Caidrimh a bhí ag eagrú an turais bhus, b'iadsan a chuir an bhileog in airde, bheadh sé spéisiúil a fheiscint cén tóir a bhí air. Cé nár bhall den Chumann Caidrimh é féin ba é ba dhóichí go nglacfaí le paisinéirí nár den chreideamh san iad, mar a déarfá, go háirithe mura raibh barraíocht ag iarraidh a dhul agus má bhí ba é ba dhóichí go n-eagróidís an dara nó an tríú bus.

Ach, i dtobainne, a spleodraí is a bhí sé ar ala na huaire seo, d'athraigh an Maor a intinn arís eile mar gur bhuail smaoineamh iontach nua de phreab isteach ina mheabhair. D'eagróidís féin, a Roinn féin, bus – ba leor mionbhus – dá mbeadh éileamh air. Lucht na Roinne go léir a dhul le chéile nárbh iontach an smaoineamh é san? Iontach! Iontach!

Chas sé ar ais láithreach go dtína oifig go nglaofadh sé láithreach ar Bhelinda agus ar Aodh, na baill shinsearacha, go bhfeicfeadh sé céard a shíleadar. Ní hea, ní hea, ar sé leis féin, ní hin a dhéanfaidh mé in aon chor ach cuirfidh mé mar mhír ar chlár cruinnithe é! Cén lá inniu? Cén lá san a mbeidh an comórtas ar siúl? Faigheadh sé féachaint ar an gclár ama go bhfeicfeadh sé na tráthanna a raibh daoine saor. Beidh an cruinniú amárach fé mheán lae againn!

Láithreach bonn baol sheol Maor an Gharráin ríomhphost chuig chuile bhall foirne den Roinn, ag fógairt cruinniú práinneach, ag rá go raibh brón air faoin deabhadh ach gur éirigh cás a raibh deabhadh leis. Bheadh cúpla mír eile ar an gClár: an Cúrsa MA agus cúrsaí Tinrimh. Faoi "Aon Ghnó Eile" a bheadh an beart mór agus labhródh sé go lúcháireach air. A thábhachtaí is a bhí sé go ndéanfaidís, an Roinn go léir, an corr-rud i dteannta a chéile! Cad chuige nár smaoinigh sé ar bheart den saghas so cheana? Ach anois ó smaoinigh d'fhéadfaidís an corr-rud mar so a eagrú ó am go chéile.

Ghlaofadh sé láithreach ar CIÉ, nó ar CIÉ a bhí orthu ar na saolta so in aon chor? Comhlacht príobháideach ab fhearr, b'fhéidir? Chaithfeadh an t-eolas so go léir a bheith aige roimh an gcruinniú, an méid a chosnódh sé is eile.

Trá Lí, ar sé leis féin. Trá Lí i gCiarraí, i ngar do Chill Airne. An Dóm Mór. Iníon léinn dár gcuid féinig ar an ardán. Chaithfidís suaitheantais oiriúnacha a dhéanamh amach. "An iníon léinn so againne abú!" Ó, mo léan, ar sé leis féin, cén t-ainm so atá uirthi?

Ní Heather é, nó Lile, nó Caisearbhán, ar sé ag portaireacht dó féin, ní hea, a deir sé, mar go bhfuil a fhios agam nach as

Gaolainn athá! Nár dheas dá mba é Rhododendron é, ar sé le meangadh suáilceach, arae bhí Contae Chiarraí barrlán leo san. Nach é an diail é nach gcuimhním air? Ní Marguerite ach oiread é, go bhfios dom, ar sé, cé gur ainm blátha é san freisin chomh maith le bheith ina hainm mná. Níor rómhaith a thaitin an t-ainm san leis cé go raibh aithne aige ar bhean a raibh sé uirthi agus níorbh aon scubaide í ach ní thabharfadh sé é ar pháiste dá chuid féin dá mbeadh an páiste san aige mura mbeadh slua páistí aige agus go raibh sé ag dul crua air ainm a aimsiú. Austiospernum, b'in ainm blátha a bhí ana-chosúil leis an Marguerite ach níor mhóide go dtabharfaí an t-ainm san ar aon bhean.

Féach, thabharfadh sé scairteadh freisin ar Alastar cé nár den Roinn é. Cén dochar murar Chiarraíoch féin é? Corcaígh agus Ciarraígh nárbh é an dá mhar a chéile iad cé go mb'fhéidir go séanfaidís aon ghaol a bheith eatarthu. *What's in a Corkman but a Kerryman with shoes!*

"Conas taoi, a Alastair?"

"Conas taoi féinig?"

"Go maith, go maire tú! Cloisim go bhfuil tú ag brath ar a dhul chuig an Dóm!"

"Cén dóm san?"

"Anois, a Alastair, is ag magadh fúm atáir! An Dóm i dTrá Lí, a bhuachaill chneasta!"

"Nílim ná é, a bhuachaill!"

"Athá!" arsa an Maor.

"Athá nó hí há, táimse ag rá anois leat nach bhfuilimse ag triall ar aon dóm i dTrá Lí nó in áit ar bith eile cibé cá bhfuairis an nóisean san? I dTrá Lí go háirithe!"

"Shíl mé go bhfacas d'ainm ar an liosta!"

"Cén liosta? Níor chuir mise m'ainm ar aon liosta!"

"An liosta i seomra na foirne, mura bhfuil dul amú mór orm!"

"Bhuel, tá dul amú mór ort!"

"Athá gach éinne ag dul! Balthazar, Caspar, Melchior, gach aon duine!"

"Téidís agus fáilte mura bhfuil aon ní níos fearr le déanamh acu ach ní bheidh mise ina dteannta!"

Dúirt an Maor ansin le hAlastar nach raibh sé ach ag magadh, ag ligint air, nach raibh an liosta feicthe in aon chor aige, ach go raibh sé, ar ala na huaire so, i mbun a liosta féin a dhréachtú, agus go raibh súil aige go mb'fhéidir go mbeadh seisean sásta go gcuirfí a ainm sa phota, mar a déarfá, dá mbus speisialta féin.

"An mbeidh tú linn, a Alastair, maith an fear?"

"Ní bheidh!"

"Á, ná habair san, a Alastair, beidh an-*time* againn!"

"Níl an t-am agam! Táim go barra na gcluas anso le saothar!"

"Tá a fhios agam go maith, a Alastair, táim féinig sa riocht céanna, ach bíodh an t-am agat, a Alastair, maith an fear! Tá súil agam go mbeidh an slua go léir againne ag dul: Belinda, Aodh, an t-*auld shebang*! Déanfaimid ócáid mhór as!" arsa an Maor.

"Guím gach rath oraibh!" arsa Alastar.

"Tá a fhios agam san, a Alastair, agus guímse gach rath ort féinig! Ach ní athróidh tú d'intinn?"

"Ní athród!"

"Níl faic a d'fhéadfainn a dhéanamh a d'athródh d'intinn?"

"Níl!" arsa Alastar.

"Maith go leor, a dheartháir! Gura míle maith agat! Slán anois!"

Le linn do Mhaor an Gharráin a bheith ag comhrá le hAlastar bhí smaointe eile ag borradh ina cheann. Bhí ráite aige le hAlastar go ndéanfaidís ócáid mhór as a dturas agus, cé nach raibh sé pléite le haon duine, canathaobh nach ndéanfaidís san? A dhul go luath ar maidin chun go mbeadh deis acu siúl timpeall an bhaile bhig ar a suaimhneas, béile a bheith acu ar a suaimhneas, beagán siopadóireachta a dhéanamh ar a suaimhneas, dá mbeadh an fonn san ar éinne, agus cén bhean nach mbíonn an fonn san uirthi? A bheith ar a suaimhneas ag siúl chuig an Dóm, neart ama a thabhairt dóibh féin, b'in mar ba cheart, seachas a bheith ag doirteadh amach as bus, tuirse agus meirtne orthu agus ansan go gcuirfidís allas gránna ag brostú. Ara cén chiall nó réasún a bheadh leis san?

Bhí meabhair an Mhaoir ag coipeadh thar cionn. Smaointe móra tarraingteacha taitneamhacha ag barrlíonadh a chinn. Canathaobh nach ndéanfaidís deireadh seachtaine as? Óstán compordach a chur in áirithint agus chuile dhuine a sheomra nó a seomra deas féin a bheith aige nó aici?

Ar an bpointe boise rug an Maor greim ar an eolaí teileafóin. Cé na hóstáin mhaithe a bhí i dTrá Lí? Níor ghá, ar ndóigh, go mbeadh an t-óstán i dTrá Lí in aon chor toisc a mbus féin a bheith acu! B'fhéidir go mb'fhearra mar san é mar go mbeadh baile Thrá Lí féin torannach go maith b'fhéidir. An tArbutus Lodge nár dheas an t-ainm é san? An i dTrá Lí nó i gCill Airne atá sé san? Nár róchuma dáiríre? Ba dhóichí leis an Maor go mbeadh chuile dhuine sásta le hóstán a mbeadh ainm tarraingteach mar san air, cé gur bhean éisealach ba ea Belinda. Thaitneodh an t-ainm le hAodh ar chuma ar bith. Alastar féin b'fhéidir go n-athródh sé a intinn dá ndéarfaí leis gur san Arbutus Lodge a bhíodar chun cur fúthu?

Ara, in ainm Dé, ba dheise míle uair Cill Airne ná Trá Lí. Cad, dáiríre, seachas an Rós, a bhí i dTrá Lí? D'fhéadfadh Aodh, d'fhéadfaidís go léir, bád a *hire*áil le dul amach ar loch, Loch Léin? Thaitneodh dreas iascaireachta le hAodh, agus leis féin chomh maith. D'fhéadfaidís beirt, Aodh agus é féin, bád ar leith a *hire*áil, slat iascaireachta an duine a bheith acu, agus giolla.

Ar ghá giolla? Bhí iomramh ag an mbeirt acu, ag Aodh is é féin. Bhíodh sé féin tráth ina bhall den Chlub Rámhaíochta, taithí rámhaíochta aige ar abhainn chomh maith le loch. Aodh amhlaidh, bhíodh Aodh ag aithris dó faoi na seisiúin rámhaíochta a bhíodh aige féin ar an loch mór thiar go mbíodh sé ag tabhairt iomlachtaí ar an uisce dá chailín.

Ar ndóigh b'fhada ó shin é san ach dá mba ea féin! Nach raibh sé ráite, fearacht rothar a mharcaíocht, scil a d'fhoghlaim duine ina óige, nár fhág sí riamh é?

Nárbh iontach dá maróidís breac? Breac mór rua! Níorbh é

ar léigh Aodh an t-alt a bhí ag Derek Evans faoi iascaireacht ar pháipéar an lae inné inar dhein sé cur síos ar gheábh iascaireachta chun na hIorua a rinne sé i dteannta scata fear. Ach ba é ba dhóichí gur léigh. Ag ligint air gur iascaireacht neamh-urchóideach amháin a rinne sé féin a bhí Aodh. Samhnacháin a mharaímse, a deireadh sé, é ana-mhórálach as an bhfocal san a d'fhoghlaim sé, a dúirt sé, ó Mháirtín Cheata. Bric bheaga nár tháinig aon mhéadú orthu toisc nach raibh aon chothú ceart sna lochanna dóibh, b'in ba shamhnacháin.

I Kastnes dhá chéad míle ó thuaidh den Chiorcal Artach san Iorua b'in í an áit a raibh Evans ag déanamh a thráchta air. "Fiontar Eipiciúil Artach" a bhí mar theideal ar an alt aige gur fé mheán oíche – *the witching hour* – ba mhó a rinneadar a gcuid oibre. "Meán oíche" ach ar ndóigh nach mbíonn aon mheán oíche ann ach clapsholas amháin sna críocha thuaidh san le linn an tsamhraidh. Rugadar ar throisc mhóra, haileabónna, faolchondaí is eile.

Ar mharaigh Aodh trosc riamh? Trosc! Ola aobha troisc! Trosc beadaí, b'in í an bheatha a bhronn Belinda ar a deartháir, Romeo, nuair a bhí sé tinn.

Bhain Maor an Gharráin léarscáil den Iorua óna sheilf gur chuardaigh sé an ceantar ina ndeachaigh Evans. Dhá chéad míle lastuaidh den Chiorcal Artach. Ar an gCiorcal Artach go díreach a bhí an baile iomráiteach san Rovaniemi ar chuaigh garsúin ina gcéadta chuige chun bualadh le Daidí na Nollag. *Rip off*, a bhí ráite! An Mol Thuaidh mar a raibh a chónaí ag an bhfear críonna san i bhfad níos faide ó thuaidh ná Rovaniemi!

Tromso agus Alta níos faide ó thuaidh ná Rovaniemi. Iad ar an Muir Artach. An Rinn Thuaidh b'in í an dúiche talún ab fhaide ó thuaidh ar fad ar mhórthír na hIorua ach go raibh an t-oileánra Svalbard ar de chuid na hIorua é i bhfad níos faide fós.

I dtobainne bhuail an smaoineamh Maor an Gharráin gur dheas ag baill na Roinne a dhul le chéile go dtí Svalbard. Longyearbyen, cé chomh mór is a bhí an baile san? Cén cineál pobail a bhí ann? An gcaithfí ábhar campa a thabhairt leat ann?

Nár mhór an spórt é cónaí a dhéanamh in íoglú? Beagáinín iascaireachta a dhéanamh b'fhéidir: poll a bhriseadh sa leac oighir dorú agus duán ar a bharr a scaoileadh síos agus breith ar bhreac! An breac san a chócaireacht ar thine amuigh faoin aer. Nárbh é an bia san a bheadh blasta?

Ach ná scuabadh sé leis rómhear! Deineadh sé foighne! Ciarraí i dtosach! I ndiaidh na bádóireachta ar Loch Léin d'fhéadfaidís *jaunt* a fhostú. An *jaunt* san iad a iompar go dtí Teach Mhucrois. Páirc Mhór Náisiúnta mar chuid d'eastát Mhucrois gur deineadh feirmeoireacht thraidisiúnta i bpreabáin di – *working farms* – ina bhfeicfidís na seanmhodhanna feirme. Móide an tréad beithíoch, na Kerry Blacks. Murab ionann iad is na Kerry Blues.

Gan amhras ar bith b'álainn an contae é Ciarraí. Cén t-ionadh gur tugadh an Ríocht uirthi? B'annamh sa bhliain nach raibh féile éigin ar siúl in áit éigin inti. Comórtas na Rós i dTrá Lí, Aonach an Phoic i gCill Orglan, na Geallta Bád sa nDaingean, Comórtas an Bhéil Bhinn i Lios Tuathail chomh maith le Seachtain na Scríbhneoirí. Agus ar ndóigh chomh fada is a bhain gnéithe aiceanta leis ní raibh sárú Chiarraí le fáil. Ba é Corrán Tuathail an sliabh ab airde in Éirinn. Bhí daoine a dúirt gurbh airde dáiríre Corrán Tuathail ná Beann Everest murach a tóin a bheith i bpoll! Nó, mar a deir an Ciarraíoch, i gcineál poill!

Ba é an capaillín portaigh Ciarraíoch an capaillín ba lú in Éirinn. Sa domhan uilig b'fhéidir! É níos lú arís ná an sealtaí, an capaillín cáiliúil san gur de dhúchas na nOileán Sealtainne é.

Ba í an tréith ba dheise faoin mbóín Ciarraíoch – an Kerry Black – ná an loinnir shoilseach a bhí ina cuid róin. Ba é ba dheise faoin gcapaillín beag portaigh ná a laghad, an pór dúchasach san ionann is imithe i léig gur go fánach ar fad nach mór a dtángthas ar mhéirscrí a threibhe, mar a dúirt an té a dúirt faoi threibh éigin eile, a bhuí le Dia murabh ionann is i gcás bhó dhúchasach Oileán Thoraí, thángthas ar chúpla ceann fánach de na capaillíní beaga so sall is abhus sa tír i gContae Liatroma agus i gContae Laoise ar an tslí fhánach san a sábháladh an pór a bhuí le Dia.

Rith sé arís leis an Maor scairteadh gutháin eile a chur ar Alastar go luafadh sé an capaillín beag Ciarraíoch so leis. An gcuirfeadh sé scairteadh ar Ghearóid gur Chiarraíoch de shaghas a bhí ann? Ach an dteastódh Gearóid uathu? Sea, a mhaisce, d'fhéadfaí laethanta a chaitheamh sa Pháirc Náisiúnta ar dúradh gur inti a bhí an choill deiridh dúchasach dara nárbh uafásach an scrios go léir a bhí déanta nuair a chuimhnigh duine gur faoi bhrat coille a bhí an tír go léir tráth. Fianna fiáine rua sa Pháirc Náisiúnta agus gabhair fhiáine ach nár cheart ach oiread daoine a thuirsiú an iomarca bheadh laethanta eile ann turais eile dá n-éireodh leis an gceann so.

Dheamhan ar airigh an Maor oiread seo ríméid air féin le fada an lá ná oiread óige ná brí. Cad chuige nár smaoinigh sé ar chinneadh den chineál so cheana? *Bonding!* Oiread so tairbhe le tarraingt as *bonding*! Róthógtha le hobair choláiste a bhíodar go léir!

A dhaoine uaisle, tá ana-áthas orm an barr dea-nuachta so a roinnt libh go léir. Tá Sinéad Ní Ghloinn, a bhí mar iníon léinn anso againn cúpla bliain ó shin, agus gur anso a bhain sí amach a hiarchéim, MA, chomh maith, tá sí tar éis eagrán speisialta den iris Meascán Mearaí *a chur in eagar ar féidir a theacht uirthi ar an idirlíon. Ní gá dom a rá a bhródúla is atáimid go léir aisti ní hamháin as an togra mór so a chur i gcrích ach as a bhfuil déanta aici chomh maith le tamall i ngort bunúsach an chultúir agus na teoirice liteartha.*

A chairde, is mian liom a chur in iúl daoibh gur éirigh thar barr inné le Maolsheachlainn Mac Giolla Cuda ina chosaint ar a thráchtas dochtúireachta in Ollscoil Louisham. A bhfuil sa litríocht faoin súmaire Cryptosporidium, a bhí go mór sa nuacht le tamall, a bhí mar ábhar tráchtais aige agus ba é an t-ollamh idirnáisiúnta Muffin Mahaffy a bhí mar stiúrthóir aige. Táimidne go léir anso, sa Roinn so, ana-mhórálach as éacht so Mhaolsheachlainn agus tá a fhios agam go dtréaslaíonn ár gcomhghleacaithe go léir linn. Guímid gach rath sa todhchaí ar Mhaolsheachlainn.

A chomhghleacaithe uaisle go léir, idir chléir is tuataigh, beidh an masseuse, *Amanda Ní Choimín, anseo sa choláiste an Aoine bheag seo, idir 10.00 r.n. agus 5.00 i.n., i Seomra N9, le Suathaireacht Indiach Cinn a sholáthar. Mairfidh an seisiún ar feadh 30 nóiméad agus cosnóidh sé €20. Nó más fearr le haon duine Suathaireacht Teiripe Coirp Iomláin a fháil tugadh sé nó sí é sin le fios go luath óir tógfaidh sí sin uair an chloig agus cosnóidh sí €35.*

A mhaithe is a mhóruaisle, is mise an Moinsíneoir Melchior ar ais arís ag tabhairt eolais daoibh faoin gcéad sraith eile léachtaí ar an Diagacht a bheidh sa Chlub Lapello. Is é an Dr. Oirmhinneach Micilín Rua Ó Ruadháin a bheidh mar chainteoir agus is é ábhar na cainte aige ná "Is Don Bhean An Rogha a Dhéanamh". Beidh sé ar siúl sa seomra céanna, ag an am céanna, an lá céanna seachtaine, agus tá súil againn go dtiocfaidh mná chomh maith le fir óir tá fáilte roimh chách. Ceannaigh cupán caife, bonnóg mhilis, agus cead comhrá agat!

Is mian liom a rá freisin libh, an mhaidin bhreá aerach so, gur bronnadh seic orm, ar fiú €2,003 é, i gcomhair na ndaoine bochta sa Tasmáin. Tá i gceist agam taisteal go luath go dtí an tír bhocht san agus béarfaidh mé liom, go slán sábhálta, an seic san agus seiceanna eile atá faighte agam ó dhreamanna eile le haghaidh togra tábhachtach éigin atá ar siúl ag sagart éigin i gceantar iargúlta éigin sa tír bhocht san i gcéin. Is mian liom buíochas ó chroí a ghabháil le chuile dhuine a rith crannchur, raifil, lá tae nó aon ní eile. Deirim freisin nach bhfuil sé ródhéanach fós seiceanna eile a sheoladh isteach. Tionólfar cóisir bheag nuair a fhillfidh mé. Nó, b'fhéidir, roimis san!

Hi! Chinn mé ar thú a ghúgláil! Agus céard déarfá mura raibh tú ann! Tú i do VIP! Agus cé mise? Tháinig mé go dtí an coláiste, mar iníon léinn, an bhliain chéanna is a tháinig tú féin mar léachtóir. Bhíos freisin mar chéad eagarthóir ar an iris bheag úd a bhunaigh tú an bhliain chéanna sin, Ard-Chaighdeán. *Más cuimhin leat casadh go fánach ar a chéile sinn, blianta ó shin, i Stáisiún Victoria i Londain, tusa ar do shlí siar agus mise ar mo shlí soir. Aon tuairim agat cé mé?*

Tá mórchuid leathanach ar Ghúgal fút! Foilseacháin, dul ar aghaidh mór déanta agat, meas ort.

Táimse féin ag múineadh liom fós ach ar mo bhealach féin bím ag scríobh píosaí freisin. Foilsítear píosaí liom ar an bpáipéar An Bolgán Béice *i mo bhaile dúchais, Carraig na Feoire. Is fada mé ag iarraidh úrscéal a scríobh. Is fada péire úrscéal ar na bacáin agam, ceann le haghaidh páistí agus an ceann eile le haghaidh na n-aosán.*

Comh-mhic léinn is comh-iníonacha léinn liom, a thosaigh sa choláiste an bhliain chinniúnach mhí-ámharach (!) sin a luaigh mé, táid ag éirí as a gcuid oibre ar fud na háite – ag dul amach ar pinsean – ach, mar a dúirt mé, níor thógas-sa an bóthar sin go fóill. Bím féin is m'fhear céile, ar príomhoide i scoil mhór anseo é, ag cur is ag cúiteamh le chéile go minic faoin gceist thromchúiseach seo ach deireann seisean go leanfaidh sé leis go mbeidh sé na trí scór ar chaoi ar bith. Cé go mbíonn dalladh rudaí eile faoi láimh aige mar tá feirm bheag ológ anseo againn sa Chatalóin – réigiún tíre a bhfuil ana-shaothrú déanta acu ar a dteanga dhúchais féin, scéal a gcuirfidh tusa spéis mhór ann, déarfainn – agus am saor ar bith a bhíonns againn is amuigh inti ag saothrú na n-ológ a bhíonns sinn.

Tá beirt pháistí agam, móide dhá chat agus madra. An té is sine de na páistí tá sí bliain is tríocha agus faoi láthair tá sí ag foghlaim le bheith ina múinteoir bunscoile san ollscoil áitiúil anseo. Briseann an dúchas, mar a deirtear! Bhí sí cáilithe cheana féin ina Teicneolaí Bia, agus tá máistreacht sa ghort sin aici, ach chaith sí in aer é. An duine is óige liom níor theastaigh uaidh a dhul go dtí an ollscoil in aon chor agus faoi láthair is printíseach leictreora é.

Ó, a dhuine uasail, cá ndeachaigh na blianta? É gar don dá scór bliain anois ó bhí mé i m'iníon léinn chúthail agatsa. Sinn ag éirí sean! Ach, mar sin féin, go bhfuil an óige faoi aibhliú i gcónaí ionainn!

A chara dhíl, cuimhníonn Bríd Ní Chonchrá, CT 479, go síoraí ort!

A chomhghleacaithe ionúine, cuirim os bhur gcomhair go bhfuil an coláiste ag cuardach Leas-Oifigeach Spóirt, agus seolaim chughaibh cóip den fhógra a fhoilseofar i bpáipéir an lae amáraigh. Seolaim chughaibh freisin na coinníollacha agus na cáilíochtaí a théann leis an bpost, agus ná dearúdaigí gurb í an Aoine, coicíos ón lá inniu, an dáta sprioc.

Rinne Aodh cóip chrua de na sé ríomhphost seo. Mhaígh meangadh ar a éadan. Nár spraíúil an mhaise é, a dúirt sé leis féin, ar son na diabhlaíochta, dá gcuirfeadh sé isteach ar an bpost nua? Má tá mé ag druidim i dtreo an phinsin fhéin ní baileach mé tagtha ag an bpointe sin fós agus dá bhrí sin nach mbeinn i dteideal cur isteach air? Mar go bhfuil mo shaol caite agam le cúrsaí spóirt ar a laghad ar bith mar anailíseoir amaitéarach ar fud bhólaí an choláiste nár rí-éasca a bheith i m'oifigeach agus nach bhfuil géim is preab is luail i gcónaí ionam? I mo chosa is mo cholainn cibé céard faoi mo chloigeann! Toisc mé a bheith i mo bhall foirne cheana féin nach gcaithfí mura mbeadh ann ach cúirtéis agallamh a chur orm?

Seachas na cáilíochtaí thuasluaite cé na cáilíochtaí eile a bheadh ag teastáil? Scileanna thar barr riaracháin? Scileanna thar barr foirne? Scileanna thar barr cumarsáide? A bheith in ann eagrú thar barr? A bheith in ann cinní thar barr a thógáil?

Céim dhochtúireachta á lorg! In ainm Dé le haghaidh poistín bhig mar seo? Nach oifigeach fiú amháin ach leas-oifigeach atá á iarraidh! Dochtúireacht sna healaíona spóirt! Anois, a mhaisce!

Agus nach mbeadh de thuarastal ag an diabhal bocht a cheapfaí ach €35,000.

Ara, coinnídís a bpoistín gágach, go dtí Amanda a ghabhfadh sé i gcoinne suaitheadh Indiach Cinn! Ní hea, d'iarrfadh sé suathaireacht choirp iomláin uirthi!

Bheadh sé réidh ansin le dul ag éisteacht le Micilín Rua ag cabaireacht faoi ábhar nach raibh eolas dá laghad aige air! "Fágtar Faoin mBean É" ba chirte a bheith sa teideal nárbh ea? Céard a bhí le fágáil faoin mbean? Go roghnódh sí an coiscín? Déanamh agus dath! Gurbh ise a bheadh in uachtar? Go lorgódh sí ginmhilleadh? Nach diabhlaí céim dhochtúireachta sa ngort seo pé ar bith cén gort go díreach é ag an aineolaí seo Micilín Rua!

Bríd Ní Chonchrá! Cérbh í Bríd Ní Chonchrá? Bhí dul amú uirthi! Níor chuimhneach leis castáil i Stáisiún Victoria ar aon ógbhean. Cailín caol ard, a scríobh sí, súile beomhara, folt fada gruaige doinne. Cailín aigeanta, éirimiúil. Nach í a bhí moltach fúithi féin? Á, a Bhríd, *you sexy thong*!

Irisleabhar *Ard-Chaighdeán*? An chéad bhliain a dtáinig sé go dtí an coláiste? Níor chuimhneach leis sin. Seomra Fionnbarra nár lán go doras ach lán go boimbéal a bhí, a scríobh sí. Daoine ina suí is ina seasamh ar leaca na bhfuinneog, a scríobh sí, ina suí is ina seasamh ar dheasca, dreaptha suas céimeanna dréimire i mbun an tseomra. Níor chuimhneach leis é, dréimire ná eile! Thug tú óráid ghearr inar mhol tú go mbunófaí iris, ar ard-chaighdeán, ina bhfoilseofaí idir dhánta, ghearrscéalta, ghiotaí úrscéalta, ghiotaí drámaí nó eile ach iad a bheith ar ard-chaighdeán. Cén teideal a bhaistfí uirthi a d'iarr tú. Ard-Chaighdeán, a béiceadh amach. A luaithe is a moladh an teideal sin moladh go hard é, ag faol is ag fiolar. Ard-Chaighdeán, a dúradh ar fud an tseomra. "Chuile dhuine sásta?" a d'fhiafraigh tú féin. "Ard-Chaighdeán!", a béiceadh amach arís. "Aon mholadh eile?" a d'fhiafraigh tú féin. "Ard-Chaighdeán! Ard-Chaighdeán!" a screadadh d'aon ghuth. "Bíodh mar sin!" a d'fhógair tú féin. Bunaíodh an iris *Ard-Chaighdeán* an lá cinniúnach sin.

Faraor, bhí dul amú uirthi.

Bríd Ní Chonchrá? Cónaí sa gCatalóin anois uirthi. Cá fhaid ó bhog sí ann? Ar Chatalónach é a fear? Arbh í féin agus a fear a chuir tús lena bhfeilm ológ? Cá fhaid a thóg sé ar chrann ológ torthaí a chur?

Úllghort ba mhaith leis féin. Cé go mb'fhéidir nach "úllghort" an t-ainm ceart faoi gur mhaith leis torthaí eile chomh maith le húlla. Nár dheise agus nár chirte an téarma Béarla *orchard*?

Nár dheas a bheith ag breathnú ar bhláthanna na gcrann san earrach agus ar a dtorthaí sa bhfómhar? Beauty of Bath, Ross Nonpareil, Charles Ross, Irish Peach, Red Brandy. Oiread sin cineálacha agus oiread sin dathanna. Meacha ag saothrú meala, éiníní ag ceol.

Séard ba mhaith leis dáiríre feilm ina gcaomhnódh sé póir dhúchasacha. Bhí an iomarca ionannais tagtha i dtreis leis an gComhaontas Eorpach, i bhfad an iomarca rialacha á leagan síos sa mBruiséil. Oiread sin de na seanphóir á ligean i léig. Ach go raibh tuiscint ar an m*biodiversity* ag péacadh an athuair. Tuigeadh nárbh é an t-ionannas an rud ab fhearr ná ab fholláine.

Ba mhaith le hAodh éanlaith clóis chomh maith le crainnte torthaí a bheith aige, géabha agus cearca agus lachain a scaoilfeadh sé i measc na gcrann, a d'íosfadh na púcaí is na péisteacha. Cé nár luaigh an Bhríd Ní Chonchrá seo éanlaith luaigh sí go raibh dhá chat agus madra aici.

An gean mór seo a thug mná ar chait agus ní mná singile amháin é! Bhí mná ann a rinne ball clainne dá gcat, oiread imní orthu faoina gcat is a bheadh orthu faoi pháiste. Daoine orthu nach ngabhfadh ar laethanta saoire faoi nach bhféadfaidís a gcat a thabhairt leo; nach n-aistreodh go teach nua faoi go gcuirfeadh sé as don chat; nach suífeadh ar an *sofa* faoi go raibh an cat go compordach air rompu; a d'éireodh i lár na hoíche lena scaoileadh amach ach iad lánimní ansin go dtarlódh mí-ás dhó. De réir suirbhé a déanadh cheadaigh céatadán an-mhór ban dá gcat codladh sa seomra leo, in airde ar a leaba.

Agus b'amhlaidh lena gcuid madraí á ngléasadh i bhfeistis

bhrait is caipíní á dtabhairt chuig clinicí le snas a chur ina gcuid róin agus le glantachán fiacla a thabhairt dhóibh. Bhí suímh idirlín ar a bhféadfadh mná *like-minded* teangmháil le chéile pictiúirí dá bpeataí a fhoilsiú léirmheasanna a thabhairt, a bheith mar chuid de *fanclub*.

Ba chuimhneach le hAodh gur "puisbhean" a thugtaí fadó ar an gcineál sin mná nach raibh mórán acu ann ach amháin sa gcathair nó sin an chorrbhean a phós go hard agus a raibh cónaí uirthi i dteach mór faoin tuath, an bhean sin gléasta i gcóta fionnaidh, buataisí arda agus hata agus théadh sí amach ag spaisteoireacht lena maidrín, maide ornáideach á iompar aici.

Rinne Aodh meangadh faoina raibh ráite sa suirbhé faoina éagsúla a bhí fir is mná, gur cion is grá a theastaigh ó mhná – póigíní, seacláidí agus pabhsaetha – fad is gur bualadh maith craicinn agus síocháin dá éis ba thréine a bhí ó fhear. Clais is clí, arsa Aodh leis féin, agus rinne sé meangadh eile ag smaoineamh dó go mb'fhéidir gur shásaigh sé an *kink* sa bhfear cat is madra a bheith ag breathnú ar a chuid aicsin leapan.

Clais is clí, arsa Aodh arís leis féin, agus é ag smaoineamh nár mhóide go raibh oiread béime riamh go dtí seo sa domhan iartharach ar chuma ar bith ar chraiceann. Níor chlaiseanna agus cíocha go dtí é! Mná frí chéile ar a mbionda ag obair ar a gcíocha! Mar a scríobh an té a scríobh: "*Never has so much been exposed by so many to, well, everyone else!*"

Agus smaoinigh sé siar ar an am le linn a óige féin nuair a dhéanadh mná a ndícheall ligean orthu gan brollach ar bith a bheith acu óir gur creideadh go mb'údar peaca é cíoch a bheith ar spáint óir go mb'fhaitíos leo ainmhianta na colla, fearg na cléire is tinte ifrinn.

Ba í an striapach a ghriogadh lena brollach. Agus na *celebs* lena gcuid *haute couture* agus blúiríní *diamanté* ag iarraidh aird a tharraingt orthu féin. Ach ba bhrollaigh leise uilig anois é. Chuile bhean, idir óg is sean, lena brollach leathnocht ó mhaidin go hoíche! Sa mbanc, san ollmhargadh, sa bhfáiltiú óstáin, san oifig, chuile bhean lena *peek-a-boo* brollaigh ar spáint! I do sheasamh nó i do shuí dhuit ba dheacair gan a bheith ag dearcadh síos caidhséar brollaigh mná éigin! Mar a dúirt an té a dúirt: "*The ubiquity of the exposed breast makes dirty old men of us all, even if you are female!*"

Cén chúis a bhí leis an mborradh coiteann brollach seo? An chúis chéanna, ba dhóichí, is a bhí leis an mborradh a tháinig sna sciortaí gearra, sna buataisí arda, sna sála géara. Saoirse? Faisean? Dúshlán? An mhaoin a caitheadh ar an mbrollach! Lena toirt, lena dath, lena cruth! Agus bhí mná óga ag caitheamh airgead mór ar a bpis chomh maith. De réir tuairisce, i bpáipéar measúil, le cúig bliana bhí méadú 40% tagtha ar an líon ban a raibh *cosmetic vaginal surgery* acu. Athchóiriú, fáisceadh, athmhúnlú liopaí. Níos réabhlóidí fós bhí mná ann a d'éiligh *hymenoplasty*!

Na nósanna radacacha seo ar dhaoirse seachas saoirse iad? Siombailí cumhachta a bhíothas a rá, gurbh í seo an bhean "chumhachtach" ag bagairt ar an bhfireannach! An bhean "nua" ba *temptress* í geall leis an *lap-* nó *pole dancer*! *You're meant to look but you are not allowed! You're meant to taste but don't you dare!*

Cén t-ionadh gur éigníodh mná mar sin agus b'in a tharla don bhean údaí i gCoill Chluain Eanaigh an mhaidin mhoch mhí-ámharach sin. É ráite go mba *lap dancer* i gclub sa gcathair í, bean strainséartha as tír isteach as tír na Spáinne. Gur fhága sí an club an oíche sin, fear ar éill aici gur thiomáineadar go dtí an carrchlós le hais Loch na Feannóige, iad ag suirí is ag cúpláil ansin ach go dtáinig veain an bealach ina raibh ceathrar ógfhear; go ndearna chuile dhuine den cheathrar éigniú uirthise gur tugadh drochíde don fhear freisin, gur cuireadh faoi ghlas i mbúit an chairr é agus gur déanadh iarracht an carr a chur trí thine . . .

An ríomhphost seafóideach comhghairdis céanna sin faoi Mhaolsheachlainn Mac Giolla Cuda ag clingeadh isteach arís! "Ollscoil Louisham"(sic), a Mhaolsheachlainn, an meancóg chló é sin? I mo mhac léinn dom d'oibrigh mé féin i Lewisham Londan.

Mura bhfuil ríomhphost eile tar éis clingeadh isteach anseo

chugam, a Mhaolsheachlainn, a dheartháirín, feicim an t-íocón clúdaigh. Mo ríomhaire nua atá tagtha agus é á rá liom go dtabharfar caol díreach chuig m'oifig é! Nach in seirbhís duit, a Mhaolsheachlainn, nach in fosaíocht?

"Fosaíocht!" Ar ghamhna a dhéanainn féin sin i mo ghasúr dom, a Mhaolsheachlainn, i ngarraí a mbíodh barr arbhair chomh maith le féar ann. Ach fágfaidh mé leat, a Mhaolsheachlainn, óir tá litreacha eile ag tiomsú i m'*Inbox*. Cogar, éist liom, má choinníonn tú ort, má fhoilsíonn tú corralt léannta, iad seo atá *refereed*, agus má choinníonn tú an préachán ó do shrón, ní bheidh mórán blianta caite go dtabharfar ardú céime dhuit!

Iníon léinn dara bliana, B.Oid., a bhfuil *dyslexia* uirthi, trioblóidí pearsanta freisin. Fios aici an litir seo a bheith á scaipeadh ar gach léachtóir atá á múineadh. Toisc na scrúduithe a bheith ar ghort an bhaile ba mhór an gar dá bhféadfaí na deacrachtaí móra seo atá aici a chur san áireamh.

Iníon léinn dara bliana, arsa Aodh leis féin, cén chaoi nárbh eol seo fúithi go dtí anois? Céim B.Oid., cén chaoi a n-éireodh léi post múinteoireachta a choinneáil?

Ar Shinéad Ní Ghloinn a chuimhnigh Aodh ansin, a mhinice is a tháinig sise lena cuid trioblóidí go dtí é ach ainneoin sin gur bhain sí céim amach agus iarchéim, agus anois go raibh ag éirí thar cionn léi, í ina heagarthóir ar an iris chlúiteach *Meascán Mearaí* agus cáil mhór á baint amach aici di fhéin. Nárbh é an trua é nár chuimhnigh sé ar a hiris a lua le Maolsheachlainn Mac Giolla Cuda, mura mbeadh sotal rómhór faoi seo air agus *ego* aige?

Níorbh fhéidir! Le Balthazar a bhí an comhghairdeas á dhéanamh an turas seo! Leabhar leis, *Na Trí Ríthe*, a bhí aistrithe go dtí an Íoslainnis! An ríomhphost seo ó dhéan a dhámha, bhuel, Dia dhár réiteach! Leabhar foilsithe ag rí seo na méaracán? Gan trácht ar í a bheith aistrithe go teanga eile! Stop, a dhiabhail, nach raibh pictiúr den leabhar mar cheangaltán leis an ríomhphost!

Ach níorbh in deireadh leis an siorcas ríomhphoist. An

tOllamh Acmhainneach Ó hAirtnéide ag gabháil a leithscéil faoi a bheith ag cur isteach ar dhaoine ach go raibh leabhar tábhachtach dá chuid ar iarraidh: *Purgadóir Phádraig: An Diminsean Diaga*. Bhí sé á iompar thart ar maidin aige, a deir sé, agus chomh fada lena thuairim ba idir ST8 agus an Leabharlann a chuaigh sé ar strae. "Ní foláir nó d'fhág mé de leataobh ó mo lámh í," ar sé. Bhuel, a Alastair, a leanbh, caithfidh gur fhág! Clúdach corcra, a scríobh Alastar, an teideal féin scríofa i litreacha órga. "Faraor, tá sí as cló agus níl oiread is cóip sa leabharlann."

Purgadóir Phádraig? Murab ionann is *Faoistin Phádraig*. Ná "An Mharthain Phádraig", ar paidir í. Ó Mháirtín Cheata a fuair sé a leagan féin di sin. B'fhéidir go bhfuil agam í a chur féachaint an dtiocfad ar an b*Purgadóir*, arsa Aodh leis féin le straois fhada. Ach gur ar théip amháin atá sí agam. Bhuel, arsa Aodh, is é an *conundrum* is measa go mb'fhéidir go gcaithfinn an Mharthain féin a rá le teacht ar an téip!

Na scéalta barrúla a bhí ag Máirtín Cheata faoin Marthain! Bhí a dheaideo oíche ag déanamh poitín amuigh i scailp – a haon nó a dó a chlog ar maidin – nuair a tháinig a bhean amach le blogam tae dhó. Céard a d'fheicfeadh an bhean bhocht sa teachín stileach in éindí lena fear ach an chomharsa seo a raibh droch-cháil an óil air agus é ar a ghlúine. Ar ndóigh cheap an bhean bhocht gur ar meisce a bhí an diabhal agus nár bhuail sí clabhta air. Ag rá an Mharthain Phádraig a bhí sé!

Amuigh sa sliabh ag cuardach buidéal poitín a bhíodar an tráthnóna a thóg Aodh an Mharthain Phádraig ó Mháirtín. Tóirse ina láimh ag Máirtín ach go raibh ag cinnt air an spota a aimsiú. Méid áirid coisméigeacha deisil ó charraig, méid áirid coisméigeacha aríst ó thuláinín a raibh toimín fraoigh ag fás air, tuathal ansin go dtí scraith a bhí mar chlaibín anuas ar pholl. Agus iad "ar an mbóiléagar" sin, mar a bheadh fóidín meara orthu, ba é a dúirt Máirtín gurbh í an Mharthain Phádraig a theastódh uathu! "D'fhéadfaí leabhar a scríobh air seo!" a dúirt sé féin le Máirtín an oíche sin.

An buidéal á ghlanadh thiar ag an teach agus rapar de sheanpháipéar á chur ag Máirtín air d'fhiafraigh Aodh arís faoin Marthain Phádraig, gur mhaith leis í a thógáil. Bhuel, an gáire groíúil a rinne an tsean*lady*, Ciot! "Ara," ar sí, "seanbhladar!"

Bhuail macnas Aodh ríomhphost dá chuid féin a chur sa timpeall. Faoi ábhar amaideach eicínt! Deile ach an t-úll sin a bhí sé a ithe ar maidin? Go raibh sé ar iarraidh! "Tá mo Gholden Delicious amú orm. Bhaineas plaic as agus ní feasach mé cér fhágas uaim ina dhiaidh sin é. Leathbhádóir léachtóra a casadh i dtobainne orm caithfidh sé an phlaic á cangailt agam. Áit éigin idir an geata tosaigh isteach agus an geata cúil amach a déarfainn nó i leithreas na bhfear. Ná bac an Leabharlann. An té a thiocfas air ar mhiste leis, nó léi, é a leagan ar ais i mo bhosca poist *snailmail*? Ní miste liom má itear plaic bheag as in ómós an dua ach an mant sin a choinneáil siméadrach."

Bheadh freagraí ag doirteadh isteach bhí sé a cheapadh, cinn bharrúla freisin. Fad is a bhí sé ag feitheamh léigh sé an ríomhphost nua eile de chuid Mhelchior faoi na haifrinn a bheadh á léamh i gcaitheamh na seachtaine a bhí chucu: aifreann speisialta le haghaidh na scrúduithe, aifreann bigile, aifreann na marbh, aifreann ceiliúrtha, aifreann achainí. I dtobainne bhuail ríog aiféala Aodh nár chuir sé ina ríomhphost go gcuirfí aifreann á rá ar son an té a d'aimsigh an t-úll!

Mar fho-nóta lena ríomhphost ag Melchior scríobh sé go mbeadh cleachtadh carúl i ndiaidh aifreann na marbh agus go mbeadh cóisir bheag ina dhiaidh sin arís ina dtaispeánfaí ar scáileán *plasma* seó beag den obair mhór a bhí ar siúl ag Trócaire sa Tasmáin. Dhéanfaí an seó céanna a chraoladh amach anseo ar TG4. Chomh maith céanna, a scríobh sé, "tá tús á chur anocht le sraith léachtaí suimiúla san Ionad Bíoblata ar mó de chomhráite ná de léachtaí iad. Beidh na léachtaí so go léir saor," a scríobh sé, "ach nach n-eiteofar deontas beag deonach ag an doras! Nó sa hata a chuirfear thart le linn an chupáin tae!"

Nuair a d'éirigh Aodh óna chathaoir go ndeachaigh sé amach le rud beag aeir a fháil cé d'fheicfeadh sé ag siúl aníos an siúltán go dtí é ach Eithne Ballance. Coisíocht réchúiseach thar is riamh fúithi, leagan nua gruaige, a héadan maisithe thar is ariamh, cóta éadrom bruthach uirthi, fillteán leabhar nasctha lena brollach, níor bhreathnaigh sí ariamh níos mánla. Agus ba mhánla an meangadh a rinne sí leis nuair a chonaic sí é.

"Ní choimeádfaidh mé ach soicind tú!" ar sí.

Níor ghlac sí lena chuireadh neamhchinnte isteach ina oifig.

"Níl uaim," a deir sí, "ach a fhiafraí díot an mbeidh tú i láthair ag an léacht san Ionad Bíoblata anocht?"

I ndiaidh na léachta sin chuaigh Aodh go hárasán Eithne i gcoinne cupáin caife.

Chaith sé an oíche sin ina comhluadar. An mhaidin arna mhárach cheannaigh sé fleasc bláthanna do Phóilín. Ach níor thug sé di iad. B'éard a dhéanfadh sé ar ball, a dúirt sé leis féin, go dtabharfadh sé amach chun béile í.

Thogair Balthazar ar a dhul isteach bealach aic an taobhdhorais seachas tríd an bhFáiltiú. Go hiondúil b'fhearr leis an cúpla focal neafaiseach spraoi a bheith aige leis an bhfáilteoir ach, an mhaidin seo, ní raibh an fonn sin air. Ar aon nós ba é an bealach aic seo an chonair ba chóngaraí go dtí seomra na foirne.

An mbeadh an post tagtha isteach chomh luath seo? Thriallfadh sé ar an leithreas i dtosach le breis bheag eile ama a thabhairt.

Nuair a tháinig sé anuas arís go dtí seomra na foirne bhí duine de na rúnaithe ansin lena trádaire, í ag seachadadh litreacha sna boscaí.

"Móra dhuit ar maidin!" a bheannaigh Balthazar di. "Aon bhréagán ar maidin agat domsa?" ar sé, ag ligean meidhre air féin.

"Ní dóigh liom go bhfuil," ar sí mós leithscéalach.

"Nach tú atá go dona? Nach gceapfá go scríobhfá féin litirín bheag le hardú croí a chur orm?" arsa Balthazar go magúil.

Rinne an rúnaí gáire beag.

"Foighid ort nóiméad anois," ar sí go ciúin, "go mbeidh spléachadh eile agam!"

"Tá tú ceart! Tá tú ceart! Tá mé cinnte nach bhfuil!" arsa Balthazar, é ag dul faoi dhéin an chaidéil i gcoinne deoch uisce.

Le hais an chaidéil bhí póstaer mór ar an mballa de chailín Fairtrade, í ag ithe giota seacláide, í ag breathnú amach ina leith le meangadh mór suáilceach ar a héadan.

"Haigh!" arsa Balthazar léi.

"Gabh mo leithscéal!" arsa an rúnaí faoi gur shíl sí go mba léi féin a labhair sé.

"Í seo!" arsa Balthazar.

"Ó!" arsa an rúnaí le gáire.

"Is maith liom ise!" arsa Balthazar.

"Ó, mar sin é?" arsa an rúnaí.

"Cuireann sí macnas orm!" arsa Balthazar.

"Níl tú á rá?" arsa an rúnaí le straois.

"Tá sé ráite agam!" arsa Balthazar.

"Ait an rud é níor thug mé féin faoi ndeara í go dtí anois," arsa an rúnaí.

"Bhuel, thug mise!" arsa Balthazar. "A luaichte is a tháinig mé isteach ar maidin!"

"Bhuel, bhuel, bhuel!" arsa an rúnaí le clingeadh beag eile gáire.

"Tá sí go hálainn!" arsa Balthazar.

"Is maith liom gur maith leat í," arsa an rúnaí, a gáire maolaithe ina mheangadh.

"Nuair a bhreathnaím anois uirthise," arsa Balthazar, "cuireann a sástacht suaimhneas orm. Breathnaíonn sé go bhfuil an tseacláid ag tabhairt sásaimh dhi. Breathnaíonn sí an-sláintiúil agus ar ndóigh is fógra chuige sin é a fógra. Breathnaíonn sí an-tsásta, compóirteach, suáilceach, ógbhean eachtrannach. Is maith liom snua a craicinn!"

Chling gáire ón rúnaí.

"Go maith!" ar sí.

"Is dóigh go gceapann tú go bhfuilim as mo chéill?" arsa Balthazar.

"Ó, ní cheapaim!" arsa an rúnaí.

"Déanann sí maitheas ar maidin dhom!" arsa Balthazar.

"Is maith liom san a chloisint!" arsa an rúnaí.

"Agus tá gá ar maidin agam le spreagadh!" arsa Balthazar.

"An mar sin é?" arsa an rúnaí.

"Is mar!" arsa Balthazar. "Agus inseoidh mé dhuit cén fáth. Beidh orainn éisteacht ar ball le Máistreás na Coille ag cur síos ar na héachtaí móra atá curtha i gcrích aici!"

"Ó, an mar sin é?" arsa an rúnaí.

"Is mar sin é tá faitíos orm, a Mharie, a chara liom!"

Rinne Balthazar meangadh i leith Mharie agus rinne sise meangadh agus gáire ina leithsean.

"Níl tú róshásta fé?" ar sí.

"Nílim sásta ar chor ar bith, a Mharie!"

"Ach b'fhéidir nach mbeidh sé chomh dona san."

"Beidh, a Mharie! Agus níos measa!"

"Bhuel, tá san go dona!"

"Tá! Tá sé ráite agat! Tá sé go dona!" arsa Balthazar. "Muid inár suí os a comhair ar nós balbhán, ar feadh, níl a fhios agam, oiread seo ama – síoraíocht!"

"Bhuel, bhuel, bhuel!" arsa an rúnaí.

"Tá an t-ádh ortsa, a Mharie, faoin bpost atá agat!"

Rinne sise casadh is corraíl.

"Ó, a dhiabhail, níl a fhios agam!" ar sí.

"Ach amháin nach n-íoctar thusa, a Mharie!" arsa Balthazar. "Ar a laghad ar bith leath-íoctar mise!"

"Bhuel, oiread san féin!" arsa an rúnaí.

"Sin é an fáth gur labhair mé faoin mbean óg seo ar an bpóstaer!" arsa Balthazar.

Rinne an rúnaí racht gáire amhrasach.

"Tá cuma na sástachta uirthi, mar a deirim, agus tá sé sin go maith, go hálainn!" arsa Balthazar. "Is deas go bhfuil duine eicínt sásta!"

"Bhuel, is deas!" arsa an rúnaí.

Ba é Balthazar a rinne an gáire an t-am seo.

"Is dóigh go gceapann tú gur díol truaí mé!" ar sé.

"Ó, ní cheapaim san in aon chor! Cad chuige go gceapfainn? Ní cheapaim ná é!" arsa an rúnaí, beagán trína chéile uirthi. "*No way!*" ar sí.

"Go maith!" arsa Balthazar.

"B'fhéidir gur chóir duit an póstaer san a thabhairt leat go dtí d'oifig?" arsa an rúnaí.

"B'fhéidir!" arsa Balthazar. "Bhuel, tá sé chomh maith agam a bheith ag bogadh liom!"

"Bhuel, go n-éirí leat ar aon chaoi!" arsa an rúnaí.

Shuigh Balthazar sa bhinse cúil in éineacht le Caspar, a cheathrúna agus a ghlúine ag preabadh, méaracha a lámh ag imirt ar chlár an bhinse roimhe. Rug sé ar bhileog A4 as a fhillteán go ndearna sé báidín seoil aisti. Bhain sé bileog eile as a fhillteán go ndearna sé saighead as, gur chuir sé ag eitilt síos i measc an tslua é.

"An gceapann an bhitseach nach bhfuil tada le déanamh againn ach a bheith ag fuireach go foighdeach anseo léi?" ar sé.

Bhreathnaigh Caspar ar a uaireadóir.

"Níl baileach an t-am tagtha fós," ar sé.

"Í ar nós Chríosta, mar sin!" arsa Balthazar. "Nárbh in a dúirt sé in áit eicínt, am eicínt, nach raibh a am tagtha fós? Seo anois againn an circín!" ar sé.

Bhí beirt leasuachtarán móide a príomhleifteanant lena cois.

"Mórshiúl!" arsa Balthazar. "Bhí acu trumpaí a bheith á bhfógairt!"

Chuaigh an tUachtarán go dtí an léachtán fad is a bhuail a compánaigh a dtóin ar chathaoireacha.

Rinne sí meangadh suáilceach i leith a raibh de dhaoine os a comhair.

"Fáilte romhaibh!" ar sí. "Nach álainn an mhaidin í? Míle buíochas le Dia!"

"*Oh, what a beautiful morning, oh, what a beautiful day!*" arsa Balthazar thuas i gcogar.

"Sea!" arsa an tUachtarán, faoi mar dá mbeadh sé cloiste aici, gileacht níos mó ná riamh ag leathnú ar a gnúis. "Dea-scéalta atá ar maidin againn!" a dúirt sí, meangadh geal eile uaithi. "Agus ní chuirfear moill oraibh ach gur mian linn, an ceathrar anso againn, na dea-scéalta a roinnt libh go pearsanta. Is cinnte," ar sí, "agus ní á mhaíochtáil ar aon duine ar leith é – mar gurb iomaí san duine foirne anso a d'oibrigh go dian ar a shon – is cinnte go bhfuil dul chun cinn iontach, iontach go léir, déanta ag an gcoláiste so le blianta beaga anuas. Ní ag caitheamh anuas ar aon duine é nuair a deirim nach rófhada ó shin nuair ba institiúid bheag, choimeádach, eaglasta é an coláiste so ach anois gur ollscoil fhorásach, liobrálach í. A chomhghleacaithe, tá buntáistí móra ag dul leis an aitheantas so. Le fada bhí an t-iliomad san cúrsaí á rith againn, ó bhunchéimeanna go dtí barrchéimeanna dochtúireachta ach nár glaodh 'ollscoil' orainn. Bhain míbhuntáiste leis an *nomenclature* go háirithe thar lear. Ní raibh sé furasta a bheith ag míniú ár gcás i gcónaí. Ní hé go rabhamar ag iarraidh a bheith *elitist* riamh," ar sí, "agus nílimid *elitist* ach . . . "

"Cén Ghaeilge a chuirfeása ar *elitist*?" arsa Caspar le Balthazar. "Cén Ghaeilge atá ar *eclectic*?"

"Is saoire anois sinn. Is mór í an tsaoirse," arsa an tUachtarán, ráiteas a tharraing bualadh bos.

"Tláithínteacht!" arsa Balthazar. "Lí tóna!"

"An é go santaíonn tú í?" arsa Caspar, lasairín mioscaise ina shúile.

"Ní baileach mé chomh *depraved* sin fós!" arsa Balthazar.

"Murach an cogadh so a bheith buaite againn," arsa an tUachtarán, "agus ní ar chath atáimid ag trácht anso, ní bheimis mar atáimid anois."

"Ar maos inár mbrachán!" arsa Balthazar.

"Leis an aitheantas so táimid ábalta struchtúir úra a chur i bhfeidhm sa choláiste anso, táimid ábalta ranna áirithe a nascadh agus ranna eile a dhealú, táimid ábalta gradaim úra a chur i bhfeidhm, arduithe céime a thabhairt. Nuair a aithnítear duine amháin aithnítear gach aon duine."

"Cacamas!" arsa Balthazar.

"Bímis lúcháireach! Bímis mórálach!" ar sí.

"Ó, a mhac an diabhail, tá mise dul ag imeacht!" arsa Balthazar.

Théaltaigh Balthazar leis amach ar chúl, síos na céimeanna faoi luas.

"Tá mapa anois againn," arsa an tUachtarán, "*roadmap*, mar a déarfadh lucht an Bhéarla. An glas a bhí orainn, tá an eochair lena scaoileadh inár lámha féin anois. Deiseanna úra againn le goirt úra a threabhadh, le scéimeannna agus tograí úra a bheartú, ar ár gconlán féinig nó i rannpháirtíocht le hinstitiúidí eile idir léinn, thionsclaíochta agus tráchtála."

Stad sí agus d'fhéach sí timpeall, meangadh sásta ag scaipeadh ar a héadan ar fad. Nuair a buaileadh bosa go tréan mhaígh an meangadh níos mó ná riamh.

"Murach an t-aitheantas so ní móide go mbeadh an t-airgead mór so faighte againn. Os cionn cúig mhilliún euro geallta ag an rialtas le haghaidh an chéad chéim eile den tógáil a bheidh ag tosnú go luath. Le gairid gheall an Ciste Straitéiseach Athnuachana an tsuim chéanna, cúig mhilliún euro eile!"

Buaileadh bosa arís eile ar fud na léachtlainne.

"Dea-scéala!" arsa an tUachtarán. "Dea-scéala! Agus inseoidh mé daoibh cuid de na scéimeanna fiúntacha a bhfuil an t-airgead mór so á bheartú dóibh. Tá Ionad Réigiúnach Foghlama le maoiniú inar féidir céimeanna a bhaint amach go páirtaimseartha, diaidh ar ndiaidh, de réir mar is acmhainn dóibh so a bheidh ag freastal ar na cúrsaí. Beidh Ionad Nua Foghlama á bhunú mar chuid den phróiseas athnuachana sna bruachbhailte bochta sa chathair so ina múinfear réimse fairsing ábhar. Cuirfear mionsonraí na scéimeanna so ar ár suíomh idirlín agus buailfidh mé ar aghaidh.

"Slándáil agus sábháilteacht, a chairde! Faraor, ní chloítear i gcónaí leis na rialacha atá leagtha síos dóibh so! Agus i dtaca leis an rud so a dtugaimid *The Power of One* air!"

"In ainm Dé, canathaobh nach bhfágann sí na rudaí beaga

so fúthu so atá ceaptha chun a bheith ina mbun?" arsa Belinda i gcogar le hAodh.

"Téamh Domhanda!" arsa an tUachtarán.

"Nach bhfuil a fhios againn!" arsa Belinda.

"An t-athrú atá ag teacht ar aeráid an domhain," arsa an tUachtarán, "is minic daoine ag ceapadh nach féidir leo féin faic a dhéanamh fé. Ach, is féidir. Má dheineann gach aon duine a iarracht bheag féin méadófar í san fé na milliúin, fé na billiúin! Tosaigh sa bhaile agus lean ar aghaidh leis anso. Nuair nach bhfuil siad ag teastáil múchadh gach uile dhuine a chuid gaireas: soilse aibhléise, téiteoirí, ríomhairí is eile. Mar a deirtear, bímis *proactive*!"

Dhún an tUachtarán a fillteán. Thug spléachadh siar i ndiaidh a leicinn ar a complacht féachaint ar mhian le duine ar bith acu sin cur lena raibh ráite aici. Nuair nár labhair aon duine acu chuir sí meangadh dínitiúil eile uirthi féin, rinne buíochas a ghabháil an athuair le chuile dhuine, d'fhág sí an léachtán agus shiúil sí amach, a cuid leasuachtarán is a leifteanant ar a sála.

Dheifrigh comhghleacaithe amach an doras cúil.

"Bí ag caint ar *control freak*!" arsa Belinda le hAodh. "Déarfainn go raibh faitíos ar éinne de na balbháin san labhairt! Féach!" ar sí. "Sinn sách fada ag caint air, an dtiocfá amach chun lóin liom?"

"Tiocfad," arsa Aodh, "ach is mise a íocfas as an mbeirt againn an t-am seo!"

"Le do thoil ná tosaigh ar an ealaín so arís, a Aodh! Mise a d'iarr ortsa agus tá mise do do thabhairt amach chun lóin nó nílim!"

"Bíonn tusa rófhial!" arsa Aodh. "Íocfad ar a laghad ar bith asam fhéin!"

"Féach, téimis amach agus féadfaimid an cheist so a fhuascailt ar ball!" arsa Belinda. "An miste leat má théim fad le m'oifig ar dtúis?"

"Is mian liomsa sciuird a thabhairt ar m'oifigse freisin!" arsa Aodh. "Casaimis le chéile sa bhFáiltiú deich nóiméad chun a haon?"

Shuigh Aodh ina oifig ag iarraidh an t-am a mheilt sula rachadh sé chomh fada leis an bhFáiltiú. Cén bhialann a roghnódh Belinda? An fhosaíocht seo a bheadh aici air! Chaithfeadh sí mar leanbh leis ag míniú an bhiachláir!

Bheadh Belinda beagáinín mall, bhí sé a cheapadh. Thiocfadh sí ansin le fuinneamh, lena séis leithscéalta beaga. A Aodh, tá brón orm! A Aodh, tá *sorry* orm! Maith dom é, a Aodh! An maithfidh tú dom é, a Aodh? Bhfuil tú i bhfad anso?

Ag breathnú amach trína fhuinneog chonaic Aodh go raibh an lá éirithe salach. Spéir dhorcha agus séideán gaoithe ardaithe agus braon uirthi. Lá sramach, ar sé leis féin.

Braiteach ar chomhairle Mháistreás na Coille mhúch Aodh a ríomhaire. Chuir sé glas ar dhoras a oifige. Ansin, de thapaigean, d'oscail sé an doras arís mar go raibh amhras air gur fhág sé rud éigin ar siúl. "Mé chomh dearmadach leis an nGearrán", ar sé leis féin. "Cá'il mo chuid spéacláirí? Teastaíonn an dara péire spéacláirí uaim d'fhonn an chéad phéire a aimsiú!"

Bhuail Aodh leis de rúid. Chonaic sé Belinda uaidh, í ag teacht go sprcabhsánta faoi dhéin an Fháiltithe ón treo eile. D'ardaíodar beirt a ndeasóg chuig a chéile.

"Haigh! Beidh mé chughat faoi cheann nóiméidín! Níl uaim ach féachaint a bhfuil litir áirithe i mo bhosca!" arsa Belinda.

Ní raibh moill ar bith uirthi ach, fós féin, bhí na leithscéalta ar bharr a béil arís aici, ag fógairt go raibh brón agus *sorry* uirthi.

"Litir a raibh mé ag súil léi!" ar sí.

"Bhfuair tú í?" arsa Aodh.

"Go deimhin féin ní bhfuaireas! An chléir!" ar sí. "Is cuma sa sioc leo!"

"Is aisteach an dream i gcónaí iad!" arsa Aodh.

"Daoine acu!" arsa Belinda.

"Tá siad an-phostúil astu fhéin i gcónaí," arsa Aodh.

"Daoine acu níos measa ná a chéile," arsa Belinda.

"Déarfainn, gan dabht ar bith, go mba áirid an t-aicsean a bhíodh ar siúl i mainistreacha agus i gclochair fadó!" arsa Aodh. "Déarfainn go mba *seedy* na háiteacha iad na mainistreacha!"

"Bhuel, ná bacaimis leo anois, ach cad chuige a mbeadh peacaí a sinsear ar na créatúir atá ann fé láthair?" arsa Belinda. "Cá rachaimid?"

"Go dtí Tom's Take-Away, deile?" a d'fhreagair Aodh teann ámhailleachta.

"Ná téimis síos an bóthar san arís, a Aodh, le do thoil!"

Cé thiocfadh ina mbealach ach Alastar.

"Móra dhaoibh!" ar sé.

"A Alastair," arsa Belinda, "ar mhaith leat a theacht chun lóin linn?"

"Nár bhreá liom é ach an t-am a bheith agam!" a d'fhreagair Alastar.

"Táimid ar ár slí go dtí Bistro Cháit. Ó, gabh mo leithscéal, a Aodh," arsa Belinda, agus thosaigh sí ag potaireacht gháire, "tá brón orm, tá *sorry* orm!"

"Tá Tigh Cháit togha!" arsa Aodh.

"Gabh mo leithscéal arís, a Aodh! Ach, a Alastair . . . ?"

Chuig Bistro Cháit a chuadar agus d'fhéachadar ar an mbiachlár, Belinda ag moladh béilí d'Aodh, Aodh ag aontú léi.

"Féach, a Aodh, ná bac liomsa! Tá píosa mór den domhan atá siúlta agatsa . . . "

"Beidh sicín *chop suey* agam," arsa Aodh.

"Bhfuil tú cinnte, an tráth so lae?" arsa Belinda.

"Comhairlíodh tusa mé, más ea!" arsa Aodh.

"Deinfidh mé an fhírinne leat," arsa Belinda, "n'fheadar an sásóidh béile ar bith anso tusa óir is maith leatsa béile traidisiúnta."

"Ara, nach mbeidh mo dhinnéar agam sa mbaile ar ball!" arsa Aodh.

Lúb Belinda le gáire.

"Fir!" ar sí. "Ach tá fir anois ann – an fear nua – cé go bhfuil an téarma san as faisean anois – a bhíonn sásta, ana-shásta, leis an gcineál so bídh!"

"Nár dhúirt mé sicín *chop suey*?" arsa Aodh.

"A, a Aodh, ná bac anois le do shicín *chop suey*!"

“Tuige?” arsa Aodh.

“Ná bacaimis anois le ‘tuige’ ar bith!” arsa Belinda.

Bhí an freastalaí ina láthair.

“Ar mhaith libh rud éigin a ól?” ar sí.

“Níor mhaith, go raibh maith agat!” arsa Belinda.

“Ólfaidh tú gloine fíona?” arsa Aodh le Belinda.

“Ní ólfad, go raibh maith agat,” arsa Belinda. “Díreach uisce *still*,” ar sí leis an bhfreastalaí, “as an mbuacaire!”

“Ólfaidh tú gloine fíona fad is atá muid ag fanacht nó leis an mbéile?” arsa Aodh.

“Ní ólfaidh, go raibh maith agat, tá sé róluath, éirím róchodlatach!” arsa Belinda.

Ar sí i dtobainne ansin:

“Ní maith liom an áit so! B’fhéidir gur mhaith leat a dhul go dtí áit éigin eile? Téanam ort!” ar sí.

“Tá mise sásta,” arsa Aodh.

“Ara, téanam orainn!” arsa Belinda, ag éirí óna cathaoir di.

“An freastalaí bocht!” arsa Aodh.

“Ná cuireadh sí aon imní ort!” arsa Belinda. “Rachaimid go dtí áit éigin ina bhfuil bia traidisiúnta.”

“Ó, is maith liomsa bianna aduaine freisin!” arsa Aodh.

“B’fhéidir gur chóir dúinn fanacht más ea?” arsa Belinda. “Fanaimis, tá sé ag éirí déanach is ag cur fearthainne agus b’fhéidir nach mbeadh sé fuirist áit eile pháirceála a fháil! Inis an fhírinne anois dom, an mbeidh sé i gceist agatsa béile eile a chaitheamh tráthnóna? Mura mbeadh . . . ”

“Ar mhaith libh suí ag an mbord céanna nó . . . ?” arsa an freastalaí.

“Is fuath liom an lúitéis so!” arsa Belinda. “Is fearr dúinn brostú anois! Gabh mo leithscéal, a Aodh, níor chóir dom san a rá, tá *sorry* orm, a chroí! A Aodh, tóg d’am, tá neart ama againn, a stór!”

Dhoirt Aodh gloine uisce as an gcrúiscín dó féin agus d’fhiafraigh sé de Bhelinda ar mhaith léise gloine.

“Bíonn an t-uisce san rófhada sa chrúiscín,” arsa Belinda.

"Nó gloine fíona?" arsa Aodh.

"Ní bheidh aon fhíon agam go raibh maith agat, a Aodh."

"An bhfaca tú an ríomhphost . . . ?" arsa Aodh.

"Ní fhacas!" a d'fhreagair Belinda de léim. "Cad athá ann?"

"Aon tsuim i gcoiste agat?" arsa Aodh.

"Suim soip!" arsa Belinda.

"Táthar ag iarraidh coiste a bhunú d'fhonn is go mbunófaí *creche* sa gcoláiste," arsa Aodh. "Coiste Comhairleach . . . "

"Bunaídís leo!" arsa Belinda. "Coiste Comhairleach? Coiste Comhairleach?" ar sí arís. "Ní leor feasta gnáthchoiste!"

"Coiste Comhairleach Bainistíochta," arsa Aodh.

"Bhabh!" arsa Belinda.

"Tá Bunreacht le bheith acu," arsa Aodh.

"Agus *Mission Statement* gan amhras," arsa Belinda.

"Táthar ag iarraidh dháréag le haghaidh an choiste cé go bhfuil cathaoirleach roghnaithe acu . . . " arsa Aodh.

"Cheana féin?" arsa Belinda. "Cé tá?"

"Táthar ag lorg ionadaí ó chuile roinn," arsa Aodh.

"Molaimse tusa!" arsa Belinda.

"Ní mholfaidh, a mh'anam!" arsa Aodh. "Táthar ag lorg ionadaithe ó na mic léinn chomh maith céanna. Iarracht mhór ar mhaoiniú í seo!"

"Cén *rage* is ceart a thabhairt air?" arsa Belinda. "Maoin*rage*? Ní maith liom an eachlach san a luaigh tú a bheith ina bhun. Tá sí san chomh glic le sionnach! An sionnach féin níl sé ach ag sodar ina diaidh! Ach luaigh tú go raibh ríomhphost eile uaidh féinig?"

"An MA nua seo aríst!" arsa Aodh.

"'Nua?'" arsa Belinda. "Táim sáraithe aige! Cad a mheas tú fén gcruinniú is déanaí? Cuir amú ama a deirimse!"

"Táthar ag caint anois faoin gcúrsa 'nua' MA seo ó, ó rugadh Ádhamh!" arsa Aodh. "Ar chuala tú ár mbunóc ag an gcruinniú deiridh dár spreagadh chun gnímh: 'Tugaimis fé in ainm Dé!' 'Tá ár ndóthain cainte déanta againn air!' 'Bímis dearfach, in ainm Dé!' Ach gur teaspach allais de chineál eile ar fad a bhí air nuair a roinneadh amach na modúil. Mé ag siúl suas an siúltán leis agus súil aige go mb'fhéidir le Dia nach gcuirfeadh dóthain daoine isteach air!"

"Ó, an scorach san!" arsa Belinda. "Ag múineadh dá mháthair conas mí-abha a dhéanamh! Bhuel, a Aodh, tá mise a rá leat, rithidís é, agus tugaidís é, na scloítigh féinig! É féin is a scorach!"

"An rachaidh tú chuig an gcruinniú seo?" arsa Aodh.

"Bhfuil Clár againn?" a d'iarr Belinda.

"Tá, an iarraidh seo! An MA agus an cúrsa eile seo is nuaí fós, An Léann Éireannach!" arsa Aodh. "Ionad Nua atá le tógáil i gcoinne an Léinn Éireannaigh, is dóigh liom," ar sé.

"Chun an t-airgead mór so a chaitheamh!" arsa Belinda.

"Is í an aidhm a bheas leis an gcúrsa nua seo, de réir dealraimh, ná anailís a dhéanamh ar theangacha agus ar litríochtaí na tíre seo mar fhiosrú ar an gcaoi a dtéann siad i dtionchar ar ár mbraistint mar Éireannaigh ag tús an fiche is a haonú haois," arsa Aodh.

"Tá brón orm, a Aodh, ach ní thuigim an ráiméis san," arsa Belinda.

Aodh braiteach gur úsáid sé an téarma Muimhneach "braistint".

"Togra ildisiplíneach, idirdhisiplíneach, de réir dealraimh," ar sé.

"Cén saghas ainmhí é san, a Aodh?" arsa Belinda.

"Gearrán is *jennet* i dteannta!" arsa Aodh agus rinne sé gáire. "Má cruthaíodh ballstaic ariamh, a Bhelinda! Tá coiste le roghnú d'fhonn an cúrsa úr seo a dhréachtadh . . . "

"Agus go mbeidh sé féin ag súil gur sinne a dhréachtfaidh!" arsa Belinda.

"Beidh ranna go leor bainteach leis – á dhréachtadh," arsa Aodh. "Beifear ag súil go meallfar scoláirí ní hamháin as Éirinn ach as an mBreatain chomh maith, as an bhFrainc, as an nGearmáin, as an Danmhairg, as an Spáinn, as an tSualainn . . ."

"As an gcruinne go léir! As Bealach na Bó Finne ní foláir!" arsa Belinda.

"As Inis Bó Finne ar chaoi ar bith a déarfainn!" arsa Aodh. "Ach ó Stáit Aontaithe Mheiriceá, siúráilte. Eagrófar seimineáir, reachtálfar siompósia, foilseofar leabhra . . . "

"Bhabh!" arsa Belinda. "Cé dhéanfaidh? Cé bheidh mar stiúrthóir? Maor an Gharráin? Bheadh sé sásta a bheith ina stiúrthóir cuirfidh mé geall leat ach ní dhréachtfaidh sé, ní eagróidh sé, ní reachtálfaidh sé ná ní fhoilseoidh sé faic!"

"Nuair a bheas an tIonad seo faoi lán tseoil . . . " arsa Aodh.

"Nuair a bheidh!" arsa Belinda.

"Tá i gceist iris scolártha a chur ar fáil ina bhfoilseofar altanna, léachtaí . . . " arsa Aodh.

"Ina bhfoilseofar!" arsa Belinda. "Cad a cheapais fén úrscéal is déanaí a seoladh chughainn?"

"An t-úrscéal sin ó Chló Phléaráca? Súil acu go gcuirfidh muid ar chúrsa é!" arsa Aodh. "An áireofá an t-údar ar mhór-úrscéalaithe ár linne?"

Phléasc plobarnaíl agus priosláil gháire ar Bhelinda.

"Tá brón orm, a Aodh, tá *sorry* orm, ní áireoinn!"

"Anois, a Bhelinda, dhá mbeadh an tIonad Nua seo ag feidhmiú, agus an iris scolártha ar a cosa, d'fhéadfása léirmheas criticiúil a fhoilsiú faoin úrscéal seo!"

"D'fhéadfainn, a Aodh!"

"*Sans doute*, a Bhelinda, mar a déarfadh Alastar!"

"Dáiríre píre, a Aodh, cad a mheasann tusa faoi *Cré na Cille*?"

D'íoc Belinda an bille.

"Mise anois an chéad bhabhta eile, a Bhelinda, agus ná bíodh ceist faoi!"

"Go raibh maith agat, a Aodh."

"Go raibh maith agatsa, a Bhelinda."

"Conas athá sibh ag baile? Conas athá Póilín?"

"Go maith, slán a bheas tú, a Bhelinda."

"Conas athá Muireann agus a clann, agus bhur gcomharsana ón gCamarún? Nach bhfuil clann Chamarúnach in aice libh?"

"Sé is measa fúthu sin go mbíonn seancharranna agus seanveaineanna páirceáilte síoraí acu taobh amuigh dá n-áras!"

"Fadhb mheánaicmeach a thugtar air san, a Aodh!"

"É an-chontúirteach againn ag cúlú amach," arsa Aodh.

"Fadhb mheánaicmeach!" arsa Belinda arís.

"Anuas air sin ansin tá na mic léinn ón gcoláiste i ndeas dhúinn agus páirceálann siad a gcuid carranna ins chuile áit!"

"Fadhbanna meánaicmeacha!" arsa Belinda arís eile.

"Os comhair ár dtí . . . !" arsa Aodh.

"Fadhbanna meánaicmeacha, a deirim!" arsa Belinda. "Fadhbanna meánaicmeacha a thugtar anois ar na cúiseanna beaga gearáin so a bhíonn ag daoine athá go maith as. Na míshásaimh bheaga so ag daoine gur acmhainn dóibh a dhul ar laethanta saoire cúpla uair sa bhliain ach a dheineann gearán faoin bhfearthainn, a bhíonn ag ochlán faoi na bráillíní a bheith tais ina dteach saoire, ag canrán go cásmhar nár éirigh leo ticéad a fháil do cheoldráma nó bord a chur in áirithint ina rogha bialainne nó easpa sneachta a bheith ar an b*piste*!"

"Nár laga Dia thú, a Bhelinda, cuireann tú go maith é!"

"Frustrachais bheaga iad so, a Aodh, údair chráite lucht an rachmais, gur tubaistí iad nó go dtarlaíonn tubaiste ceart!"

"M'anam, a Bhelinda, gur breá liom a bheith ag éisteacht leat!"

"Fadhbanna so na meánaicme, a Aodh, is fadhbanna iad gur mhaith leis an daibhir iad a bheith acu, nach bhfuil iontu ach mioncheataí!"

"Nár laga Dia thú, a Bhelinda, mar a deirim is aoibhinn a bheith ag éisteacht leat! Sólás, faoiseamh, ardú meanman, mé ag tóraíocht an fhocail cheart anois, a Bhelinda!"

"Pé ní, pé pribhléid, athá sa saol so againn, a Aodh, beidh 'fadhbanna' againn! Ní cosaint í an phribhléid ar fhadhbanna, a Aodh!"

"Is fealsamh thusa chomh maith le chuile cháil eile, a Bhelinda!"

"Is minic na fadhbanna so gearrthéarmach, a Aodh! Bainid leis an aimsir láithreach! Bíd seachtrach! Bainid leis an *ego*!"

"Is tú atá domhain, a Bhelinda, nár laga Dia thú!"

"Ara, ná bac! Inis dom, a Aodh, an dtéann tú ar cuairt i gcónaí go dtí an seanfhear san thiar sna sléibhte?"

"'Ní measa corp imeacht as tír ná sioc imeacht gan síon!'" arsa Aodh. "'Nuair a bhíonn an bolg lán is mian leis an gcnámh síneadh!' Cailleadh a mháthair!"

Gheit Belinda.

"A mháthair?" ar sí.

"Bhí sí chomh scafánta folláin leis an eascann bhán," arsa Aodh, "nó gur éirigh sí tinn! B'éigean í a iompar amach an sliabh ar chathaoir!"

"Abair so liom, an dtéann tú ag iascaireacht fós?" arsa Belinda. "Bhuel, ar chuma ar bith, nuair a bheidh tú ar scor ón áit so, ní bheidh tú díomhaoin!"

"'Díomhaoin'? Tá faitíos orm gur díomhaoin a bhead!" arsa Aodh.

"Is dóigh gur minic a mharaigh tú bradán?" arsa Belinda.

"Is beag nár mharaigh mé bláthán coicís ó shin!" arsa Aodh.

"*Nearly never bulled a cow*, chuala tú an ceann san?" arsa Belinda.

"*Nearly never bulled a cow, nor put a* banbh *in a sow!*" arsa Aodh.

Chrom Belinda a cloigeann go ndearna sí siota gáire síos a srón.

"Tá an ceann san go maith!" ar sí.

"É beagán gáirsiúil," arsa Aodh.

"Cén díobháil? Inis so dom, an gceannaíonn tú éanlaith *free-range* i gcónaí? Ón bhfear céanna san amach an bóthar? Bhfuil a fhios agat gur chuala mé go gceannaíonn Maor an Gharráin turcaí *free-range* fé Nollaig agus gurb é féin a mharaíonn í? Go bhfeannann agus go nglanann sé amach í! Gé chomh maith le turcaí! Cé chreidfeadh?"

"Bhuel, an barbarach!" arsa Aodh le fonóid. Rinne Aodh meangadh.

"Mharaínnse lonta dubha agus smólacha nuair a bhí mé óg," ar sé.

"Ní mharaíteá?" arsa Belinda.

"Agus d'ithinn!" arsa Aodh. "Dhéantaí sin an t-am sin, i mo cheantarsa ar chuma ar bith!"

"An ndeintí, dáiríre?" arsa Belinda. "Bhuel, mar a dúirt mé, beidh neart agatsa, ar aon nós, chun tú a choimeád gnóthach nuair a bheidh tú ar scor! Marcaíocht, galf, poitín, iascaireacht, marú éanlaithe!"

"Agus agat fhéin, a Bhelinda! Leabhra le léamh agus cúrsaí le déanamh!"

"'*Books are a bloodless substitute for life!*' Tú féin, a Aodh, a dúirt san liomsa uair amháin!"

"Ná bac liomsa, a Bhelinda!"

"Ní rófhada uainn an lá mór anois, a Aodh! Cé mar a bhraitheann tú? Sinn *institutionalised* ar shlí, is dóigh?"

"Meas tú cén aois iad Balthazar is Caspar?" arsa Aodh.

"Ní móide mórán blianta eile acu!" arsa Belinda.

Ar ais sa choláiste dóibh bhí an t-ádh ar Bhelinda go bhfuair sí áit le páirceáil inti. Rinne Aodh a bhuíochas a ghabháil arís léi, agus rinne Belinda a buíochas a ghabháil leis-sean.

"Déanaimis arís é!" ar sí.

"Déanadh muid go minic é!" ar seisean.

Istigh sa bhFáiltiú bhuail Caspar bleid ar Aodh.

"Cogar," ar sé, "is fada mé ag cuimhneamh ar an gceist seo a chur ort. Is iascaire thusa, cén Ghaeilge dhúchasach atá agat ar na focla Béarla seo: *fry*, *parr*, *smolt*, *grilse*?"

"Stuifín, gilidín, gilide, bláthán," arsa Aodh.

"Ar chuala tú an téarma *kelt* ariamh?" arsa Caspar.

"Lata!" arsa Aodh. "Nó sleaingear, mar a déarfadh Máirtín Cheata!"

"Cheap mé gurb in an leasainm a thabharfadh an tAcmhainneach i mBéarla ar bhun-Chorcaíoch?" arsa Caspar. "Cén Ghaeilge a chuirfeása ar *mezzanine*?"

"Idir dhá urlár," a d'fhreagair Aodh.

"'Idir dhá urlár'," a d'aithris Caspar ina dhiaidh. "Nach álainn an teanga í an Ghaolainn, mar a déarfadh an Muimhneach? As Béal Idir Dhá Thuile domhsa!" ar sé.

Nuair a bhí Aodh ina leaid óg chloiseadh sé a athair ag caint ar sheanfhear a raibh flít mór caorach aige. Ach an bhliain seo amach sa bhfómhar tháinig madraí aon oíche amháin agus rinne siad léirscrios orthu. Níor fhágadar mórán caora ar bith aige gan iad a stróiceadh nó a mharú.

Déarfaidís, na seandaoine, a dúirt a athair, tréad caorach ar bith a ndeachaigh madraí fúthu nach ndéanfaidís aon mhaith. An méid a d'fhan ag an seanfhear bocht seo tháinig drochbhail orthu, cailleadh iad.

Ach bhí an seanfhear lá ina dhiaidh sin ag socrú talúna, sa gharraí céanna is a bhí Aodh agus a athair an lá seo, an seanfhear ag réiteach iomairí nó gnó oibre den sórt sin. Lá breá a bhí ann, gan smeámh san aer. Ach faoi thráthnóna ar chaoi ar bith bhí an seanfhear ag breathnú uaidh ó thuaidh, anonn thar an loch, ar cheantar Chnoc Meadha, atá i ngar do Thuaim, agus nach bhfaca sé sonda mór ag teacht san aer.

Níl a fhios agam, a deir athair Aodha, an bhfaca an seanfhear, nó nach bhfaca, a leithéide riamh roimhe sin ach bhí an sonda seo ag teannadh leis. *By dad*, bhí sé ag cur faitís air. Bhí sé an-mhór agus thug sé faoi deara sa deireadh gur éan mór é. Ach bhí sé ag teacht an-ghar dó agus céard a bheadh ann ach iolrach. Agus thug an seanfhear faoi deara go raibh rud éigin ina ghob nó ina bhéal.

Ach bhí go maith agus ní raibh go holc cár ísligh an t-iolrach ach sa gharraí ina raibh an seanfhear. Agus céard a bhí ina bhéal aige ach uan breá caorach agus tabhair uan breá air. Ar an bpointe a leag an t-iolrach a chos ar an talamh, más é an chaoi ar airigh sé an seanfhear nó cén chaoi é, ní dhearna sé ach an t-uan a ligean ar an talamh agus éirí arís, ag imeacht leis sa spéir.

Nuair a chonaic an seanfhear an t-uan beo ní dhearna sé ach

a láí a shá sa talamh agus ghlaoigh sé ar fhear eile a bhí ag socrú talúna i ngarraí i ngar dó, gur leanadar an t-uan, gur sháinníodar é agus rugadar air. Agus céard a bheadh ann ach uan breá baineann. Tabhartas ó Dhia chugat, a deir an chomharsa leis an bhfear a chaill na caoirigh.

Bhuel, bhí an t-uan bunáite tógtha ach theastaigh beagán eile uaithi. Thug an seanfhear leis abhaile go ceanúil í agus thóg sé ina suc í.

Ach thug sé an reithe di agus an bhliain dár gcionn bhí uan óg ag an suc. Agus faoi cheann achair ghearr blianta bhí flít caorach arís aige chomh mór is a bhí riamh.

Ba scéilín é sin a thaithnigh go mór le hAodh agus amanta, ag obair sa gharraí sin dó, bhíodh sé ag breathnú ó thuaidh, ag breathnú ar Chnoc Meadha, ag tnúthán le sonda a fheiceáil sa spéir. Ag tnúthán freisin go dtiocfadh sé sa saol go dtaistealódh sé lá éigin chomh fada i gcéin le Cnoc Meadha.

Pé ar bith é, bhí Aodh agus a athair an lá seo ag sábháilt fhéir sa gharraí sin, lá an-bhreá, gan smeámh sa spéir, an scéilín inste arís eile ag a athair agus iad beirt ina seasamh ag breathnú ó thuaidh, nuair cé bhuail isteach chucu ach Seoirse Seoighe. Fear uasal, amach as an gcathair, ba ea Seoirse Seoighe, a raibh teach áirgiúil tógtha le bóthar mór aige, teach breá a raibh bláthsceacha agus pabhsaetha áille ag cur ina thimpeall, agus a mbíodh Seoirse féin ag tabhairt an-aire dóibh.

Ach an lá breá seo, mar a deirim, bhuail an tUasal Seoighe isteach sa gharraí. Amuigh ag spaisteoireacht lena mhadra a bhí sé. Ag tógáil aeir le go mbeadh goile dá dhinnéar aige.

Madra Labradór, agus fad is a bhí an bheirt fhear ag comhrá luigh an madra ar an talamh agus bhí Aodh ag breathnú ar a theanga phinc sínte uaidh aige i meirbheadas an lae.

Am éigin sa chomhrá mhol an tUasal Seoighe go gcuirfí Aodh ar coláiste cé nár chuala Aodh an comhrá sin mar, le go mbeadh a gcuid comhrá príobháideach, d'iarr a athair ar Aodh tine a chur leis an gcarnán copóg is broimfhéir a bhí tiomsaithe acu as an bhféar.

Níor thagair a athair don ábhar comhrá sin le hAodh an lá sin ar chor ar bith ach luaigh sé leis é lá níos faide anonn. Molann an tUasal Seoighe go gcuirfear ar coláiste sa gcathair thú, a deir a athair, agus bhí mé fhéin agus do mháthair ag caint faoi. Deireann an tUasal Seoighe go bhfuil mianach mór ionat agus gur ceart an deis seo a thabhairt dhuit.

Níorbh é Aodh céard a déarfadh sé. Gheofar rothar dhuit ar a mbeidh tú in ann a dhul isteach is amach leat fhéin. *Dream the dream*, a bhí ráite ag an Uasal Seoighe, *let your son dream the dream!*

Ceannaíodh an rothar an samhradh sin agus thosaigh Aodh ag cleachtadh air. É chomh bacach sin ar dtús go mbíodh ar a athair greim a choinneáil ar a dheireadh. Aodh ag argóint dá mbeadh barra trasna air nach mbeadh sé ag lúbadh chomh mór.

Ar nós lao ag foghlaim coisíochta, ámh, níorbh fhada Aodh ag cur eolais ar an ngaireas nua. Lá i ndiaidh lae, gur thaistil sé níos faide is níos faide ó bhaile. Go ndeachaigh sé lá chomh fada soir le hArd na Gréine. Soir thar droichead Chlaidigh an lá ina dhiaidh sin, thar Cnoc an Mhuilinn, nó go raibh sé i Móin Ghearr.

Gur tháinig sé anuas den rothar san áit sin agus gur bhreathnaigh sé siar. Ceo gorm a bhí le sonrú thiar. É níos faide ó bhaile ná mar a bhí sé riamh leis féin go dtí sin.

Trí bliana déag a bhí sé an t-am údaí. Cúig bliana le cois na trí scór a bhí sé anois.

"Bhfuil tú ag brath ar shíntiús a thabhairt le haghaidh an bhronntanais foirne seo d'Aodh?" a d'fhiafraigh Caspar de Bhalthazar.

"Nílim!" a d'fhreagair Balthazar. "Oiread is sciúrtóg!"

Rinne Caspar sianaíl bheag gháire.

"Oiread is *cent*!" arsa Balthazar.

Seitreach eile gháire a rinne Caspar.

"Níl ciall ná réasún leis an sean-nós críonna caite seo," arsa Balthazar, "go mbeifí ag súil chuile bhliain go n-íocfaí airgead leo seo atá ag éirí as! Fiafraím dhíot, a Chaspair, céard ariamh a rinne an boc sin? Tugadh na húdaráis bronntanas dhó más áin leo! Ach a bheith ag súil go n-íocfadh baill óga – ar conradh atá go leor acu – nó, go deimhin, seanleaideanna ar nós muid fhéin ach oiread, suim airgid ar son pléisiúir leibidí de chineál Aodha, bíodh an ball séire orthu!"

"Dáiríre píre, tagaim leat!" arsa Caspar.

"Agus rud eile dhe," arsa Balthazar, "an tÓstán Charlene sin, ní thagaim leis! Go n-eagraítear an chóisir shamhnasach seo sa Charlene chuile bhliain, níl sé ceart, cóir ná cothrom! Tá óstáin eile sa gcathair seo, atá seacht n-uaire níos fearr ná an Charlene, ar mó an riachtanas atá acu le hócáid den chineál seo!"

D'aontaigh Caspar le Balthazar agus luaigh sé drochbhéile a fuair sé san óstán céanna.

"Ní ghabhfainnse taobh istigh dhá dhoirse!" arsa Balthazar. "Consaeit a chuireann an áit sin orm!"

"Ní móide go bhfreastalóidh tú ar an seó?" arsa Caspar.

"Ní fhreastalód! Baol orm!" arsa Balthazar. "Le bheith ag caitheamh ómóis leis an leidhb thútach sin, ab ea? É fhéin is Circín na Coille ag baoithláithínteacht ar a chéile thuas ag an mbord ag ceann an tseomra! *No way*, níl mo ghoile sách láidir, a mhac!"

Tar éis do Mhaitiú Mac Meanmnan, nó Maor an Gharráin, críochnú glaodh ar Aodh le cúpla focal a rá.

"Is dóigh," arsa Aodh, ina sheasamh ag an micreafón dó, "ó tá chuile dhuine do mo mholadhsa tráthnóna gur fearr dhom mé fhéin a mholadh freisin! Nach n-abraítear *that self praise is the only heart-felt praise*? B'fhíor do Mhaitiú, ar chaoi ar bith, nuair a dúirt sé go dtiocfadh liom a bheith ar pinsean le cúpla bliain, ach go mba leasc liom sibh a fhágáil! Níorbh in é, a chairde, ach gur chomhairligh mé dhom fhéin: '*Why be on a half-salary for doing nothing when you can be on a full salary for doing nothing? A bird in the hand is better than a half-bird in the bush!*'

"Ar mo cheapadhsa sa gcoláiste seo ba é an chéad fhreagracht a cuireadh orm – agus tá mé ag ceapadh go bhfuil sé seo cloiste ag daoine agaibh cheana – ná a dhul ar oilithreacht lae go dtí Cnoc Mheilearaí leis an tSiúr Imelda. Ar an mbealach abhaile dhúinn, cé go raibh an lá ina rilleadh báistí, mhol an tSiúr go n-abróimis an paidrín le buíochas a ghabháil leis an Maighdean Bheannaithe faoin *time* iontach a bhí againn! Ar ndóigh, dea nó drochaimsir, b'éard a bhí ag cur uirthise go raibh sí go domhain i ngrá leis an bhfear óg ina shuí lena hais!

"Ba é an dara gníomh mór a bhí le déanamh agam ná a dhul amach go dtí scoil ag feitheoireacht ar chleachtadh múinteoireachta. In áit ar a dtugtar Coinicéar a bhí an scoil sin agus bhíos i mo shuí i gcúl an tseomra ranga ann, mé ag faire ar fhrancach! A smut féasógach amach is isteach i bpoll aige! Is cuimhneach liom an francach ach ní cuimhneach liom an t-ábhar múinteora!

"Lá arna mháireach thriallas ar scoil in Iarthar an Chláir, an tSiúr Imelda arís in éineacht liom, ach gur thosaigh sé ag báisteach. Cén bhrí mura raibh *wipers* mo ghluaisteáin briste? Nár Ghaillimh a shroicheamar!

"An cleachtadh múinteoireachta thart, léachtaí dul ag tosaí, ghlaoigh an tUachtarán de leataobh orm – agus ní hí an bhean uasal atá anois ann a bhí ann an t-am sin – ghlaoigh sí de leataobh orm ag rá go raibh beagán cruacháis uirthi agus gur mhaith léi go dtabharfainn cúnamh freisin sa Léann Ginearálta – léacht amháin sa tseachtain – mo dheasóg neadaithe ina dhá dearnain ag an Uachtarán mar chomhartha buíochais.

"'Léann Ginearálta,' arsa mise liom féin, cén bodach é sin? Ach gur *Foundation Studies* a thabharfaí inniu air is dóichí. 'Léigh an páipéar agus bunaigh do chuid díospóireachtaí ar a bhfuil ann!' arsa comhghleacaí liom.

"Dheamhan a rabhas i mbambairne níos mó ach sceitimíní

aisteacha orm! Mé i m'fhear óg misniúil – nár chuma faoi aineolas – chinn mé go labhróinn faoi chúrsaí craicinn! Toisc go raibh mé le pósadh an samhradh dar gcionn bhí an leabhar *Sex Perfection* leis an Dochtúir Rudolf Von Urban léite agam, deich gcaibidil inti. Arsa mise liom fhéin, déanfaidh sé sin go breá ar feadh deich seachtaine! Agus le cúnamh lá saoire bainc nó dhó agus, b'fhéidir, dá n-éireoinn tinn anois is arís, go ndéanfadh sé cúis ar feadh na bliana ar fad!

"Agus caithfidh gur éirigh go maith liom mar tagann iarmhic is iníonacha léinn fós go dtí mé ag rá gur uaimse a d'fhoghlaimíodar pé eolas atá acu faoin mBualadh Craicinn seo. Cé go n-amhdaíonn daoine acu nach bhfuilid sách dána, fós fhéin, le cuid de mo theoiricí a chur i gcleachtadh lena gcuid páirtnéirí! Agus insítear freisin dom – agus tá duine acu ar comhghleacaí liom anois í, agus tá sí i láthair anseo anocht – gurbh í an chomhairle is mó a bhí agamsa dhóibh ar a gcleachtadh múinteoireachta ná seasamh go géar os comhair ranga agus a mbrollach a shá amach!

"A chairde, b'in bunáite ceathracha bliain ó shin nuair a bhí mé i m'fhear singil, lán *testosterone*, an coláiste ag cur thar maoil le h*oestrogen*. B'éigean mé a oibriú go crua!

"An aireod an coláiste uaim? Siúráilte! Aireod uaim m'oifig shaor chompóirteach! Mo ríomhaire saor! Mo ghuthán saor, mo chuid tae agus caifé saor, na beartáin A4 saora, na stampaí saora, na nuachtáin ar leathphraghas, na ceapairí ar leathphraghas. Aireod uaim mo bhuiséad le haghaidh leabhra, na dearbháin, na sparáin taighde. Agus, ar ndóigh, aireod uaim na mic léinn, idir fhireann is bhaineann: a ndóigheanna gruaige, a ndóigheanna éadaí, a gcuid bróg is buataisí *kinky*! Aireod uaim casaoid, gearán, cnáimhseáil is banrán mo chomhghleacaithe!

"Is cuimhneach libh gur chaitheamar cúpla lá le gairid amuigh in óstán galánta ag cur is ag cúiteamh faoi Phlean Acadúil. Maidin an chéad lae ar mo bhealach isteach san óstán casadh bean orm a raibh an bheirt againn ar an gcoláiste ollscoile le chéile. Ar sí: 'Céard atá tusa a dhéanamh anseo chomh luath seo ar maidin?' Arsa mise: 'Tá mé fhéin is mo chomhghleacaithe uilig anseo leis an lá inniu agus amáireach a chaitheamh ag déanamh cur is cúitimh faoi Phlean Acadúil don ollscoil ina bhfuilim mar léachtóir, le cur os comhair an Rialtais. 'Dhiabhail,' ar sí, 'nach bhfuil tú go hiontach? 'Dhiabhail, ní bheinnse in ann dhó sin anois ar chor ar bith!' 'Ara,' arsa mise léi, cé go gcaithfead a amhdáil gur airigh mé *superior*, 'níl sa rud ar fad ach seafóid!'"